U0585215

21

世纪文学之星

丛书 2021年卷

中短篇小说集

共生的骨头

张 哲⊙著

作家出版社

顾 问

王 蒙　王巨才　袁 鹰　谢永旺

编审委员会

主 任 徐贵祥

副主任 何建明

委 员（按姓氏笔画排序）

叶 梅　叶延滨　李一鸣　何向阳

吴义勤　邱华栋　施战军　阎晶明

梁鸿鹰　彭学明　鲍 坚

出版委员会

主 任 路英勇

副主任 鲍 坚　张亚丽

委 员（按姓氏笔画排序）

李亚梓　赵 蓉

作者简介:

张哲,1987 年 1 月生于北京。中短篇小说见《十月》《中国作家》《长江文艺》《小说月报·原创版》《西湖》《青年文学》等刊,另有作品被《小说选刊》等刊物转载。

目录

总　序

袁　鹰

中国现代文学发轫于本世纪初叶，同我们多灾多难的民族共命运，在内忧外患，雷电风霜，刀兵血火中写下完全不同于过去的崭新篇章。现代文学继承了具有五千年文明的民族悠长丰厚的文学遗产，顺乎 20 世纪的历史潮流和时代需要，以全新的生命，全新的内涵和全新的文体（无论是小说、散文、诗歌、剧本以至评论）建立起全新的文学。将近一百年来，经由几代作家挥洒心血，胼手胝足，前赴后继，披荆斩棘，以艰难的实践辛勤浇灌、耕耘、开拓、奉献，文学的万里苍穹中繁星熠熠，云蒸霞蔚，名家辈出，佳作如潮，构成前所未有的世纪辉煌，并且跻身于世界文学之林。80 年代以来，以改革开放为主要标志的历史新时期，推动文学又一次春潮汹涌，骏马奔腾。一大批中青年作家以自己色彩斑斓的新作，为 20 世纪的中国文学画廊最后增添了浓笔重彩的画卷。当此即将告别本世纪跨入新世纪之时，回首百年，不免五味杂陈，万感交集，却也从内心涌起一阵阵欣喜和自豪。我们的文学事业在历经风雨坎坷之后，终于进入呈露无限生机、无穷希望的天地，尽管它的前途未必全是铺满鲜花的康庄大道。

绿茵茵的新苗破土而出，带着满身朝露的新人崭露头角，自然是我们希冀而且高兴的景象。然而，我们也看到，由于种种未曾预料而且主要并非来自作者本身的因由，还有为数不少的年轻作者不一定都有顺利地脱颖而出的机缘。其中一个重要的原因，乃是为出书艰难所阻滞。出版渠道不顺，文化市场不善，使他们失去许多机遇。尽管他们发表过引人注目的作品，有的还获了奖，显示了自己的文学才能和创作潜力，却仍然无缘出第一本书。也许这是市场经济发展和体制转换期中不可避免的暂时缺陷，却也不能不对文学事业的健康发展产生一定程度的消极影响，因而也不能不使许多关怀文学的有志之士为之扼腕叹息，焦虑不安。固然，出第一本书时间的迟早，对一位青年作家的成长不会也不应该成为关键的或决定性的一步，大器晚成的现象也屡见不鲜，但是我们为什么不在力所能及的范围内尽力及早地跨过这一步呢？

于是，遂有这套"21世纪文学之星丛书"的设想和举措。

中华文学基金会有志于发展文学事业、为青年作者服务，已有多时。如今幸有热心人士赞助，得以圆了这个梦。瞻望21世纪，漫漫长途，上下求索，路还得一步一步地走。"21世纪文学之星丛书"，也许可以看作是文学上的"希望工程"。但它与教育方面的"希望工程"有所不同，它不是扶贫济困，也并非照顾"老少边穷"地区，而是着眼于为取得优异成绩的青年文学作者搭桥铺路，有助于他们顺利前行，在未来的岁月中写出更多的好作品，我们想起本世纪20年代和30年代期间，鲁迅先生先后编印《未名丛刊》和"奴隶丛书"，扶携一些青年小说家和翻译家登上文坛；巴金先生主持的《文学丛刊》，更是不间断地连续出了一百余本，其中相当一部分是当时青年作家的处女作，而他们在其后数十年中都成为文学大军中的中坚人物；茅盾、叶圣陶等先生，都曾为青年作者的出现和成长花费心血，不遗余力。前辈们关怀培育文坛新人为促进现代文学的繁荣所作出的业绩，是永远不能抹煞的。当年得到过他们雨露恩泽的后辈作家，直到鬓发苍苍，还深深铭记着难忘的隆情厚谊。六十年后，我们今天依然以他们为光辉的楷模，努力遵循他们的脚印往前走去。

开始为丛书定名的时候，我们再三斟酌过。我们明确地认识到这项文学事业的"希望工程"是属于未来世纪的。它也许还显稚嫩，却是前程无限。但是不是称之为"文学之星"，且是"21世纪文学之星"？不免有些踌躇。近些年来，明星太多太滥，影星、歌星、舞星、球星、棋星……无一不可称星。星光闪烁，五彩缤纷，变幻莫测，目不暇接。星空中自然不乏真星，任凭风翻云卷，光芒依旧；但也有为时不久，便黯然失色，一闪即逝，或许原本就不是星，硬是被捧起来、炒出来的。在人们心目中，明星渐渐跌价，以至成为嘲讽调侃的对象。我们这项严肃认真的事业是否还要挤进繁杂的星空去占一席之地？或者，这一批青年作家，他们真能成为名副其实的星吗？

当我们陆续读完一大批由各地作协及其他方面推荐的新人作品，反复阅读、酝酿、评议、争论，最后从中慎重遴选出丛书入选作品之后，忐忑的心终于为欣喜慰藉之情所取代，油然浮起轻快愉悦之感。"他们真能成为名副其实的星吗？"能的！我们可以肯定地、并不夸张地回答：这些作者，尽管有的目前还在走向成熟的阶段，但他们完全可以接受文学之星的称号而无愧色。他们有的来自市井，有的来自乡村，有的来自边陲山野，有的来自城市底层。他们的笔下，荡漾着多姿多彩、云谲波诡的现实浪潮，涌动着新时期芸芸众生的喜怒哀伤，也流淌着作者自己的心灵悸动、幻梦、烦恼和憧憬。他们都不曾出过书，但是他们的生活底蕴、文学才华和写作功力，可以媲美当年"奴隶丛书"的年轻小说家和《文学丛刊》的不少青年作者，更未必在当今某些已经出书成名甚至出了不止一本两本的作者以下。

是的，他们是文学之星。这一批青年作家，同当代不少杰出的青年作家一样，都可能成为21世纪文学的启明星，升起在世纪之初。启明星，也就是金星，黎明之前在东方天空出现时，人们称它为启明星，黄昏时候在西方天空出现时，人们称它为长庚星。两者都是好名字。世人对遥远的天体赋予美好的传说，寄托绮思遐想，但对现实中的星，却是完全可以预期洞见的。本丛书将一年一套地出下去，十年二十年三十年五十年之后，一批又一批、一代又一代作家如长江潮涌，奔流不息。其中出现赶上并且超过前人的文学巨星，不也是必然的吗？

岁月悠悠，银河灿灿。仰望星空，心绪难平！

1994年初秋

序

小说让庸常变得不庸俗
——读张哲小说的一点想法

阎晶明

我不认识张哲，因为其作品入选"二十一世纪文学之星"丛书，可以断定是一位青年。因为要作这一篇序，通过一次电话，方知是北京的一位年轻女编辑。但她的小说却展现着另一种气息。

张哲小说的题材多是关于日常生活的。关于家庭，关于婚姻，关于庸常生活里面那些难耐的、无奈的元素。看不见的波澜，却非常牵动人心。有时有一点喜感，更多时让人产生说不出的悲凉，然而又夹杂着某种感动人心的温暖。并不那么都市化，也不那么年轻得让人陌生。很有阅读的价值，也很值得玩味。

准备写张哲小说的这篇短评时，我正打算重读福楼拜的《包法利夫人》。小说其实只读了译者李健吾先生的"中译本序"，倒是找来观看了一部英国拍的同名电影，比较切近地重温了一下小说主题。进而还观看了一部法国人摄制的"衍生"电影作品《新包法利夫人》（中译名）。观后感慨良多。不知道为什么，两部电影的观感以及李健吾的译序，倒切切实实地让我忽然联想到了张哲的小说。从文化环境到历史语境，二者并没有直接关联，但它们有一点似乎非常相近，那就是，小说总会面对这样的主题：表现人们是多么恐惧于、不甘于过一种平庸生活，然而打破这种平庸的格局，必定会付出昂贵的甚至生命的代价。平淡甚至寡淡的生活、平凡或者无聊的人生，通过什么以及如何才能改变？如若不能改变，又将如何一天接着一天地去面对？这些问题其实已经超出了小说的范畴，或者，小说里不可能有现成的、普适的答案。但小说至少起到了一个作用：庸常的生活即使无法改变，但一经成为小说故事，就有机会变得生动，变得并不庸俗。这就是小说的功能。

张哲很善于描写人物的微妙心理，并将这种心理拉长为充满着矛盾冲突的故事。《二手玫瑰》写了一对夫妻，丈夫林见福似乎闷声内向，过着百无聊赖的退休生活，妻子白玉贞看似狂放不羁，总想开宴会保持某种她理想中的生活状态。二人在外人面前一副恩爱的表情。然而，表面的平静下面却有掩藏不住的寂寞。白玉贞过惯了场面生活，却只能以自己的朋友如何风光为话题向儿媳妇梁月显摆。林见福心里总回味着曾经的部下汤茜茜如何委身于自己。小说的"高潮"式情节，是白玉贞难耐无聊，以宴请林见福部下为理由自摆酒席。众人聚会时，林见福从同事的聊天中知道了汤茜茜早就跟现任领导走到了一起，白玉贞则只想让宴会继续下去。在这种严重的心理分离中，林见福喝多了，眼里所见和心里所想都是另一个人，醉眼蒙眬中顺手将一枝塑料玫瑰花拿来献给了白玉贞。苦酒、闷酒，表达的是心里的失意，而白玉贞仍然满足于场面的热闹和风光。充满讽刺意味的一场家宴，几近于一场闹剧，然而来客和主人心理上互不沟通，只有小说叙述者掌控着内里的隐秘和节奏。要说小说没有故事，处处都是对话和情节；然而要说故事性很强，又没有一个集中的故事。即使林见福跟汤茜茜的往来，也是在林见福的回忆中闪现着一点踪影。但众人的言语交错，林氏夫妻各自只管自己的内心活动和行为细节，构成了一幅有点讽刺，又有点心酸；有点喜感，又有点悲凉的人生图景。林见福醉后躺在妻子怀里，白玉贞认定即使自己已不再是当年的"白总"，但毕竟还有林见福可以依靠，不能不说又是一种含着真情的生活画面。

年轻的张哲很能够观察中老年人的生活，很善于描写其复杂的心理和情感。笔墨的分寸和尺度，让人读出一种"新感觉"小说的味道。《金花》讲了一个叫冯金花的阿姨在主人家里发生的故事。冯金花有成熟的带孩子经验，这让年轻的母亲陈茉始终没有办法超越，不得不让位于她来安排育儿的一切需要和规则。小说一方面叙述了陈茉如何伸出援手，帮助冯金花渡过生活里的难关；另一方面又在面对带孩子上面同冯金花发生着女人间的敏感的、看不见的较量。小说的结尾，陈茉眼看冯金花可以很轻易地让哭闹的孩子安静下来，自己身为母亲却做不到，心里有说不出的滋味。到最后，已经需要到教室上课的孩子安安却不认识照片上那个曾经让他安逸、安然的阿姨金花是谁。这让陈茉内心产生了很大触动。这种触动是什么？究竟是自己是母亲所以最终得胜的喜悦，还是分离带来的陌生感让人茫然？作者没有直说，只说这情景让陈茉"延展"出"欲说还休的记忆"，也或"欲罢不能的断念"。这就是小说的意味，张哲有信心也有耐心地表达出一种小说才能传递出的意味。

张哲总能够写出个人状态的跌落以及家庭生活的裂缝，并以其尖锐和耐心描写着这其中翻卷着的波澜。但你会发现，她又常常情不自禁地为笔下的人物寻找着心灵的归宿、精神的依靠。回归家庭，到那个最初的原点，在那里得到真正的慰藉和安宁，这几乎就是张哲自觉担当起的小说主题。《春海》特别能说明这一点。小说描写一个叫查玲的少妇，丈夫因病去世，一个人过着寡居生活。遇到一位叫谢森的游泳教练后，生活发生了变化。有了约会，有了温情，有了挂念。人生突然间充实和丰富起来。为了和谢淼顺畅地相处，她把家中有丈夫沈春海的照片都隐藏了起来。然而正是谢淼偶然间看到她与沈春海的一张合影，让这段各怀心思的情缘立刻斩断。谢淼再也不敢来纠缠她这个"有夫之妇"了，丈夫沈春海虽然早已离世，却仍然是查玲最可依赖的保护和支撑。感情的回归几乎逆转式的，却体现出挥之不去的执着与定力。查玲意识到，自己的人生就是这个家庭，"根是春海，枝是查玲，根的存在只为了枝头那一朵红霞的花。""解语花"因此成了一个可以笼罩小说全部的象征。

年轻的张哲似乎特别愿意探究比她长一辈的女性心理，特别想走近她们的生活，理解她们的内心。就此而言，她的小说多是女性视角，却又不那么年轻。她有一点以老到的笔法写善解人意的故事的追求。那些故事里包裹着生活的不易、人生的难题，无论是困局还是尴尬，最后能解开的钥匙，都掌握在人的内心和心与心的沟通中。《鲣》就是那篇让我联想到《包法利夫人》的小说。小说的主人公李鸳是一位追求时尚生活的都市女性，无论她在感情和职场上遇到过多少坎坷，但给人留下的印象和她愿意保持的形象，永远是与豪华同在的样子。出国多年后回来，一身光鲜和名牌证明着她的成功。然而小说急转直下，李鸳原来过着"我"并不知情的悲苦生活。国外的丈夫锒铛入狱，自己不得不通过行骗国内的同学朋友度日。在"初中同学"群里，"我"是唯一不想让大家对李鸳开骂的人，结果却被踢出了同学群。小说很有带入感地把"我"和李鸳放到了对等的人物地位上。小说故事由此变得复杂而开放，把李鸳以及与其相关的生活层面一点一点打开。故事变得多重而好看，在此过程中写出无法把控的人物命运。李鸳和"我"，曾经是那样天真无邪，对生活充满美好向往，然而在现实的残酷面前，心中的美好却渐行渐远。在写出生活残酷的同时，张哲更写出了一种内心的坚韧，一种对人的理解的努力。"鲣"一样也是一种隐喻,即使不能同李鸳或"我"完全对位,但它的确让人产生联想。"它们善与鲸鲨为伴,是饵料,是盟友,为鲸鲨采集食物,故受其荫庇,形成特殊的共生关系。"张哲没有点明这隐喻与人物之间的对位关系,既是因为不完全对位,也是因为不忍心对位。但其指向却不言自明。同时我还要说,在叙述这些故事的过程中,小说有一个始终不放弃的理念,那就是对人物的同情与理解的追求。

可以说,张哲对同代人以及上一辈人的理解的执念,让人产生一种"老吾老以及人之老"的印象。《此情可待》里老屈和廖老头,他们对女性的尊重,对孩童的关爱,都让人读出一种天然的善良和美好的人间真情。《四重奏》则又是张哲对中老年女性的生存状况集大成叙写。每一个人都有自己的命运,人生也各有波折。让人唏嘘不已的同时,对人与人之间留存的那种友情,相互间的关爱,一样给人深刻印象。《共生的骨头》有一点悬疑味道,无论人物设置还是故事走向都不无极端之处。然而作者在叙述过程中流露出的暖意,却分明可以透过那残酷的事件感受得到。张哲尽了自己的全力保持着小说的主题走向和意旨所在。

在此次集中阅读之前,我对张哲的创作留意不多。而集中阅读的最大好处,就是比较全面地了解一位作家的创作风格和总体特点。我以为,张哲小说还有一点也体现出她的沉着和老到。她的小说其实很有北京地域特点。尽管除了《鲣》和《四重奏》外她很少直接写到北京这个城市名字,但那些人物对话,尤其是作者叙述语言中散发出的味道,让人感觉到这就是发生在北京这个地域的人和事。她并不表白和彰显"京味儿",但很有地域的特点和味道。那种味道,是人物对话的碰撞中迸发出来的,也是叙述者的文字间流露而出的。张哲并不为这些词语做任何一点解释,以显示自己的地方知识及其优越性。比如《四重奏》里的

"烟买熊猫或者中南海，再从护小给我买二两炸松肉。"这种随手就写，语速极快，来不及也没想着要解释的写法，倒在不修饰间有一种自然流露的风味。张哲小说里那些女性的性格和表达方式，也都有一种扑面而来的生活气息，而且散发着某种北方人的性格特征。相互间的调侃和自嘲也颇有意趣。

张哲以其数量并不多的中短篇小说已经显示出自己独特的创作才能。如果能将生活的扇面打开得再宽展些，将故事的层面和冲突的线索构设得更复杂些，她一定会迈上更高的创作台阶，展现出更广大的小说世界。

是为序。

2022 年 10 月 23 日

二手玫瑰

白玉贞咂了两口白的，隔着桌子冲对面的梁月慨然长叹，"酒和人一样，都有'最好的时间'。"杯起杯落，两大盘子三文鱼刺身吐着寒气，乳鸽烧鹅在眼前走马灯，一派烈火烹油、鲜花着锦的景色，这桌子海陆空大餐由她做东。林见福此时正坐在主位上埋头吐骨头，龇牙咧嘴的，但比在家里温柔多了。特别是当白玉贞不胜酒力身子黏住凳子时，林见福总能恰到好处地扶起她，身子贴着身子，热气咬住她的耳垂，钻进耳蜗，在心窝里搅上一搅，那是怎样的互诉衷肠、柔情蜜意啊，再经由饭局上的其他人一拱，这场戏就算圆满了。

每隔十天半个月，白玉贞都要张罗这么一桌。

一

在恋爱之初，梁月就总听林小江讲起白玉贞和林见福的恩爱故事，看样子比学赶帮超是无望了。梁月不信邪，林爸林妈年逾六十，还能锻打出激情的火花，想想就可乐。"你叔每天都送我一枝花，"说这话时，白玉贞正在用一把金黄而锋利的剪刀修剪玫瑰上的刺，留给梁月一个得意昂扬的侧影，"我把你和小江的生辰八字给了大师，大师说小江一切都好，但大师一看你的名字，说是气血两亏。"隔山打牛，梁月心一沉，知道白玉贞在给自己发难。白玉贞起先是不太满意梁月的，觉得她面寡福薄，帮不了儿子，但几番较量下来，白玉贞对梁月这个外来人的戒备在交锋中烟消云散，虽不待见，但愈发不拿她当外人了。婚还是结了，梁月和林小江两大龄男女青年，都看清楚了形势，他俩于对方都是过了这村没这店的买卖。

林家的客厅里四处皆是白玉贞在世界各地留下的风姿倩影，梁月若在某一张照片前停了步子，就算打开了白玉贞的话匣子。为了活络关系，也夹带着点讨好的私心，梁月和林小江带着白玉贞和林见福飞了一趟国外，目的地是太平洋上的斐济。白玉贞抱着梁月的胳膊在候机楼里熬时间，高高在上的白玉贞突然跌入了凡间，还左拉右拽，如此亲近，梁月有点欲拒还迎，那颗心脏和四肢都没怎么挣扎，就归顺了她。

"上次去巴黎是和夏艳平，你要叫就叫夏阿姨。"白玉贞边说边提起遮光板朝窗外看了眼，机舱好像一只被抽干了空气的密封罐子，被悬置在无穷尽的稠密黑暗中。梁月本来挨着林小江，白玉贞特意和儿子调换了下位子。"夏艳平和她老公每年只有一半时间在国内，移民了美国。"提起夏家的事，白玉贞比较慎重，说太开，话太饱满，失了自己的水准和风度；说太亏，话打了折扣，又不会形成话题，这个度只能靠经验去拿捏。

林家父子在酒店补觉，白玉贞早早起来，唤上梁月一起去海边溜达。"你夏阿姨，呸，呸，"海风掀了起来，把白玉贞绾在耳后的几缕头发搅进了嘴里，害得她说上两句就得择鱼刺似的把头发啐出来，"夏阿姨他们两口子，早年靠在山里开煤窑赚大发了。他们属于有点头脑的，没坐吃山空，后来开起了马场，盖了个特大的马术庄园。他们生意人，需要我的人脉和资源，所以总邀请我和你爸去他们家做客，我能帮他们，就得帮，我们隔一段时间就得聚一次。"远处有点点白帆，跟着浪花起伏，海浪打着脚边的石块，卷起的水珠丝丝絮絮地落在白玉贞和梁月的身上，白玉贞没有停的意思，拉起梁月的手，半拎半拽，像不能丢弃的行李。不远处的浅水区有一对年轻男女在划独木舟，像是在度蜜月。女孩划着桨，男孩把手叠在女孩的膝盖上，郑重极了，吃着劲头似的，衬得女孩的膝盖骨纤弱秀气，像是两小块玉籽。男孩盯着女孩看，热辣辣的眼神仿佛停在空中的薄雾，涌出炽热的潮意，手掌在那两小节膝盖骨上摩挲了起来，像一滩水，涌动，翻搅。见此景，白玉贞加快了步伐，嘴里安静了下来，梁月听到她有节奏的喘息声，"想划这个吗？我跟你说，你和小江可以试试。"

　　旅行团从瓦努阿岛到了塔妙妮岛，白玉贞和梁月的感情跟着不断升温发酵，等到维提岛时，白玉贞便拿梁月当了半个闺女，有时候路上碰到高个子深眼窝，或是金头发蓝眼睛，白玉贞便让梁月用英语跟他们告白，"告诉他们，咱俩是娘俩。"饭毕，林小江早早回酒店休息，为第二天的潜水做准备。白玉贞抛下林见福，和梁月去泡了这里的招牌——泥浆温泉。白玉贞勾着手吃力地在后背上摸胸罩的钩子，梁月手脚麻利地过去给她松绑，钩子一经解开，松弛的肉身现了形，松紧带在线条模糊的后背上勒出了两条沟渠似的红印子。梁月像抓住了白玉贞的短处，心里一阵翻江倒海。白玉贞才不管梁月心里在琢磨什么，她只在想梁月的整套动作让她很受用，此刻要搜肠刮肚地讲点什么作为报答，比如夏艳平家占地一千亩的马术庄园，还有庄园里那座意大利托斯卡纳风格的城堡。白玉贞边套泳衣边冲梁月说，"下次我和你爸去夏阿姨家，你也跟着我们，多见见世面。"泳衣摩擦着肉皮，一提再一松，鞭打出奇异的声响，白玉贞没再说话，埋头提泳衣，像一个孤注一掷的士兵整装待发。

硫黄味扑鼻，已经有几个团员戳在泥塘里往身上抹污泥，据说那满池子的污泥是火山泥浆，有 N 种矿物质，美容养颜，祛病消灾，除了七窍和头发，全身都敷，越多越好。有前人开路，我不入泥塘谁入泥塘，白玉贞紧了步子，三下两下进了乌七麻黑的泥塘，掬起一把泥浆捧在脸蛋上。"你夏阿姨，他们那个马场，一推出，就是靠我，给他们引荐，旅游局局长。"白玉贞没法放开了说，一不留神泥浆就滑进嘴里，榫卯一样咬得死死的上下嘴皮子间撬开了条活路，气流在嘴唇的缝隙间打着回旋，"一来二去，把他们的马场，推广成旅游景点……还帮他们引资建马房，请教练，参加马术比赛，扩大知名度。要不，就他们那个马场，走俱乐部会员制，荒郊野岭的，谁知道？谁去？"污泥封住了其他人的嘴巴，只有白玉贞还在进行孤勇的演讲，"你说，我这算不算是功德一件？"

红眼航班飞北京，没人开灯，连空姐都在补觉，整个机舱成了混沌且柔软的子宫，自带着朦朦胧胧的生命感，呼吸声搅在一起，成了暧昧未卜的和声。鼻息的共鸣让白玉贞放松了下来，她偎着梁月肩膀，碎发黏着靠背，整个人都软塌塌的，像是一块融化了的奶酪。

见林小江在另一侧看电影，白玉贞的头向梁月怀里压了压，"我接着给你讲，刘长栓，也就是夏艳平她老公，"她压了压嗓子，把梁月的耳朵拉得更近一些，"最早那会儿，还骑着自行车走街串巷地卖过磨盘。"白玉贞把手从绒毯里掏了出来，"你知道什么是磨盘吗？"连比带画在梁月面前廓了个形，"为了不忘本，他在他们那座城堡前铺了一地的磨盘……拢共得有上千块。"后又扯了扯盖在身上的绒毯，似有深重的顾虑，软绵绵地说，"他有两房太太，"哂笑，外带点忸怩，"大的，也就是你夏阿姨，跟他离了婚，后来又后悔，吃了回头草，这时候你刘叔身边已经有

　　　　　　　　　　　　　　共生的骨头 |

了个小的，这俩现在都跟着他呢。"说话时，白玉贞的手指在绒毯边缘来回游走，像是在给毯子锁边，梁月知道她在反刍刚才说过的话，挑三拣四，有些该说，有些说了就捡不回去。"这人分三六九等，但你得跟三教九流的人都打交道，做人要有弹性，每条道上的人都可能和咱们成为朋友。"绒毯的边锁死了。

二

白玉贞很守承诺，回国后的第一个饭局就带上了梁月。吃饭的名头是刘长栓要给白玉贞接风。小轿车走了很久，走出了街区，走过了高速，又走了很远的土路和新开发出来的一段柏油马路，整个过程漫长而艰辛。当梁月对庄园逐渐失去了兴趣时，路旁一道浆果色的大门缓缓打开，闸口似的，车子像是投进了一个逾期已久的拥抱中。路的尽头天地顿开，喷泉，雕塑，城堡，植物迷宫，还有天脚下的马场。白玉贞没有出声，因为这座横空出世的奇异庄园早就楔子似的钉进了她的脑子里，她兀自下了车，和梁月一起在太阳底下等林见福泊车。林见福的节奏故意慢了几拍，慢条斯理地从手套箱里取出一把象牙梳，对着后视镜里的自己整理头发，梳子齿整齐地咬着头皮，像犁杖蹚出一条条纵深细密的犁痕。

晚宴在一层最把头的那间，与其说是晚宴不如说是社交趴，因为里面除了男女主人，还有几个叫得上名叫不上名的书画大师，刘长栓的那套紫檀家具早就被稀稀拉拉的几幅书法作品糊住了脸。初来乍到的梁月简直眼睛不知道该往哪儿放了，白玉贞把她往人堆里推了推，"快叫人。""刘叔叔，夏阿姨。"白玉贞嗔笑，"什么刘叔叔，是刘舅舅。"

屋子中央支了长案，一位妇人在案前舞文弄墨。"各位，沈大师的作品可是在国外办过展的。沈大师，给我白姐作一幅吧。"刘长栓起意。"您给我写个吉祥话吧。"白玉贞是计划好的，拿沈大师的字送礼做人情。沈大师一看就是老艺术家，接了命题都没做停当，直接运气起范儿，蘸墨掭笔，一气呵成，墨汁洇染开来，走出自成一体的经脉和筋骨，"这笔弹性不太行，聚墨差一些。"话落，一幅浓墨重彩的"神采"即完成。"好！"人堆里传来白玉贞的叫好声，她瞧不出好坏，无所谓了，好，是肯定好，说着道着另两个书画大师便拎了四个角，晒被子似的把那两个字晒到了一旁的老板桌上。

围观的人都散得差不多了，就林见福还在一旁，摩拳擦掌，一腔孤胆，"您再给我来一幅，琴瑟永谐。"沈大师早有设防，短兵相接，"人家都是以家庭为单位求字，我都给你们家写了一幅了，你就不能再要了。"林见福接招，涎笑，"刚才那幅送人，不作数。"沈大师像挨了欺负，"没你这样的。"脸上的委屈投射到了林见福脸上，林见福见抖机灵不好使，赶紧换作孩子似的堆笑，祈求夹带着讨好，"您就再写一幅吧，大师。"沈大师咕哝，"你这样，我很容易累。"话没落地就半吞半咽了进去，俩人你来我往，都掏心扒肺的，寡淡的龃龉险些被莫名其妙地浇灌成了温吞而私密的体己话，气氛尴尬。林见福面子僵硬，脸发红嘴发紫，仍屹立不倒地戳在沈大师旁。见是一位如此油盐不进的主儿，沈大师也不好多说，半推半就，丧眉挂脸地提了笔。也不谈什么运气做功了，管他三七二十一，直接枯笔挥毫，留下了丝丝露白的四个字——琴瑟永谐。

晚宴是品酒外加加拿大空运的深海鱼，刘长栓是吃窝窝头长大的，年过半百半截身子入土了才开始走洋范儿，也不管是不是正统地道，一应吩咐下去，后厨里有什么好东西都统统搬上桌。白玉贞眼见给她接风是假，款待沈大师一行是真，怕在梁月面前丢了面子，就半个主人似的也裹了进去，"刘总，还不讲两句话，沈大师远道而来。"刘长栓的高脚杯奔着沈大师的杯子蜻蜓点水地碰了碰，"谢谢沈大师带着朋友们光临寒舍。"榆木疙瘩，难解难伐，"不对，刘总，你这话没说到点上，"举座皆惊，白玉贞拔身而起"我觉得得说两点，首先咱们得欢迎人家沈大师一行，是吧，来庄园考察；其次，人家是来干吗的？是来采风的，咱们得预祝沈大师采风顺利……刘总，你觉得我说的在不在理？"刘长栓没言语，白玉贞突然眼眶潮湿，她不知道是酒精熏的，还是灯光烤的，直觉眼前的场面久违又陌生，手中的酒杯不自觉地横冲直闯。

"爱荷华，还有俄克拉荷马，美国中部有几个州盛产胖子，他们那儿的人整天吃烤乳酪和土豆泥。土豆泥是用牛奶煮的，烤奶酪外面涂厚厚的黄油，里面还有奶酪，能不胖吗？卡路里爆棚。"夏艳平一边用袖珍的小银匙挖龙虾仔的肉一边说道。"卡路里是什么？"刘长栓接着他老婆的话，用粗壮的手指捅了捅白玉贞的小臂，像是要把她点醒，"是能量，是动能，就像烤箱通了电，汽车加了油，没有卡路里能行吗？你得辩证地看问题，卡路里可是个好东西，要我说，我们……得敬一敬卡路里吧！"酒精把刘长栓的思路彻底打开了，连祝酒词也愈发深刻，酒局因那万恶又万能的卡路里而热火朝天了起来。

刘长栓嫌红的不过瘾，直接叫后厨换上了白的，几杯下去便骨头发软，腔调发黏，眼窝子温热潮红，端地承载起了千言万语。在座的每一个人都被带动了起来，包括梁月，也被白玉贞拉着去和刘长栓，和沈大师，和夏艳平，和那些叫不上名的书画家们碰杯，熟络。这些人里，唯独林见福独坐一隅，如封似闭，遁入无人之境，既不起身也不碰杯，一个人困守在私密的情绪里，一副拒腐蚀永不沾的高洁孤冷之姿——和沈大师的过节，他一时半会儿还过不去。白玉贞看出了林见福今天的反常，既不承接她，也不回应她，把她丢弃了，放逐了。这顿饭因为少了老夫老妻之间的默契和温情，白玉贞顿觉索然无味，但就是为了林见福的冷漠怠慢，也得多和刘总、沈大师喝上两杯，算是赔罪，遂提起分酒器、小酒杯，又周旋了起来。

饭局临了，喝大发了的刘长栓口条都捋不直了，捡起一旁白玉贞的手一阵搓，又怕火候不够催生出什么光亮的火花，一把搂起白玉贞，来了一个激情四溢的贴面抱，白玉贞的脸被挤压得变了形，一脸惊悚，自己居然就这么被光明正大地揩了油，当着林见福的面，还当着梁月的面。那个贴面可是够要命的，像是她和刘长栓有过什么见不得人的猫腻，这一贴一搂就昭然若揭了，又像是她对一切带荤腥的小打小闹持开放态度似的。尴尬的时间点上，沈大师像瞧出了什么苗头，又像是要守住自己的节操似的，起屁股要走，刘长栓提起身子去扭大师的胳膊肘——他奶奶的，为啥他俩拉拉扯扯地就没有偷鸡摸狗的嫌疑，白玉贞心里直哆嗦。只见经验丰富的沈大师双手合十，双目微阖，摆出一副仙风道骨的样子，瞬间和这一桌子酒池肉林拉开了距离，"大家多担待，我今天写的字拿不出手——我今天没带印章。"

晚上回到家时，白玉贞略带抱歉地给林见福和梁月解释，"今天刘长栓喝得有点神志不清了，够现眼的，那个沈大师也是，出门不带印章，还瞎给写字。"白玉贞说这话时，正倚着家门口换鞋，高跟鞋烂泥似的裹着脚跟，甩也甩不掉。

林见福没听见似的，虾背夫子一般伏在餐桌上从纸巾盒里抽了片纸巾，大手轻飘飘地托底，纸巾便腾云驾雾似的落在了桌上。腾出来的手慢吞吞地拈了眼镜腿，眼睛近视度数不浅，赤裸的双目如被掏空的泉眼，干巴巴，空洞洞，镜片贴在眼前晃了一晃，赭石一样的舌头从嘴角拱了出来，连了湿漉漉的嘴唇一起

　　　　　　　　　　　　　　共生的骨头　|

舔舐镜片，舌头进进出出，纤薄的镜片像要被吞掉似的。梁月从来没见过有人用这么粗野原始的方式擦眼镜，好像鬣狗在腻着一块刚得来的肉，待两个镜片都挂满了唾液，大手拈起一旁绢花似的纸巾，擦裹住湿淋淋的镜片，"你以为你还是当年那个白总啊，谁他妈还买你的账啊。"

三

"该买熟食了。"林见福没接话，埋头夹菜，坐在对面的白玉贞没再问他，他会不会去买，等到明天就知道了。

饭是白玉贞做的，没错，但她不就应该做饭吗？林见福可不想让她觉得是从她那里领受到了什么恩赐和好处。"这菜炒得够干的，我不是说过叫你用左边那个炉子嘛，那个炉子火眼小。"像是生怕沉默会让他矮去一截子，他故意挑起另一个话头。白玉贞挪了盘子，把那盘炒煳了的菜拉到了眼前，自顾自地夹里面的菜，仿佛在惩罚自己，又像在蔑视林见福。这个行为足够激怒林见福，但与其发火，林见福情愿看着她吃掉那盘子菜，不至于浪费，又算得上是一种深重的惩罚。

饭桌上又恢复了平静，偶尔是筷子磕着盘子的冰凉声响。林见福捂了嘴打喷嚏，振聋发聩，好了，话语权又跑他那里去了。吃完饭，林见福没有起身，从饭桌的一角挪过来一个牙签盒，捏了一支牙签，对着还埋头吃饭的白玉贞剔起了牙，夹杂着咋舌声，这个角度正好能俯视她。他有时候也很可怜她，对汤茜茜的事全然不知，有时候这个秘密会咬啮他的灵魂，如果他还有灵魂的话，但这个念头旋即就被自怜取代，三十多年来和她共处一室，他想不到比这更痛苦的事。他狠狠地搅了下那颗烂掉的槽牙，牙签头故意旋进去，狠狠地杵在发了炎的牙肉上。白玉贞吞声不言，用厚实又齐整的牙齿嚼起了发乌的青菜，而且嚼得咔嚓作响，仿佛那清脆的咀嚼声就是最有力的消极抵抗。

林见福剔完牙就出门了，白玉贞拾了碗筷，林见福的碗上还挂着从他牙缝里剔出来的菜叶纤维，像风干的尸体等着她去善后。白玉贞用手指蹭了过去，把冰凉的菜叶子和粗粝的硬米粒一把握在了手心，像盖住了粗陋不堪的东西。她突然乐了起来，脸庞上多了一种和命运对话的异想天开，她记起林见福刚结婚时对她说，他找到了一个能给他擦屁股的女人。林见福说那句话时，镜片后面的眸子里有股透彻的童真，白玉贞只把那句话当成一种别具一格的夸赞，如今想来，方觉那句话字字命中要害。

所幸的是，林见福有一种难得的天然悟性，他愿意配合她，作比成样，就像演员在舞台上表演，给他俩貌合神离的婚姻涂抹上一层甜蜜诱人的蜂蜜糖衣。在一场又一场饭局上，当她兴致盎然地吟诗作赋，用那只被繁重家务磨砺出来的劳作之手举起精致的水晶酒杯时，他望着她的眼神充满了宠爱。那眼神不掺杂一丁点的疑惑，就像园丁看着自己一手侍弄灌溉出的玫瑰园，随时准备把自己从头到脚祭奠给那座园子一样。如果能凑得更近，透过眼镜片看他的眸子，她甚至能看到那份久违了的光芒——他为她的光彩心悦诚服，此时此刻，夫妻关系终于回归到了最纯粹而恒久的两性关系：相互成全和彼此恩施。酒橱里摆着两瓶茅台，当年夫妻二人共同进步，林见福高兴，欲操持一桌，还把柜子里的一瓶酒翻了出来，但被白玉贞拦了，"别喝了，存着兴许能升值。"她说得没错，确实升了不少，二〇〇〇年产的三十年陈酿如今能卖到七八千。两瓶酒今天还齐齐整整地摆在酒橱里，升不升值不重要，她只觉自己和林见福的务实婚姻全在饭桌上，全在这酒瓶子里，是摆着看的，怎能当真喝下去呢？

林小江去外地挂职，梁月不情愿地搬去和林爸林妈同住。

同住一个屋檐下的日子里，梁月多少有些收获，她发现了白玉贞的秘密——屋里的那些鲜花是白玉贞自己掏腰包买的，垃圾桶里有兜着月季花瓣的包装纸，里面还有攥成团的快递清单，荷兰老人，蜜桃雪山，金香玉，浪漫宝贝……

夏艳平发来微信，白玉贞撂下擀面杖，一路小跑扑向手机，按下播放键，公放。夏艳平正在加拿大的萨斯喀彻温玩，抽空给白玉贞发来了一段视频。白玉贞捧在手里连看了三遍，阵阵尖叫声从耳机里传出来，和白玉贞咯咯乐的笑声搅在了一起。梁月听得很清楚，"姐姐，我后天回国，这周末的那个活动，你得出席啊，给我们做嘉宾。"夏艳平的憨嗓子从手机听筒里听起来更颠了，夹着噪音，像油锅炸出来的爆裂声响。

白玉贞乜斜了眼厨房里的梁月，有点正中下怀的意思，冲手机里的夏艳平说，"我得问问我们家老林。"信息发出，白玉贞颇为光彩地重返厨房，"你夏阿姨有点活动总想叫我和你爸去给她镇场面。"

夏艳平回得很快，听声音已经急不可耐，刚才那一来一往怕是已经耗尽了她所有的包容和耐力，"你自己打车来呗，别叫林见福了，没他位子，他非得要来也行，得自己搬个凳子坐在夹道，反正听一听还长点见识。"

白玉贞慌忙把手机和耳朵黏在一起，以为这样就能把夏艳平的嗓门给堵回去，她不知道梁月听到了多少，也许都听到了。

"我们再考虑考虑吧。"白玉贞的语气明显松懈了下来，像是被人揍了一拳。

夏艳平有点穷追不舍，"你有什么可考虑的，定下来快点告诉我，我们不可能就等你一个人。"

白玉贞恍惚了，像是有什么把柄在夏艳平手里攥着，她望了眼厨房里梁月的背影，对着夏艳平的账号前思后虑，打开，像是占卜一下运数，然后又默默退了出来，输上一串文字，又抹掉，然后再输入，犹豫了下，兀自做出了一个空前的决定，"不去了。"

白玉贞放下手机，轻轻地回到了梁月身边，像是怕惊动了梁月。梁月才发现，白玉贞面颊上不知什么时候多了两抹面粉印，也许是她堵夏艳平的话时弄上去的。梁月想给她擦下去，但这个时候的一切关照都会打倒眼前这个强悍的女人，梁月把目光从她脸上挪开，假装没有看见。

已经有段日子没有饭局了，白玉贞决定把宴请林见福老部下的局提前搬上日程，这是林家每年的规定动作。电话打了一圈，决定就定在这个周末。为了这场饭局，白玉贞特意去理发店吹了头发。店里的男孩还给她推荐了款紫红色的焗油膏，有点铤而走险，但男孩一直夸赞她。白玉贞知道他是想从她身上多挖些钱，然而当她望着镜子里的姹紫嫣红时，还是露出了意外的笑容，和镜子里的自己交换了一个心领神会的眼神，仿佛镜子的另一头坐着一个极为投契，但又久违的朋友。白玉贞从理发店回来的路上就想好了周末她要穿什么，她打算把那件压箱底的天青色连衣裙拿出来，裸袖，袖口有两匝密集扎实的蕾丝花边，掐腰裹身。想到这儿白玉贞嗤笑了起来，就这么定了，林见福可以穿那件冰丝衬衫，她步子紧了起来，被突如其来的家务事催促着——她得给林见福把那件衬衫熨烫一下。

饭局的当天，整个林家像是进入了另一个时区，天还没亮透，白玉贞就起了，忙碌的身影自然地生出了某种虔诚的律动，仿佛手里的家务和随之而来的那场饭局一样，都是命运的安排。她透过厨房的玻璃窗望着小区的后门，一辆黑色的小轿车在稀薄的晨曦中出了小区。她的目光追随着那辆前行的汽车，心悸神驰，像拉紧的弓，引而不发。热水壶在她耳边发出了蜂鸣声，不屑去看她就能精准地提起把手，是条件反射，也是肌肉记忆，就像是机器上咬合的齿轮，开水浇在三只晶莹剔透的玻璃杯上，撞击出呲呲的声响。她熟练地把面粉蛋液牛奶一一放入盆中，搅拌入锅。平底锅里发出激烈的爆破声，面糊"扑哧扑哧"地冒起了泡泡，这个声响让她平白无故地紧张了起来，不一会儿松饼的边缘就结出金黄的硬痂。白玉贞麻利地把松饼送上了餐桌，又顺手从冰箱里掏出一大瓶牛奶，倾倒入杯，乳白色的奶水琼脂似的，在杯壁上逡巡出一条可见的白色印记。白玉贞抽了厨房纸把杯壁上的白印擦了去，又擦净了桌面上零星飞溅出的两滴牛奶，路过开关，打开了餐厅的灯，一切准备就绪。白玉贞回到了洗手间，摆放着早餐的那个饭桌，像是她忠诚地把自己的心掏出来一块，交付给了家里的其他成员。梁月和林见福相继凑到了饭桌前，没人说话，咀嚼代替了语言。之后林见福把电视打开，声音调大，再大，餐厅里原本的那点静逸被一寸一寸地挤占了去。

白玉贞朝餐厅方向唤梁月，梁月进了屋，发现白玉贞正对着镜子够拉锁，裸着宽厚的背，像解甲归田的兵勇，有点不堪一击的样子。梁月突然可怜起了白玉贞，很想去搂搂她，抱抱她，但梁月没有去做，只是规规矩矩地给她拉上了拉锁。白玉贞又递给了她一串珍珠项链，梁月的手揉进了她松软的头发里，去探寻项链上的机关。梁月偷偷地深吸了一口气，幽微又袒露，"妈，你还好吧？"有那么一两秒，梁月觉得白玉贞就要褪下盔甲，和她大吐苦水，但白玉贞看着镜中梁月的脸，眼神如同从缄默的河水里淘洗出的石子，晦暗而坚硬。

四

汤茜茜跟林见福是一个单位的，来了多年依然是职场小白。

林见福起先并没有注意过她，直到有一次他带着分管部门的几个同事聚餐。两个方桌拼凑在一起的，汤茜茜坐在林见福的斜对面，林见福只记得她整顿饭都探着脖子，脖子细长，纵深处停在了一条玫瑰金项链上。项链像一条线，被一颗圆滚滚的珍珠坠着，有荡漾之姿。

"小汤，你最近怎么样？"林见福问起汤茜茜。

"您问哪方面？工作还是生活？"汤茜茜歪着脑袋，有点故作天真。

"问小日子啊。"林见福好像捕捉到了信号，内心突然不安分了起来。

汤茜茜说，"就那样呗，遇不到合适的。"托腮，摇晃着蒲苇一样轻曼的身体。

林见福兴奋了起来，汤茜茜的信号明显且强烈，他感觉他俩在暧昧的谈话中肆无忌惮地试探，交汇，聚合。

"领导，我最近要去西藏玩，您有没有推荐的路线。"十多年前林见福去的西藏挂职，那都是陈年旧事了，没想到汤茜茜居然知道，这让他们的互动多了一层根深蒂固的亲切感。

"你是自驾还是跟团？"

"我打算到了那儿再找散团。"汤茜茜的脸惨白，厚厚的发帘遮着脑门，发帘下面的脸让人想起温驯的鹿。

"我建议你走林芝、洋湖、纳木错、拉萨这条线。"

"哎，领导，我看他们都建议先从拉萨走起，最后到林芝，和您说的正好相反。"这问题问到林见福心坎去了。

"以我多年的经验，你先去林芝，海拔相对低一些，看看自己适不适应高原反应。"汤茜茜像被点悟了，眼里多了一份信服，林见福顿感自己威力无边，他继续说起了西藏的民俗风情。

"领导，您多吃点这个。"汤茜茜投桃报李似的，把眼前的黑猪肝往林见福跟前送了送。林见福没有打眼看，依然说着他记忆中的西藏，但内心热乎乎的，像是一匹疲惫的老马，奔走了数日，终于找到了一个可以打打盹、填饱肚子的地方。说到兴起之时，他环顾四周，其他人都在闷头吃饭，只有汤茜茜呼应着他的话，全程陪伴着他，腿在桌子底下慢悠悠地打秋千，身子也一扭一摆地在位子上共振。林见福知道她多半也听不进去他的话，但她努力迎合的样子叫他振奋，脖子上的珠子颠簸起伏，那珠子的主人也随之生出了一份跌宕之美。

林见福和汤茜茜的事藏得很好，藏本身也是种刺激，模糊了边界感，谈不上谁属于谁，谁占有谁，像极了平行空间里的一桩艳事。

每次都是林见福去汤茜茜家。汤茜茜一个人住在父母留给她的老房子里，一套规矩的两居室，地段还不赖。房产即阶级，林见福要对汤茜茜刮目相看了。房子虽然老旧，但装修很入流，墙壁被刷成了珊瑚粉，挂着几幅几何图形的画作。沙发是丝绒的，复古风暴绿，汤茜茜说这是孟菲斯派，林见福不往心里去，只觉得那沙发软塌塌，坐上去和肉身融在一起，听话又合身，像极了汤茜茜在床上的样子。他和汤茜茜在房间里穿梭，像水族箱里的两条热带鱼，新鲜，湿润，瑰丽，离奇。林见福的那副陈旧皮囊和骨头被彻底蛊惑，汤茜茜太得他欢心了，她幼稚的趣味，小儿科的手段，破绽百出的小把戏，真是直击他那颗老迈又蓬勃的心脏。

比如今天，她用嗲声嗲气的声音在电话另一头说，洗碗池里有个不明生物，等待林叔的救援。林见福得了令即驱车前往，英雄救美。汤茜茜头戴两只粉嫩的兔子耳朵，一件宽大的白T恤蔽体，手拎单反。林见福直奔厨房，洗碗池里的不明生物是条鼻涕虫，他拎起来丢进了垃圾桶。汤茜茜不依不饶，林见福又重新扔进了马桶。这期间汤茜茜还给林见福的矫健身姿拍了照，她的单反里有不计其数的林见福，她会时不时选几张洗出来放进手账，纪念他俩的罗曼蒂克，真是够抓马的。

望着汤茜茜，再去想那白玉贞——不偏不倚正打在三寸上。

林见福在丝绒沙发上睡了过去。

五

宴席在家门口的一家淮扬菜馆，林见福做东，目的是和依然在职场上奋战的老同事、旧部下通通气，以八卦为主。只是这赴宴的人一年比一年少，起菜的时间一年比一年晚。白玉贞早早就把菜单拟定了出来，都是按照赴宴人员的喜好来的，酒水是从家带的，红葡萄酒配红肉，白葡萄酒配海鲜，两颗橘普洱专供饭后解腻刮油之用。已经过了约定好的时间，走廊里弥漫着浓烈的香烟味，白玉贞叫服务员关上门，林见福又叫服务员打开门，隔壁包间里时不时迸发出笑声，就像小孩子鼓着腮帮子吹爆的绚烂气球。林见福已经被那笑声鼓动得坐立不安，站在窗户前望着外面的停车场，白玉贞的话明显多了起来，絮絮叨叨地安排着服务员和梁月，只有大家都忙起来才能让她踏实下来。

司机小段先到的，他老婆又怀了二胎。他是从医院赶过来的，夹带着医院里特有的消毒水味，风尘仆仆地进了屋，挑了一个距离林见福很远的位置坐了下来。白玉贞给小段倒水，水壶被小段抢了去，一来一往让白玉贞心里好受了些，捎带着问了问他老婆孩子的情况，语气有点像叮嘱自家的侄子外甥，倒不见外，只是平淡得像白开水，两人一问一答，几个来回，之后又迷失在隔壁的欢声笑语里。杜处长和高科长一起来的，进门时像是还在交流业务，所以和林见福的寒暄慢了半拍，又好像是林见福的寒暄抢了半拍。冯科长随后到的，儿子的考研结果下午出来，他临出门前还在给儿子做心理工作。都没带家眷，无所谓了，人来了就好，酒局终于成形。白玉贞代林见福致了开场白，"感恩，在座的都是我和老林的亲弟弟，所以今天是家宴。咱们这个家宴每年都有，已经是传统，家里人就要时不时聚聚，热闹热闹。"推杯换盏，起热菜。

杜处长一直是林见福忠心不二的属下，林见福退了就给他让了位置。杜处长这几年苦尽甘来，早年他肾衰竭很严重，靠透析续命，一直处于半病退状态，后来托人找了野路子，换了肾。这年头肾源多稀缺，哪能说换就换，那颗肾是跟他很投缘，跟他的身体也投缘，换了以后没有任何排斥反应。现在的杜处长是容光焕发，就连头上几近灭绝的头发也重新焕发了出来。他端着茶杯，心有戚戚焉，"我这肾据说是一死刑犯的，我开始半信半疑，但自打这颗肾长在了我身上，我就感觉自己像变了个人，性格，喜好，口味，全变了，就连嗅觉都变灵了。"林见福用酒杯口点了下杜处长的茶杯，"你这是换肾，说得好像换了个心，换了条命似的。""哥，我真是换了个心，换了条命。"杜处长把杯子里的茶一饮而尽，又给自己满了一杯。

杯起杯落。林见福问起了单位的境况，主要是业务上的，大到新政策的出台，小到实施细节的管控调配。杜处长暗自啜饮，把话留给了两位科长。高科长有升处级的希望，但竞争对手包括冯科长，所以两个人说话都有余地，不再真刀真枪，见血见肉，听得林见福不开心，直觉自己像是圈子里的圈外人，已经被组织抛弃了。直到聊到了汤茜茜，话题才开始露骨了起来。"哥，你还记得你分管的信息科，那个汤茜茜吗？"林见福正在嗦一只灌汤包，听到汤茜茜的名字，里面滚烫的猪油汤汁洒了出来。白玉贞的神经被调动了起来，汤茜茜——听上去就像是和什么赤油浓酱有解不开的关系，"她是谁？我怎么没听我家老林提过。""哎哟，嫂子你可不知道，她现在和我们傅局长走得很近。"杜处长话毕，嘴角倾泻出意犹未尽的笑意，那些不为人知的细节就都消化在这忽明忽暗的笑中了。傅局长是单位一把手，正值当打之年，平时很爱惜自己的羽毛，汤茜茜居然投奔了他，有两下子。"她怎么跟的傅局长？"杜处长见一旁的林见福没出声，有点辗转反侧，含糊了起来，"嗨，皮裤套棉裤，必定有缘故。"说完便自顾自地端起茶杯，抿了一小口，目光避开了白玉贞，停靠在了一块糖醋小排上。

林见福早就没心情吃饭了，汤茜茜，那个臣服于他的汤茜茜，居然把他甩了，退了休的林处长怎么比得过年富力强的傅局长，果真人往高处走啊。汤茜茜的一颦一笑、一言一语都消解在了一声叹息中，可怜啊老林，居然走心了。这样也好，这样也好，不用纠缠得鱼死网破。想到这里，林见福不由得心里一紧，所幸没跟白玉贞摊牌，没为了汤茜茜跟白玉贞离婚，才不至于跌得更惨，要是脑子一热离了，这不就瞎了吗？晚节不保，还成了单位的笑话。林见福睃了眼一旁的白玉贞，醺然，沉醉，像掉进了烈酒甜水里，想着想着，林见福突然心酸了起来。可怜的白玉贞，到头来，也只有这个女人陪着他，就好像厨房里的一箪一瓢，用着顺手且颠扑不破。

杜处长接了通电话提前离席了，走之前对着林见福好一阵抱。剩下的高科长和冯科长困作一团，小段在一旁发呆，白玉贞守着林见福，众人皆醉，众生皆苦。为何还执迷于杯酒之间？她心知肚明，只是羞于承认：她还不想退席，就像孤勇的士兵离不开战场，她的生命早已被量化在了酒里，人世间所有的百转千回和怪力乱神都在酒里。然而，再英勇的士兵也有解甲归田时，白玉贞低头看了看怀里的老林，与她并肩而行的还是老林，也只有

　　　　　　　　　　　　　共生的骨头　|

老林了。

林见福的肉泡眼还了魂，他知道这顿"家宴"明年就办不成了。淅淅沥沥的碰杯声渐次散去，间或听到一两声沉闷的干呕和碗碟相撞的冰凉声响，仿佛胡琴拉扯出的荡气回肠的尾音。

这顿家宴具体是怎么结束的，林见福已经记不清了。他只记得自己后来就泡在了酒里，时不时看见汤茜茜血珠子似的红嘴唇在面前晃动，认命吧……高科长他们以为林见福因为退了休而孤独寂寞冷，后来白玉贞替林见福解释，"老林难得这么尽兴，都是因为和自家兄弟在一起，才能纵情放肆。"最后的最后，白玉贞就在林见福的视野里变了形，直到变成了细薄的一条线，隐没在混乱的意识里。

林见福不知道，他那天在酒席上出了点故事。饭吃到一半，他突然起身，从旋转桌正中央的一只花篮里，摘了一枝玫瑰花，塑料的，所以看上去肉感十足，手捏花枝，投递到了白玉贞的面前。在座的人都停下了筷子，搞不明白林见福这是唱的哪出。白玉贞的手指头在塑料花枝上逡巡，充满了不确定性，"什么意思？"林见福骂她蠢笨，"给你你就接着，哪那么多为什么。"要照以往，白玉贞绝不会在嘴上饶过他，但她的魂魄像是被那枝玫瑰勾了过去，白玉贞望向坐在不远处的梁月，如同掉进了琼浆玉液，在慌乱地寻找着支点，"那我就恭敬不如从命了。"说完把那枝玫瑰安放在手边，脸上多了层柔美惬意的红晕。

只是，林见福献完花没多久，就枕着胳膊睡了起来，嘴里喘着酒气念起了一个热腾腾的名字。那三个字念得如此轻柔动人，仿佛被喉咙孕育，经由舌头呵护，口腔涵养，到了无可延宕之时，方一点一点地从嘴边吐了出来，宛如一支歌，或是一首诗，要听者也得有七分努力和三分悟性，才能体会。那名字，只有身旁的白玉贞听见了。

六

家宴过去了。林家的客厅里不见了似锦如云的繁花，取而代之的是一朵经久不败的塑料玫瑰。塑料看上去挺廉价的，毛糙的边缘已经被锋利的剪刀修理掉，被插在了一尊水晶花瓶里。

梁月若是在那枝玫瑰前驻足片刻，就算是打开了白玉贞的话匣子。

（刊发于《长江文艺》2021年第2期）

金　花

一

　　冯金花没有按照约定好的时间来，而是晚了十天，她到的时候，安安已经发黄，叠加上本来的肤色，看上去像一颗肉滚滚的橘子，眼白也是荧黄色。

　　本来留给冯金花的活儿，都被医院里的热心义工做完了：买红牛、巧克力，花样百出地逗陈茉开心，按摩腰背腹，当肉垫子任陈茉靠着发力，对着细眼塌鼻的赵安安一顿猛夸……这些苦差事，冯金花都躲过去了。旧的合同作废，黑不提白不提的，冯金花和陈茉默认了新的合同，干完一个月走人。

　　冯金花的行李不多，除了一身儿外套，旅行包里就塞着几件睡衣和居家服，脚上踩着一双扎眼的坡跟皮鞋，穿着肉色丝袜的脚被紧紧箍在两团玫红色里，两朵皮子扎成的花顶在上面，极尽残勇地装点着瘦高的脚面。外面下了雨，冯金花身上夹带着潮气，闻起来又湿又冷，她跨坐床边，用手抚平衣服上的褶皱，又摩擦了几下掌心，拢住了陈茉的腿，那双手一放在上面，陈茉就知道，那是一双抓柴火的劳作之手。

　　安安出生才十一天，刚过完"送汤米"，这股热闹的氛围让人迷恋，不忍心摧毁。他趴在床中央，被两块纱布襁褓裹着，陈茉侧身躺在身边，看他脸上脂膏状的一层柔软细密的胎毛。

下午四点，不能再耗下去了，陈茉决定带着安安上医院。赵波直接把车子开到了城中最大的那家儿童医院，门口人头攒动，所有人都在一片焦灼中抢时间、熬时间。安安被护士抱进胸片室，冯金花掀掀眼皮，碎碎叨叨地，"没要紧的事，就是新生儿黄疸嘛"，陈茉一脸虔诚，把冯金花当显灵的神仙，冯金花垂着眼皮，用后槽牙嚼着那一套百说不厌的话，"我觉得都不用来医院，还要给他吃麻药"，愤愤然，像是见不得安安受半点委屈的样子，转念又缓和了下来，"你不就是医生嘛，你应该懂啊"，"我那是牙科"。胸片室的门开了，护士排着队往门外递襁褓，冯金花挤到门口，在人缝里钻来钻去，"哎，这是我们的"，手从两个男人中间横穿了过去，顺势拱到了最前头，张开双臂，把哭得最凶的那个搂进了怀里。

一大家子都来了，陈茉的爸妈，赵波的爸妈，全都局促在急诊室门口。结果出来了，安安必须住院。手续繁琐，赵波一个人在收费窗口和住院处两头跑。陈茉被医生叫了进去，填些表格。主治医生太年轻了，说话呛口，婚否未知，但肯定还没升级当爹，好多事情他都不懂，比如孩子是个什么样的物种——可不是成人的幼崽这么简单。他问了安安的基本信息和陈茉在围产期的情况，手里的笔在泄闸洪水般密集而混乱的话语间走走停停，颠倒的墨点时不时落在表格上，刺激着陈茉不安的神经。

"能不输液吗？他才刚出生"，陈茉觉得喉咙里有只手在攥着她。医生晃神，不明所以地看着陈茉，"他肺部已经感染，消炎必须要输液呀，治疗是需要输液的"，"国外都不给小孩输液，"陈茉知道自己的话挺招人烦，但她有点蓄意了，故意说些硌耳朵的话去挤压医生的忍耐力。"那你去国外治吧"，医生大梦初醒的样子，干脆撂下笔，看笑话似的瞅着陈茉怎么给自己找个台阶下。冯金花站在门外，脑袋挤在玻璃上，静静地听里面的动静。空气滞流，两个护士在后面操作台上给安安换衣服，套手环。陈茉扭头，发现安安已经被抱去了住院部，扯开嗓子大哭，医生二话没说，删繁就简地夹了档案夹火速离开。躲在门口的冯金花进屋把陈茉架了出去，陈茉的脑袋顺势往冯金花的身上扎了过去，一股膏药味钻进了她的鼻子。

　　夜里，赵波拉着陈茉和冯金花回家。马路已经空无一人，路灯把空旷冷清的道路照得莹亮又失真。夜里每隔三个小时，陈茉都要吸一次奶水，存在冰箱，早晨由赵波送到医院的住院部。车开得飞快，陈茉有些担心赵波，但她没说什么。陈茉打开车窗，高架桥下一片漆黑，像被火燎出的一个窟窿，那是一汪湖，上班挤地铁时她透过车窗见过，湖中央有几棵树倒栽葱似的扎在水里，枝条像灰扑扑的长须触角，在水面上无尽地蔓延，漂浮，树与水连接又间离，仿佛湖心诞生出的小岛。她总好奇，是谁把树带到了水里，或者谁把水带到了那片土地。空气潮湿，沉重的心开始一点一点地被暖风撼动，像是学生上课开小差或者幼童被糖纸声吸引，那么轻而易举、那么软弱地被扯脱，接着被治愈。安安还在医院里——一想到此，陈茉心里就多了一层钝痛的负罪感，她是不是应该再悲伤一些，"悲伤"才是一个母亲此时此刻最正确的心情。陈茉想看看后面的冯金花在干什么。冯金花靠在椅背上，橙黄色的路灯和漫无边际的黑夜交替切割着她的轮廓，陈茉觉得冯金花在冲她乐，再看去，冯金花又闭着眼睛仿佛睡着了。

　　认识冯金花时，陈茉距离预产期还有三个月，奶瓶、吸奶器、隔尿垫、玩具、衣服、育儿书样样都储备到位，只有月嫂还没定好。在拒绝了婆婆推荐的一个熟人后，某个周末，赵波边"百度地图"边驾车到了近郊一处月嫂中心。面试了几个都不满意，所有的月嫂都拉着陈茉话家常，恨不得在五分钟之内对她掏心扒肺，倾诉衷肠，太热情了，热情得骇人，叫人畏缩。中介像是会读心术，挽留起陈茉和赵波，直言还有一个"金牌月嫂"，他们肯定满意，陈茉和赵波交换了眼神，彼此都没抱太大希望。没多久，中介身后多了一个女人，三十多岁的模样，这在月嫂行业应该算是反常的年轻力壮，额头饱满，闪着光泽，脸颊上有淡淡的雀斑，还有水纹样的毛细血管时不时浮现出来，嘴巴宽大丰厚，牙齿母贝状，整齐洁白，让人心生好感。"我叫冯金花，驻马店人，三十八岁"，话没说完就被中介抢了过去，"她可利落了，这是我们这里最好的。"

"安安的胎毛和脐带都存不下来了"，陈茉在卫生间换掉衣服，在医院她流了不少血，冯金花说是产后血崩。"要那些有什么用，何况安安还是个男孩子，他长大了对这些东西没有兴趣"，冯金花一边把毯子铺在瓷砖上，一边把那团带着血的衣服揉成团放到脸盆里，撒了洗衣粉又放了水，搓起了衣服。陈茉以为冯金花会再说些什么安慰的话，但冯金花的嘴巴像被抹上了水泥，再也撬不动了。洗完衣服，冯金花又锁上门洗了个澡，水花砸地的声音让陈茉突然意识到，家里又多了一个人共同生活，长这么大，她的家庭迄今从未欢迎过一个外人容纳进来，一直都是爸爸妈妈，之后是赵波，赵波的爸爸妈妈，除了这些家庭成员，冯金花是第一个。一种蛊惑人心的直觉牢牢攫住了陈茉，她翻身下床，走到了卫生间的门口，水流声钻出门缝，膨胀的热气像是要把磨砂玻璃挤破，她把手搭在了门锁上，里面安静了下来，接着是拖鞋在地面上的刮擦声，她扭了两下门锁，里面没了动静，"金花，我要上厕所"，冯金花在门后头停了几秒钟，终于开了门，一股浓郁的香草味扑鼻而来，这味道很熟悉，是陈茉给安安海淘的护肤霜，冯金花偷抹了。像是悬而未决的事情终于有了结果，冯金花在雾气里再一次回过头，头发湿漉漉地堆在头顶，慌张又狼狰，腿肚子上的那块疤痕面目狰狞地攒聚在一起，陈茉看见了，瞬间忘了护肤霜的事。

空气里飘着热气。汤勺舀点儿面糊放进油锅，油温加热，面糊上泛起黄色的气泡，发出温吞的嗞嗞声，面糊逐渐归拢，收敛，攒聚成一块金黄色的面片。另一个炉子上，去皮圣女果衬底，生鱼片卷成花瓣，丝瓜瓤挖空，镶填进粉红的虾仁，上屉清蒸。出炉后再淋浇汤汁，摆盘装盘，铺陈利落。陈茉妈妈见冯金花这架势，便从厨房里退让了出来，安心放手。冯金花话很少，临睡前烧水，铝盆里放艾草、老姜几味排寒老药，递毛巾，倒水，监督陈茉泡脚，之后再将薄被子盖在陈茉身上，撬动关节，按压，发力，掐跟腱，搓脚心。陈茉不好意思，总想抻出来一个两个的话茬烘托气氛，冯金花则臊眉耷眼地听听，然后把身体重心威重而艰缓地从一条腿换到另一条腿上，又继续埋头找穴位了。"你说安安不会和我不亲吧，一出生就离开我"，以亲近或疏离来考量孩子存在的意义，这么想显得很自私，仿佛生孩子就是为了多一个亲缘上的附属品，但这个困惑在陈茉心中蓄积已久，"不会，他记不住"，冯金花扶乩般动着手指，脸上溢出了一点笑模样。

三餐之间，冯金花在厨房里待着，虚掩着门不出来。待新鲜的蔬菜和水果被采买回来，她便坐在那些红红绿绿之间忙碌起来。冯金花是不出门的，因为一出门，便会涉及很多尴尬的事，人与人的远近亲疏就要浮出水面，比如配不配钥匙，给多少钱，花了多少钱，退回多少钱，有没有利用外出时间开小差……冯金花和陈家一上来就达成了默契，不屑多说，双方都懂。陈茉的妈妈每周来三天负责采买，冯金花会提前写好需要的东西，牌子、规格都交代得很清楚。

"小冯捡了便宜，不用看孩子"，陈茉的妈妈见缝插针地对陈茉说，冯金花在厨房里做清蒸鲈鱼，正做到烹油浇汁那一步，热锅热油，开着抽油烟机，她听不见厨房外的闲话。"是不是应该少给点？""算了，合同都签了，明码标价的。"

冯金花捧着菜盘子从厨房出来，鱼头和鱼尾被油煎得金黄，中间的鱼肉被刀子划成六块，汁液翻滚，热气蒸腾。冯金花搁下盘子，又回到厨房，陈茉母女用筷子夹起鱼肉，三下两下入口，"小冯，你也来吃呀。"陈茉妈妈抹着油嘴，把脑袋探进厨房，冯金花坐在小板凳上剥竹笋，"我不饿"，"啊？你不饿？""我不饿，你们吃，晚上吃竹笋，行吧？""可以的。"陈茉妈妈鬼祟地从厨房出来，冲陈茉安静地摇摇头。母女俩都搞不懂冯金花的路数——难道刚才的话被小冯听到了，不应该，唉，管她呢，还要照顾她的情绪。那条鱼很快就被瓜分干净，鱼头和鱼尾的临近处还有两口肉，陈茉妈妈捅捅陈茉，挤了挤眼睛又指了指厨房的影子，"待会儿小冯会吃，她刷碗前肯定会吃掉的。""不—会—吧。"

"你看啥呢？"陈茉把碗碟端回了厨房，只见冯金花的膝盖上摊着一本书，被五颜六色的笔勾勾画画得颇为壮观，书角卷翘，书口还有两个油腻乌黑的手指印，"准备自考？"冯金花睃了眼陈茉，双臂死死下坠，封住摊开的那两页，"没啥"，大概是觉得遮遮掩掩甚是无趣，便自我罢黜似的松开了臂膀，把快要散架的封皮盖上，《三国演义少儿版》，"瞎看，肯定不耽误工作！"陈茉嗡鼻，眼珠还在那本薄薄的小书上转动。冯金花复用手遮盖起封皮，重新开头，"说来怪不好意思的，我最开始干的第一份差，那家人的电视上总播《三国演义》，演周瑜的那个洪宇宙，帅，太精神了。后来我就找来书看。"冯金花咧开嘴巴，露出粉红色的牙床。"啊，我知道，我也看过。"陈茉一拍双手，冯金花更不自在，撩撩头发帘，又摸摸鼻子尖，像是自己朝思暮想的秘密情人被突然公之于众，她搓了搓潮热的大手，接着在空中挥挥，算是给自己的"追星"事件画上了个句号。

托了关系，陈茉和赵波中间看过一次安安，他的头发被剃去了一半，没头发的那半边插着输液管，还有一块蓝色的留置针，手脚都被一块绿色的棉布束缚了起来，像是一小把柔软的麦苗。

二

安安终于被接了回来。生命仿佛又经受了一次重新的周转与孕育，陈茉和赵波像是抱回了第二个孩子一样。陈茉用眼睛仔仔细细地看着他，反复印证着他的样子，像是拓印下眼前的他和记忆中的他：轮廓，骨骼，眼睛的形状，鼻子的弧度，剩下半边的头发，手指甲的颜色，脚趾头的长短……直到确定无疑这个就是自己分娩出来的那个孩子，心里的一块石头算落了地。

赵波好事不断，接连被组织部选去参加干部培训，趁着热乎劲儿，还有一个高校办的青年干部培训计划也决定吸纳他，一半学者一半基层干部，能长不少见识，他连夜赶好了选题，亲了亲还在熟睡的安安就启程了。三十出头，所有机会和资源都潮水般地汇聚到他的身上，这让产假中的陈茉都急红了眼。赵波人脉广，在外做事极妥帖，与各路人等都私交甚好，他爱替人办事，上个月刚帮人家办了个白事，好厅，好炉，车接车送，四置周到，事儿办成了还主动随份子，境界不是一般的高。怎么说呢，陈茉在这方面是后知后觉，晚熟且不开窍——休产假前找领导签假条，领导轻嗔一声，小陈，你知道你缺少什么吗？陈茉噤口，你缺少对"成功"的渴望，陈茉恍然，从来都是"成功"不找她，合着是自己抛弃了"成功"！肚皮鼓起来，她来不及消化那套"成功学"，拿着假条去人事部备案去了。

冯金花穿着藕粉色的睡衣，在木质的小床边看了看安安。安安在小床的中央安静地躺着，不做声响，眼睛盯着天花板上垂下来的马戏团玩偶，那只塑料圈外面套着紫色的棉布，几根长短不一的彩穗下面悬挂着大象、猴子、长颈鹿、公鸡。安安盯着那些静止的动物，黑葡萄一样的眼睛从那团玩偶身上挪开，又盯着冯金花，郑重其事地，像是在用眼睛勾勒她的形貌，或是定义她的本质，从没有人这么看过她。冯金花乐了下，像是嘴里含着一颗糖豆，甜水一点点化开，然后被吞进了喉咙。

冯金花睡在安安的小床旁，白天黑夜都由她照顾。赵安安哭，冯金花连滚带爬抱起他递到陈茉胸口前，饱腹一顿，再抱回自己身边，拍嗝儿，顺气，换尿布，哄睡。赵安安乐，冯金花也被逗乐，在黑暗里翻个身，自己跟自己撒娇似的，用被单捂住嘴巴，之后又酣然睡去。有时半夜，她翻来覆去睡不着，就坐起来冲着小木床发呆，幻想自己的孩子就在里面，然后伏在木床沿，用手指碰碰赵安安柔软的小手，从稚弱的身上滑过，忍不住了就摸摸那团小脸蛋，顺顺稀疏的头发，"要是被陈茉看见，八成觉得我有心理问题吧"，冯金花"噗嗤"一声，噤声闭口。冯金花的失眠略有加重，她吞了几颗药，又一头栽进了枕头里，裹上被子，翻翻眼皮，脸压麻了，还不死心，把手垫在脸蛋子下面，继续想自己心里的那点破事。

切口仿佛永远也好不了，陈茉换上柔软的棉质裤，线头排异反应严重，她被带到妇产医院取了一次线头，但巨大的痛感还是从伤口蔓延。所幸，她没有遭遇哺乳问题，奶水足够喂饱一个孩子，但炎症让她反复发烧，她喝了补铁剂，然后再也睡不着了。陈茉下了床，月光从窗口筛落，经过冯金花的房间，她规定房门是不可以关的，安安躺在小床里，一旁的大床上躺着冯金花，月光把她的身体漂白，过滤，只剩下一个惨白的影子，陈茉看不清她是不是睡着了。

网上的育儿法则多如牛毛，各种招数，真的假的，但都透着破釜沉舟，死马当活马医的决绝与勇力。在筛选与评估后，冯金花给陈茉支招，从网上下单了一摞闪卡，一水儿的黑底白画或者白底黑画，据说这么大孩子只对黑白敏感。每天早晨，冯金花都抱着安安，陈茉站在二人面前一张又一张地闪着卡片，据说此方法锻炼孩子的观察力和注意力，无所谓了，反正比盯着天花板发呆强，陈茉还配上了英文，十八般武艺全都用上了。做父母的往往都有种"但行好事，莫问前程"的高蹈境界，自己尽力了，孩子成不成事就听天由命吧。"安安行，你看，你看他，多专心。"冯金花这话成了一剂强心针。

冯金花的那双玫红色坡跟皮鞋过于单薄，过不了冬，陈茉从网上买了一双运动鞋送给她。冯金花接过包装袋，露出红面颊，接着便进了放杂物的储物间，半晌不出。陈茉和陈茉妈妈在外面嘀咕，后顿悟：冯金花在里面试鞋子。之后每每问起，冯金花只说：喜欢，合适，但从不见她穿，仍然蹬着那双露脚面的皮鞋。

时间长了，陈茉逐渐下放自己作为母亲的权利和义务，一切都开始由冯金花代办。为了支开妈妈和婆婆，换来几天清净，陈茉从网上团了个古琴课包，地点就在近郊的一处酒店。陈茉订的双人间，妈妈和婆婆一间，解决食宿，课程安排得很满，零基础入门古琴课，店家保证几天下来二老就能轻轻松松表演《沧海一声笑》和《仙翁操》，中间穿插着香事、茶禅和打坐。这激发了陈茉妈妈的斗志，出发前一周便蠢蠢欲动，摩拳擦掌，从淘宝上下单了一身儿桃红色瑜伽服，说是专门打坐用，并跟着电脑在家愣是把单盘攻了下来，双盘也能盘上，就是不稳，总打晃。"您这还没去呢，把该学的基本已经学完了"，陈茉不禁叹服，妈妈掀了掀眼皮，又陷入了如封似闭的状态。

伤口逐渐愈合，顽固成一道坚硬的疤痕，然后弥合成身体的一部分。陈茉终于可以站在喷头下冲洗、清洁，但她恍然发现自己需要面对的是一个已然失控的、陌生的身体。陈茉狠下心花钱请了个普拉提私教，开始玩了命地折腾自己，每周上课三次，回家有作业辅助练习，没事就见她在客厅的一方瑜伽垫上把四肢扭转成各种拧巴的姿势，出汗，排毒，冥想，入定，由内而外，由外而内，无所不用其极，冯金花抱着安安站在一旁看热闹，安安的嘴巴里吐出细密的泡泡，对着瑜伽垫上静止不动的陈茉发呆。吸气，呼气。肋骨打开，肋骨插入胃里。猫式，半程卷腹，分别三组。教练是个二十出头的马甲线女孩，体校毕业，爱好是骑重机压弯儿，陈茉见着她就发怵，要不是为了回本儿，陈茉一准儿不再踏进那间教室。

"金花，你也来呀。"陈茉微阖双目，轻嘘出一口热气——家里就一张瑜伽垫，她客套得有点不着调了。冯金花摇脑袋，像是怕被腐化，瞬间就泾渭分明地划清了界限，"我不来，你做你的，我看看。"边说边拍着安安的屁股，手掌开合起落，渐入节奏，陈茉天天被她捏腿，最清楚她的力道与劲头了，这一掌接一掌地，搅得陈茉心烦意乱。

陈茉上下眼皮一搭，呼吸与冯金花此起彼伏的拍打声共振。"呼气，身体慢慢转向左边，锁骨扩张，腰带动"，拱起屁股，脑袋垂下，提拉小腿，脚跟用力，像是一块失重的石头，"要有正确的 alignment"，教练的话犹在耳边。

"若要小儿安，三分饥与寒"，冯金花边给安安捏脊边朝陈茉的方向说，"夜里安安做美梦了，还笑出了声""听见他凌晨叫了吗，那是抻筋呢，要长个头""孩子要是起了痱子，哎，我跟你说，医院开的药真是不如我老家土坯房上的黄土，久经日晒，涂在伤口上最见效""回头我给你秀一手，做我们那儿的烩面，那叫一个香"……一提起老家，冯金花根本停不下来，陈茉盘坐调

　　　　　　　　　　　　共生的骨头　|

息，专心听她说话。

赵波周末才回来。陈茉不放心，趁赵波去卫生间的工夫，光脚下地，埋伏在床头柜前偷看赵波手机，此行为确实有点不齿，但疑心生暗鬼，别无他法。小笑脸，一长串玫瑰花，美女……"这些都正常"，陈茉自言自语，"正常，格外正常"。卫生间传来冲厕所的声音，陈茉决定就此打住，把一个个刚打开的页面再依次关上，双击，划掉查阅的历史，再翻回刚才解屏的画面，摆回原位，提脚跟上床，佯装睡觉。

胡思乱想了一宿，陈茉窝在被窝里查《答案之书》，双手按放在封皮上，闭目，冥想，发问，虔诚至极，用一根手指头翻认一页，"赵波有没有精神出轨"，书上告诉她，"那是必然的"。陈茉合掩上书，发下宏愿，轻率又仓促，仿佛觉得还不够牢靠，又像是无法自欺欺人，下床跑去问正在洗衣服的冯金花，冯金花柔软的双颊上露出了短暂的惊讶，"精神出轨？出轨就出轨，谁管得了他脑子里想什么。"

"小冯脸都锈了，"陈茉的妈妈从连续剧的缝隙中挤出点时间，"她刚来时，脸色可好了。辛苦钱，不容易赚。""她人呢？"陈茉没听见孩子哭，更没见到冯金花。"我让她抱着安安出去晒晒太阳，她肯定是缺钙，这两天看着发赖。"陈茉妈妈边说边举起了遥控器，为了说话错过了一轱辘剧情，她得倒回去重新看看。"您怎么让她一个人带着安安。"陈茉扭身跑下了楼。

广场上空无一人，路的两边是开满红豆子的植物，那一颗颗红豆子像是娃娃的拳头，靡丽又柔软，豆子滚到地上，被陈茉匆忙地踩碎，碾出红色的汁液。陈茉觉得事情开始向无可挽回的地步发展，冯金花腿上的伤疤，反常的年龄，漂亮的容貌，现在想来，这些都可以成为一场不可逆转的悲剧的前奏，她突然发现，自己对冯金花知之甚少，她家里的情况，婚否，有没有孩子，这些问题一直以来都在她的脑海里冲撞，从未找到过出口，原来冯金花和这个家庭的联系是如此脆弱，随时可以一刀两断，这个念头一闪而过，给她带来巨大的冲击。她在楼宇间大喊了起来，"赵安安！赵安安！"广场上没有任何动静，恐惧朝她扑来，强烈的不安感逐渐变成一道缄默的鬼影，直到广场的拐角处传来一阵孩子的尖叫声。

孩子堆里，冯金花的声音传来，她手指头点到每个孩子，"最后一局，咱们不再分组，咱们叫群雄割据，逐鹿中原"，孩子们得了令，朝着四面八方跑开。陈茉终于看见了冯金花，更重要的是，她看见了安安，惨白的脸恢复了些颜色，刚才的胡思乱想被她快速地内耗和消化掉了。

三

冯金花鬼祟地在陈茉的卧室外头转悠，反绞着双手，在身后把房门关上。家里就她俩，纯属多此一举。半天，吐出了一句羞赧的话，"茉茉，我家老大放寒假来北京了，住在我一个表姐家，她总嚷嚷着想上一回英语班，我给她约了一节试听课，想让她听听。"冯金花一口气说完，然后腼腆地杵在原地。两人决定，陈茉开车，冯金花抱着安安，先去接大女儿，再去上课。

"我这个表姐人不赖，她早年嫁到北京，前年退的休，她知道我在北京干活，逢年过节总邀请我去她家，我哪有工夫去，这两年过年都不回家的，都待在岗位上。"说到"岗位"两个字，冯金花略带娇纵地透过车窗张望着寒冬里的街景，"我连家都不回，还去人家家里，这不合适，你说是吧？但她可热情了，我觉得人家总叫我去，我不去，显得我闹别扭似的。去年开始我就寒假把大女儿送到她家，住楼房暖和，省得让她在平房里挨冻。"

"安安，你看，警车。"冯金花把腿垫高，托起怀里的赵安安，捏着他的手指往窗外看，嘴里发出"嘀嘀"的警笛声，安安嗓子眼里涌出一串滚烫的笑声，像裂开的石榴，连汤带水流淌一地，冯金花的笑声也裹了进来。

　　"就前面路口，红灯那里。"车子停靠路边，马路牙子上站着一个十来岁的高个女孩。

　　冯金花的大女儿上了车，坐在陈茉身旁的副驾驶座，耳朵里塞着小黄人的耳塞，穿着一件粉色羽绒服，背上背着冰雪奇缘的帆布书包，"艾莎"的笑脸闪亮而失真。冯金花在后排指挥，"扣好安全带""快叫阿姨""带水壶了没"，一连串的发问颇具气势。"你叫什么呀？"陈茉把车子拐上三环路，"你跟阿姨说你叫什么……是不是戴着耳塞呢，把耳塞摘了"，冯金花的手指从座椅靠背旁伸了过来，敲在粉色羽绒服的肩膀上，"你跟阿姨说，你叫什么？""张皓月""张皓月——我给她瞎起的"，冯金花说话像炒豆子似的，噼里啪啦。陈茉的注意力已经在后面那辆闪着大灯的速腾上，"真是讨厌"，她小声自言自语，并道，拐弯。母女俩牛头不对马嘴地说了两句，张皓月坐在副驾上划手机，在麦当劳的外卖菜单、微信、B站上来回切换，对车里的其他人完全持消极抵抗的态度。陈茉看了眼后视镜，冯金花一脸焦灼地盯着女儿的后脑勺，"我把车停地下车库，然后咱们一块儿，不用着急"。

　　"你待会儿带月月上课，把安安给我就行，我带着他转转"，熄火，拔钥匙，下车，陈茉隔着车子冲对面的冯金花说。"不用，她进去上课，我也没事"，冯金花没有要放手的意思，兀自把安安放到肚子前的腰凳上。

　　"英文名？"张皓月把头扭向冯金花，声音细弱蚊呐，"什么呀？"冯金花用手捆着女儿的胳膊，"我没有英文名"，"你早会儿干吗来着"，冯金花扭头看陈茉，脸上堆满了殷切的祈求，"茉茉，你给想一个"，"叫 Ann 吧"，陈茉突发奇想，只因为字母 A 在二十六个字母里排在最前头，张皓月被临时安排到了一个英文名，她能当一个小时的 Ann。

冯金花坚持站在监视器下，盯着模糊的九宫格找 Ann 的身影，陈茉凑了过来，"找着了吗？""那儿呢"，冯金花扬了扬脖子，陷入沉默中。空无一人的教室，Ann 坐在距离摄像头最远的角落里，在低像素的监控画面里，被挤压成一个扭曲变形的粉色色块，"你说她怎么不坐中间"，冯金花有冲进教室的冲动，"小孩都有主意"，陈茉把赵安安从她胸前的腰凳上抱了下来，径直找了位子等。"咔嚓"，"咔嚓"，冯金花掏出手机对着九宫格里的 Ann 捏了两张，触屏，放大，仔细看了半晌，又锁屏，塞进了兜里。

课很快就过去了，老师在门口叫着每个孩子的英文名，Jasmine、Bingo、Jade、Jackson、Emily……家长上前，领走孩子，像是打台球，用球杆把球精准地推送进球袋里。冯金花在人群的外沿徘徊，见缝插针地伸脑袋，殚精竭虑地找入口，直到人都走了一波，人群缩水了两圈后，才挤了进去。

冯金花拉了女儿径直去找陈茉，"晚饭回你表姨家吃？""嗯，你甭管了。""到家来个信儿。""知道"，张皓月又塞上了耳塞，双手揣兜。冯金花接过安安上了车，然后冲张皓月比划着，"你就还坐你陈阿姨边上吧，一会儿好下车"。车子开动了起来，稀疏的路灯把这对母女的身影抻长又剪碎，后座上的安安已经熟睡，悲伤弥漫着整个空间，没有人再发出声音。

车子停在了来时停靠的路口，附近挤着两三个小区，陈茉也不知道张皓月要去的是哪一个，或者这两三个都不是，她还有更远的路要周转。车子打着双闪，分离焦虑折磨着后座上的冯金花，她连珠炮似的说了一串叮嘱，"晚上早点睡，不要熬夜""少用耳塞，你听见了吗？""哪天开学？""到家告诉我。""听你表姨的话，听见没？"张皓月囫囵吞枣地消化着。临了，冯金花把脑袋钻出了车窗，用家乡话和张皓月又说着什么，陈茉听不清楚，她看见张皓月这次乖顺地点了点头，然后扭身走了。

"走了噢。"

冯金花沉重地吞了一口口水，"刚才出来还跟我说：她挺想接着学的。"橘黄色的路灯像是被搅碎的蛋黄，女儿背包上"艾莎"无忧无虑的笑脸像一个炸开的面团，冯金花擤擤鼻子，呼出的团团热气飘在冰凉的车窗上，浮出一层灰色的水雾，很快又消逝了。

安安睡得很沉，冯金花把他放到小木床上，用湿手帕抹了抹他的脸蛋和小手，涂了婴儿霜，脱掉衣服，换了睡袋，又在他的脑袋两侧压了两个麦麸做的小枕头，把脖子不偏不倚地卡在中间。晚饭是氽丸子汤，冯金花说多吃汤汤水水，有利于哺乳。吃过饭，冯金花窝在沙发刷手机，陈茉把脚边上的毛毯扯过来，盖在自己的身上，她睃了眼身旁的冯金花，手机的光亮打在冯金花的脸上，两团蝴蝶斑像是河底的尘沙，纷乱了起来。若不是有衣服的遮挡，谁会看得出来那条腿上有块巨大的疤痕，她到底经历过什么？

"你干吗全点赞？跟打卡似的"，陈茉把脑袋探了过来，冯金花没抬头，继续点击小红心，赞，赞，赞……"'点赞狂魔'说的就是你！"冯金花捂着嘴巴笑。

"嗳，这个你怎么不点？"

"这是张皓月，她之前嘱咐过我，我点了她不自在。对她，我实施的是监督管理权"，冯金花的大拇指和食指熟练地划开照片，斜着手机看了半晌，"你看"，说完把手机递到陈茉眼前，"多快呀，这么大了"，张皓月被修图软件修得惨白惨白的，颧骨上扣着两块酡红，瞳孔上闪着晶亮——是这么大孩子的审美。

"你就这么一个闺女？"好奇心作祟，陈茉还是问了出来。

"哪呀，还有两个，两女一儿，张皓月是老大。"

"大女儿和你很像，很漂亮。"

"她比我漂亮，她比我幸运。我大女儿有福气。"

"怎么？"

"我十六岁就从老家出来了，高中读了一年，后来读不下去了，和同乡去了广东，在车间干了两年，觉得没意思，就北上了。一开始我啥经验都没有，给人家当保姆。"冯金花关上了手机屏幕，眼神闪烁了起来，"第一份工特别好，那家儿的两口子都是老师，我在他们家就负责做饭收拾屋子，干了几年，他们待我就像家人，你知道的，做我们这行，谁拿我们当家人，谁拿我们当外人，我们心里都很清楚。"陈茉心一紧，不知道自己能不能算作冯金花的家人，或者更确切地说，自己有没有把冯金花当作家人，这个问题在她脑子里一闪而过，她很怕自己的眼神泄露出答案来。冯金花还在说着，"后来我怀了大女儿，他们索性连屋子也不让我收拾了，我就只准备三餐。怀胎十月，大女儿跟着我在他们家吃了不少好吃的。你说她是不是有福气？我大女儿就是个'城里人'的命。"

陈茉抻了抻被子，把上半身蜷缩了进去，没吱声。

"后来快生了，我才回的老家，村卫生所，就一个医生，生完了就被板车拉回家了，那卫生所离我婆婆家特远，大冬天的，我就抱着闺女裹着被子，想想真是受罪。我想结扎，但婆婆和老公不让，后来就又生了老二，老三。老三是男孩，可算是完事了"，冯金花狠狠地拍了拍自己臃肿的屁股，不知是恨还是悔。

"老二老三不行，怀孕都是在老家，那俩营养明显跟不上，尤其老三，我生他时岁数也大了，头发黄的……哎呀。"说到痛处，冯金花的眉眼揪成了一团，眼角仿佛垂着泪，她用手粗糙地擦了一把，又瞬间恢复了形容。

"你老公呢？他也出来打工了？"

"他懒，他没出来过，就在老家，什么都不行，游手好闲的，这两年又迷上了赌博，总找我爸妈要钱，不给就耍混蛋。去年中秋，他去我家用刀砍伤了我爸，万幸是后背。如今我爸和我妈都不敢回家，带着孩子漂在亲戚家。这半年，他四处找我，找孩子"，冯金花侧过脸，上嘴唇被噙在牙齿的中间，把多余的话都吞进了嘴里。

"你没想过报警吗？"

"想过，这个……这个就是他给我砍的"，冯金花没有撩起裤腿，她默认了陈茉对这块疤痕的知晓，手隔着裤子捂在那块疤痕上，像一小簇温热的火苗炙烤着自己的伤口，那痛感依稀存在。

陈茉突然心头一热，也不知什么原因，从嘴里蹦出来了一句，"金花，我想让你一直留在我家，像家人一样。只是……你太贵。"话音未落，这话把她自己都吓了一跳。冯金花听完前半句，眼眶里闪出金箔状的光，待听到后半句，后背塌陷了进去，脸上露出温吞的笑。

"你要做一辈子这个吗？"

"没想过，话说回来，我还能干啥！趁年轻，多干两年，我就一个奔头，就是在城市里买一套房子，就在我们驻马店，让我家老大老二老三过上城里人的生活。"冯金花说完，抹抹脸。

合同期满之时，两个人便极为默契地续签了合同，没写期限。

四

安安百日，陈茉从网上团购了一张券，用来拍百日照。那个戴灰帽子的男摄影师扛着工具进来，女化妆师在后面提着黑色的化妆箱。取景地就在陈茉家。化妆师给陈茉上了全妆，然后把一团绿色的毛线毯子从包里抽了出来，铺在床上。摄影师调好了光，取了合适的角度，又朝着白色的墙壁平白无故地捏了几张。

安安趴在冯金花的怀里，小手抓着她衣服上的一根线头。陈茉抱起安安，一切都刚刚好，直到从安安嘴里迸发出剧烈的哭声。那团肉不像是被她分娩出来的，对她莫名地抗拒，他哭得很厉害，她搂得越紧，他哭声越大。陈茉把安安的脑袋往怀里又塞了塞，他的脖子很有力量，向上攀起，开始用上肢推开陈茉，整个身体像是被绳索牵引着，极尽残勇地挣脱。

冯金花的手伸了过来，"我来抱着他。"

"不用"，像是一场幼稚又必需的竞争，安安不再是陈茉的孩子，更像是一个崭新的玩具，本不属于她的，抢夺而来的玩具。陈茉逐渐控制不住他，用臂膀把他紧紧锁在了自己的肚子上，整个人随之褶皱了起来，像被攒成一团的纸，她憋着嘴巴，喉咙里爆发出呜咽和吼叫。周围安静了下来，镜头的外面有赵波，有陈茉的爸妈，还有赵波的爸妈，所有人都在围观，目睹，并进行着讳莫如深的批判。陈茉陷溺在一个叫"无能"的沼泽里，她笨拙又愚蠢，成了一个废物，一个抱不了孩子的妈妈，她强迫自己快速地适应自己的失败。

冯金花再次伸过手来，无名的失落与愤怒席卷而来，陈茉的双臂颤抖了起来，那不是施予援手，那更像是在示威，挑衅，或者说，更像是在粗暴地劫掠陈茉作为母亲的资格。这次陈茉不再说话了，她揪起冯金花的手，猛地摔在空中，继续埋头整理起怀里的孩子，冯金花愣住了，那只被丢掷出去的手缩了回来，先藏进了衣服兜里，转而两手反绞在身后，那只手此刻仿佛硬塑料一般，麻木又疼痛，被另一只手狠狠地攥住。摄影师开始为难地笑，镜头无法定格，他索性把镜头从眼前挪开，和化妆师开始用那种尴尬的沉默来对付陈茉的坚持。

陈茉的余光感受到了来自四周的压力，所有人都站在眼前，像是要看一看她究竟要延宕到何时，又像是铁了心要跟着她一起耗下去，她的额头上开始冒出汗，怀里的那团肉生命力极度旺盛，仍然在挣扎与抵抗，陈茉放弃了，她开始希望冯金花能帮帮她。安安的哭声再次爆发，像是瞧准了时机做出一劳永逸的决定，他迸发出的哭声奴役着陈茉伸出了双手，终于把孩子递给了冯金花。

安安果真不再哭闹，他的脑袋趴在冯金花的肩头，鼻子里冒出了两个鼻涕泡，接着鼻孔和嘴巴传来愈发舒缓的喘息声。摄影师抓住了机会，把一块纯白色的毛毯搭在了冯金花的肩头，任凭安安的脑袋靠在那块白色毛毯上。"快过去"，摄影师催促着陈茉进入取景器，接着是赵波，加上冯金花，镜头里有四个人。

那次拍照很不愉快，在场的每一个人心里都很别扭，像是目睹了一桩伦理新闻，或是共情了一场切肤之痛——妈妈如果不和孩子亲近，孩子是不会认妈妈的。对于陈茉来说，这次拍照无异于敲响了警钟。嫉妒在陈茉和冯金花之间留下了深刻的裂痕，冯金花在养孩子上是专业的，陈茉显得业余极了，甚至是多余的，尤其是当冯金花一边抱着安安半倚在床头，一边雌威地道出她那一套又一套经验和理论时，一切都颠倒了过来。从那次拍摄之后，陈茉就不让冯金花过多地和安安接触了。小木床被拆卸，搬到了陈茉和赵波的大卧室，挨着陈茉的床边重新组装了起来，安安的作息时间早已规律，有时候会扭着脖子找冯金花，哭闹得厉害，陈茉别无他法，用乳汁吸引安安，婴孩关键时刻还是只认奶水，她重新收回了做母亲的职责、义务、权力，把安安搂在怀里，攥在手里，她觉得自己再不接近安安，就覆水难收了。

陈茉的房门被缓慢地拉开，只有一条极小的细缝，接着是一阵刻意而为的延宕，陈茉回过头，透过门缝看见了冯金花。没有了赵安安，冯金花每天就是洗衣做饭收拾屋子，又回归到了一个保姆的角色，她的房门终于可以关上了，陈茉的房门也一样，这样挺好的，就像是两个无论多相爱的人，面朝彼此长久地呼吸，也会让人疲惫，背靠着背算是一种解脱。冯金花刚哭过，像一头愤怒的猛兽，眼睛通红，碎玻璃碴似的闪着光点，陈茉预感到了什么，"茉茉，我老公找到我了……不知向谁打听到了中介地址，他上周到的北京，今天上午去了中介，我们那儿的叶老师刚给我打了电话"，冯金花拽起了陈茉的手，"茉茉，帮帮我，我可不能让他找到孩子，我不能把孩子给他，我要起诉离婚。"离婚？陈茉觉得冯金花在说胡话，她一个人带得了三个孩子吗？一切来得太突然了，沉默把她俩都吞没了进去。

　　半晌，陈茉回应似的攥紧了冯金花的手，她不确定力道使得恰不恰当，她把那双手归拢到一起，"别吓着安安，有什么事咱们晚上细说"，她想伸出援手，但不知何故，她把"我会帮你"四个字咽了下去，她开始犹豫，紧接着是一小阵庆幸，幸亏自己没有松口给冯金花许下什么承诺，冯金花看了眼睡在一旁的安安，想用手摸一摸安安的衣角，但她没有伸出手，转而退出了门外，陈茉看着冯金花的背影，稍微松了一口气，接着任凭这小小的罪过，无明，伪善，虚假，懦弱从自己的心里拂过。

　　冯金花做了香菇丸子汤，她把手裹进围裙里擦了擦，坐在桌子对面看陈茉喝汤，她没吃什么，像是迫切地迎接着晚上的到来。陈茉趁冯金花刷碗的工夫，给赵波打了电话，"你说怎么办？""我现在就担心安安，太危险。""那你说怎么办，你有没有认识的人，比如律师，帮她打官司？或者，咱们帮她报警？"电话那头安静了片刻，接着听筒里又传来赵波的声音，"她的事，

　　　　　　　　　　　共生的骨头　|

咱们别掺和，掺和太多对咱们家没半点好处……不是咱们趋利避害，只是……咱们犯不着。""……你不是认识挺多人的嘛，要不问问看，给她做个简单的法律咨询也行。""咱们跟她非亲非故，你想想看，咱们和她只是单纯的雇佣关系，你今天不给钱，她明天就撤，她在这儿，咱们是花着钱的，不牵扯其他乱七八糟的事儿……你和她说，她比咱们明白，她不会这么天真的"，陈茉挂了电话。

冯金花给安安洗了澡，一只手托着小脑袋，一只手往胖嘟嘟的身上洒水，打泡沫，"安安，蹬两下，学小青蛙，哎，我们安安好有劲，真是小伙子！"她从身旁扯过来板凳，一屁股沉了下去，给安安冲洗，包裹，擦拭，搂在怀里。

陈茉奶睡了安安，然后爬起来敲冯金花的房门。冯金花兴冲冲地开门，拉了陈茉坐在床沿，陈茉知道冯金花在期待着什么，索性单刀直入，她握住冯金花的手腕，从牙缝里把话挤了出来，"金花，你的困难我懂，你老公八成也知道了我们的地址，你要是再在我们家做，确实无处可逃，最好的办法就是你换到其他人家。"冯金花明白了陈茉的意思，她像是能在各种情绪间自由切换一样，又像是把痛苦瞬间塞进了一个铁皮罐子封了起来，柔软的面颊上挤出了一丝近乎讨好的笑脸，"茉茉，我就是这个意思，你们待我如家人，我怕连累你们，尤其是安安"，冯金花的手背在面颊上仓促地抹过，"我明天走，晚上走，干完明天一天的工作"。冯金花的回答让陈茉开始动摇，她在心里骂自己王八蛋，到底在怕什么，是安安的安危，还是冯金花的攀附与索取，她一时说不清楚。这个时候，她脑海里浮现出了另一个叫人羞耻的问题，她到底有没有把冯金花当过家人？看似冯金花早已成为了这个家庭的一部分，过去的几个月，这个家完全靠冯金花在运转，她让这个家庭整洁、体面，甚至生动了起来，但这个家庭仿佛从没有真正接纳过她，或者说陈茉从没有接纳过她。陈茉没有再说话，当沉默已经冗长到别有深意之时，她想起了赵波说的那句话，"一旦你帮了她，她就会像闻到血腥味的鲨鱼一样，紧紧黏着你不放"。

外面下着小雨，冯金花来的那天也是如此，她早早就起来了，戴着蓝色胶皮手套擦地，炉子上发出嗞嗞的声响，厨房里传来甜腻腻的面糊味，磕了鸡蛋，摊了蛋饼，两把挂面下锅，伴着水的沸腾声打捞上来，舀起三勺面汤，点了香油，撒上香菜，汤面星星点点泛着几星油光。陈茉不知道冯金花什么时候走，具体几点走，她有点担心，怕冯金花忘了走，怕她赖账，因为冯金花脸上看不出一丝离别前的伤感。陈茉一天都在狐疑中熬时间。

直到傍晚，冯金花开始收拾东西，换衣服，已经初冬，冯金花还穿着来时的衣衫，薄外套，牛仔裤，脚上依然是那双玫红色的皮鞋，行装简单，就一只旅行包，还有陈茉送给她的那双旅游鞋。收拾行李时，冯金花刻意回避着陈茉，直到迈出家门前，她问陈茉，可不可以再去看看安安。安安此时正在陈茉的卧室里睡觉，冯金花把东西撂在门口，进去了不久便出来了。这是典型的冯金花的一天，她早已适应了这种生活，每一个家庭都是她的家庭，每一个家庭又都不属于她，她的心里早已编织出了一张细密柔韧的网，兜藏住一个人最根本的失落与哀伤，也把他人的冷漠与冰凉遮掩了起来。

冯金花从卧室出来，捡起屋地上的行李，很快就出了门，没做任何停留，也没给陈茉再说些什么的机会。赵波开车把冯金花送到了地铁站。赵波回来时，陈茉问他冯金花路上说了什么，赵波说她要坐地铁去城北的宿舍，取来她过冬的衣服，然后要回一趟老家。还有，她说张皓月先留在她表姐家，她在那里更安全一些。

赵波没有告诉陈茉，为了所谓的"体面"和"优越感"，他从上衣兜里掏了五百块钱，算是给冯金花的遣散费，又或者说，算是买个踏实的钱，红色的票子就夹在赵波的手指间，冯金花在萤亮路灯下，一脸骇然地望着他，但他宁愿把她的表情理解为是种变形的喜悦，冯金花没说什么，有点被吓破胆似的下了车。赵波摇了摇头，他以为这个女人一定会收下这钱的，他从后视镜里看着这个女人越走越远，直到确保她走出了自己的生活。

　　陈茉的生活很快就回归了平静，妈妈和婆婆轮流帮忙照看安安，培训班结业没多久，赵波就顺利升迁。陈茉在产假结束后就回到了医院，主任去外面单开了个诊所，明年开春她就能抽空过去帮忙赚点外快了。偶尔，陈茉也会想起冯金花。她从冯金花那里"偷"来了不少东西，比如怎么自酿米酒醪糟，做糯米藕时如何塞糯米，知道了小区里的那些红豆子是南天竹的果实，知道了安安少穿点衣服更不容易感冒……当她去实践另一个人的生活经验时，这个人的形貌难免不会出现在她的脑海里。她在刷朋友圈时，偶尔会捕捉到冯金花的近况，她又回到了工作岗位，又开始在某个地方照顾着孩子，全身心地爱着别人的孩子。

　　只是，冯金花从来不给她点赞，仿佛要完全切断和她的联系似的。

　　某年的除夕夜，陈茉突发奇想，给冯金花发去了节日问候，冯金花没有回复她，她反倒生出了一丝解脱，觉得自己不用再愧疚了。大年初五的早晨，她收到了冯金花的回复，"谢谢茉茉，孩子他爸之前因打架斗殴就有案底，我一直不好意思和你详细说，怕你看不起我。我后来回了老家几次，又报了警，这次直接提起了离婚诉讼，二审时，终于宣判了离婚，孩子归我。"

　　赵波望着柜台前排队点单的陈茉，黑框眼镜、短发，发楂堆在不再纤细的脖颈上，模糊了性别，黑色羽绒服，从奥莱买的大牌便宜货，牛仔裤，没来由地做旧，仿佛生怕不寒酸似的，脚上一双金彤彤的翻毛UGG，还有什么？哦，米色毛衣，他已经快忘掉那件裹身毛衣了，恋爱时她就穿过，曾经泛滥的荷尔蒙和那件看似温柔的米色毛衣稳稳契合，香味，柔软，纤细，简直是罗曼蒂克的化身，现在呢？缩水，起球，走形，牢牢封锁住了他对性的欲望，就两个字——保险。能说他不爱她了吗？他喝了酒，她能充当司机，这两年她饭也做得利索了起来，对付儿子有一套精准有效的方法，待老人掏心掏肺，能算得上"五好儿媳"了，还没丢工作，科室的主力，也是靠着她在医院的资源，家里老小看病方便很多，父亲整天嘟囔"就是因为儿媳妇在医院，自己的中风才卡在'黄金三小时'里，自己如今才能跟没事人似的"，去年她摇上了车号，家里又新添了辆车，周转起来游刃有余，给孩子买的学区房，她每月默默地把房贷就还了……他搓了搓手掌心，想着还有什么落下了？这些就足够了，搭伙这样的女人，夫复何求？

她坐了下来，带着洗手间廉价的洗手液味，"咔哒""咔哒"同时落下两大杯拿铁，杯底敲击桌面，奶泡在杯口打晃，她脱掉羽绒服，摘下口罩，领口收紧的地方挤出来一个脑袋，厚重漆黑的鬓角死死地勾勒起那张生了锈的脸盘，像乌青的铜，没有光泽，太阳光全被那层锈迹吞没了，哪怕多一层油腻腻的油彩状的汗也好，没有。她抿了抿其中一杯，上嘴唇挂着一层棕色泡沫，他顺手递过去一张餐巾纸，错开了眼神。

"安安，从凳子上下来！"她用手背蹭蹭嘴角，拉住儿子的衣角。

"坏妈妈，坏妈妈！"赵安安顺着椅背爬了下来，斜睨了眼赵波，蓄意奉承，"还是爸爸好！"

她没说话，翻了翻眼皮，看赵波眼神又回归到了手机屏上，便索然无味地低头喝起了咖啡，漂浮着的拉花被她的嘴巴抠掉了一块，像是用手指头捅破的窗户纸。

"赶紧把蛋糕吃了，还有十五分钟就得去教室了！"她推了推赵安安眼前的瓷盘，赵安安玩起了 iPad，在成堆的照片里划来划去。

"妈妈，这是谁？妈妈，这是我吗？"

她头都没抬，沿着杯子沿继续嘬着咖啡，"是你，你小时候，你看你小时候多黑。"

"是我……那这是谁？"赵安安尖叫着。

陈茉把头凑了过去，手里的咖啡在宽广的杯口里晃了一下，像是有人攥着她的心，继而又仁慈地松了手。没有裁边的合影，四个人，他，她，安安，还有冯金花。

那张照片一直摆在电视柜上，那是冯金花留下来的唯一的一张照片，但是在冲洗之前，她的身影被平整地剪裁了下去，只留下她的白色肩膀，那块突兀的白已经在后期精修时溶化进了白色的背景里，完全看不出痕迹，更没有人会在意。只有陈茉，每次她的目光都会在照片的外沿停留一些时间，像是延展出什么欲说还休的记忆，又像是一个欲罢不能的断念。

（刊发于《中国作家》2021 年第 8 期）

春 海

　　查玲一脚着地，一脚贴在池壁上，水平方向猛蹬了一脚，身体瞬间冲进水里，双手合十，如刀锋劈开水面，头顶着一股激流一直往前冲，直到那脚力全使没了，她趴伏在水面上，仿佛一片蔫萎的树叶，岿然不动，其实她在隔着泳镜观察，就像生物实验课上隔着显微镜观察洋葱表皮细胞，水里有几根头发，还有毛茸茸的皮肤纤维，一直在她眼前晃动。查玲有洁癖，但在水的介质里，她竟然能和这些脏东西和平共处，这些脏东西甚至看上去有点可爱。查玲从水里露出了脑袋，白色泳帽，粉色泳镜，鼻子上还有一个亮黄色的鼻夹子，如果再配上耳塞子，就是典型的旱鸭子游泳两件套。查玲屈着膝，泡在浅水池，看着不远处一个结实的壮汉带着一群学龄前儿童学游泳，池子里的水被这帮孩子搅腾得起起伏伏，暗流涌动，水流带着轻柔的力道推挤着她的每一寸肌肤。查玲的大拇指在水里泡得有些发木，她把鼻塞子取了下来，头重新埋进水里，水从鼻孔里灌进鼻腔，她的脑子顿觉一阵清凉，有种失重的感觉，查玲打算再撑几秒，她想象着自己逐渐化作一滩水，身体努力迎合着水的浮力。突然，她猛地被一只大手提了起来，大手钳住她的胳膊肘，另一只手猛拍她的后背，查玲如一尾光滑的鱼，嘴里还吐着泡就被强行打捞了上来。她手抹双眼，是壮汉教练，身旁还簇拥着一群学龄前儿童，不远处漂浮

　　　　　　　　　　　　　　　　　　共生的骨头

着五颜六色的浮板，在水里打着晃儿，她呸地朝泳池里吐了口水，满口的咸腥味，你干吗拉我？什么人啊，莫名其妙。胳膊猛地抽了回来，膝盖抵着水，迎着水的阻力扯开了步子，到岸边一撑双臂侧身坐了上去，她有意没摘掉泳镜，悄悄打量着池子里的状况，水中的孩子们都作鸟兽状散开了，扎猛子的扎猛子，打扑通儿的打扑通儿，壮汉教练在收拾浮板，眼睛细长，有几分沈春海的样子。查玲提了把泳衣，抬起脚跟走出了泳池。

一

查玲从没想过自己会守寡，而且是壮年守寡。丈夫沈春海走之前，她的人生堪称完美，确切地说，是丈夫让她的人生堪称完美，她以为这甘甜如醴的生活会坚不可摧，但丈夫的突然离世击碎了她的现世安稳、无忧无虑。

查玲高挑，健美，有精气神，还带着几分英气，这种长相在二十世纪尤其吃香，人们看见她总不自觉地联想起1979年的日本连续剧《排球女将》。查玲是大家族里的长子长孙，"我太爷是张大帅的贴身厨子，能做得一手的好西餐"，这话她总挂在嘴边。虽说查玲是孙女，却如贾府的元春，是娇贵的香饽饽。她和她老姑差不了十岁，但好东西全进了她的嘴，她倒不贪独食，大手大脚，经常背着她妈把兜里的糖果悄悄塞进老姑的手里，姑侄俩情同姐妹。二十世纪八十年代是化工厂最红火的年代，厂子效益好，厂里的工人赚的远比那些"清水衙门""铁饭碗"多得多。工厂里还有配套的学校，自产自销的商店，俨然一个独立社区，年底厂里发肉，不是用塑料袋拎，也不是用编织袋扛，而是人手一只活羊牵回家。如此红火，人人都削尖了脑袋想进厂，老姑如愿找了个工人嫁了，又命丈夫托人帮查玲在厂区里找了份工，在工厂里做技术员。

见沈春海前，查玲处过一个对象，方脸宽肩，膀大腰圆，身高和查玲般配，还是厂里领导家的二公子，油光满面，头发被雪花膏抹得锃光瓦亮，服服帖帖地拘泥在一起。二公子带她滑旱冰、跳迪斯科，逗得查玲心花怒放。时间久了，查玲心里发虚，日子过得有点飘，脚下踩棉花似的。查玲没和父母提，骑着自行车去了老姑家，姑父问她，可得想好了，过了这村没这店。查玲白了姑父一眼，瞧您说的，我查玲只可能越找越好。查玲雷厉风行，直接找了二公子摊牌。二公子听得懵懵懂懂，眼前是查玲颧骨上两团温热的红霞，直觉告诉他，这个女人是留不住了，然而天真的二公子只会线性思维，既然言语留不住就肉体占有，想到这里宽脸倏地凑了过去，迅速而鲁莽地压住查玲的嘴，叼着不放，手直抵柔软的胸脯，圆墩墩的指尖在胸前一阵窸窸窣窣地抖动，像鸟扑棱翅膀，一阵愣头愣脑地摸索，找不到门路，查玲没躲，顺从地让二公子摸了一把，二公子以为查玲如此束手就擒，谁知一把明晃晃的水果刀没由头地冒了出来，不偏不倚正好对着查玲的脖子，二公子的手烫了似的从查玲的身上弹了回来。临了还要揩我的油，我死了看你爸怎么给你擦屁股。查玲这是要玩大的，话如豆子脆生生地摔到地上，宽肩圆膀的二公子吓得一脸呆怔，查玲收起水果刀，跨上自行车融进了混浊的暮色中。

沈春海是河南驻马店人，大专生，学建筑的，在区里的建筑公司上班，形瘦面寡，安全帽下是一张黝黑的脸，塌鼻梁上架着一副规规矩矩的眼镜，眼镜后面是一双细狭的眼，上眼皮总松松散散地垂着，肉泡眼，显得老实巴交，眼神扫在查玲脸上如暖洋洋的绒毛，一阵骚动，心底淌出欢声笑语。查玲把手揣进沈春海的上衣口袋里，齐头并肩，他比她冒一点儿有限，查玲若换上高跟鞋，身高就反超了他。冬日里，春海拉着查玲去厂里的商店置办冬衣，那是不折不扣的工厂店，现场瞧样式，选颜色，量体裁衣，半个月后取衣服。查玲选的是一件苔绿色的羊皮大衣，领口织着一圈蓬松的芥子色毛领，阳光下闪着柔和的光，春海撺掇查玲穿上看看，套在身上衬得查玲柔枝嫩条，毛领子仿佛夏日里茂盛的合欢花。还是拤腰的呢，查玲嘴角兜着笑，手无处安放，在皮子上一阵摩挲，春海望着眼前的查玲，心动了一下，就像酒瓶子倒了，流淌出琼浆玉液。就是这么一个其貌不扬的男人，把查玲收复了。结婚时，老姑问查玲，厂里那么多好小伙子，你怎么瞧上他了？查玲反问，他哪儿不好啊？噎得老姑说不出话来。

查玲看了一眼沈春海，此刻春海的照片就端坐在一只偌大的鱼缸旁，他正冲着查玲笑，笑得酣畅、实在，身上的朴实劲儿隔着照片都能感觉到。鱼缸是春海找人订做的，长两米五，高一米，荧白的灯光打在蔚蓝色的背景上，光怪陆离、扑朔迷离，鱼缸正中央安置着一根巨大的树根，枝丫伸展，黢黑神秘，一群红鹦鹉鱼在水中游弋，穿梭在枝丫间，行迹招摇放肆，更显得这个迷你世界云波诡谲。没错，这里是个战场。红鹦鹉来了没多久，春海就病了，鱼就落在了查玲手里，不知是不是受到了庇佑和垂怜，这批鱼的生命力异常顽强，战斗力也不差。从前这里还有几条清道夫，树根是春海给它们准备的安乐窝，清道夫趴在漆黑的根茎上很是惬意，但惬意久了就会招来竞争、杀戮、灭绝。清道夫全军覆没，这些红鹦鹉是真凶，鱼尾如飞溅的雨点，在为胜利引吭高歌，疯狂舞蹈，引得查玲看入了神。战争还在继续，只是愈加的诡秘，其他物种都被吃光了，红鹦鹉开始同类间的弱肉强食，弱小者被强大者吞噬，查玲要是忘了投食，过几天一数准少几只，剩下的都是成了精的，不好惹的。鱼缸是乌金木的，查玲身处的这个房间全是油亮的乌金木家具，木材是从非洲空运过来的，没有拼接，没有胶粘，都是整块的木头，保留着原始属性，纹理粗犷，凝重深邃，就像沈春海，不显山不露水，但浑厚深沉。这些家具买来后就一直这么摆放着，春海走后查玲几次想变化布局，但乌金木是最厚重的木头，她折腾不动，这个家仿佛困在了棋局里，走不出来。

沈春海是得脑瘤走的，胶质瘤，前后转了好几家三甲医院，开颅时的主刀医生也是领域内的权威，但聚散浮生，人的命是讲机缘的，缘没了就是徒手抓沙，握得再紧也会从指缝里漏出来。春海走之前已经是一家国企的高层，当年在区里的建筑公司蛮干时，深受一个同乡领导的赏识，领导调到市里时把他也带了去，从此春海的仕途顺畅无阻，一步步熬成了"沈总"。春海能成事，查玲老早就看出来了，他踏实肯干，稳扎稳打，脾性也老实淳朴，能屈能伸，只要给他时间，成功是早晚的事。全家从开间的宿舍搬到了带阁楼的居民楼，千禧年之后他们把家安到了离颐和园不远的高档小区，天开山朗，好日子来了。三十六岁那年，查玲从单位办了内退，全身心地做起了家庭主妇，伺候春海和女儿，虽然不工作，但查玲一直是这个三口之家的绝对核心。查玲赋闲在家，但充实无比，女儿是查玲的杰作。女儿身材颀长，肤白纤瘦，这些都随了她，唯独眼睛像春海，单眼皮，好在细长的眉眼灵动悦人，秀气可爱，当女儿拿到名牌大学录取通知书时，春海激动地在饭桌上搂着查玲嘬了一口。

春海查出问题是在一个不起眼的冬日，那天唯一的不同是下着大雾，光秃秃的树披着树挂躲在迷雾中，恶木莽草一夜之间突然通了人性，在寒冬深处大口吐着气。查玲总把这银白色的水汽花和春海的病扯上联系，认定是冥冥之中的安排。查玲现在想来，人的一生再漫长也不过三五道关，倏然而逝，自己内退是一道关，春海生病是另一道关。病榻上的春海一直昏睡不醒，偶尔醒过来就是吃东西，吃完又沉睡过去，黄疸把他通体染得蜡黄，

　　　　　　　　　　　　　　　　共生的骨头　|

床边的查玲深感无能为力，眼前有条伤痕累累的河阻隔着她和春海，河水是柔若无骨的幼嫩枝条，看上去羸弱，但她就是跃不过去，春海也跨不过来。但查家的女儿不会坐以待毙，查玲想得更多的是春海走后女儿怎么办，最重要的是她怎么办。查玲趁春海还清醒，催促他立遗嘱，把名下的几套房产做了安排。查玲和衣趴在春海病榻旁，拉起春海膀肿的手，握在自己的手心上，放心我这辈子都守着你，我不会改嫁，房子最后都是闺女的。这是查玲留给春海的一句承诺，口头承诺。这句承诺使了多少力，查玲不得而知，但春海最终听了查玲的话，立下了遗嘱。他名下的房子中，颐和园附近的这套最值钱，留给了查玲，一套郊区别墅和另一套小三居，留给女儿。遗嘱立好，字落在纸上，一经公证，春海老家的弟弟妹妹就没什么可惦记的了。一切都合了查玲的心意。唯一让查玲放心不下的，是远在郑州的房子，那是春海买给公婆的，但名字写的是春海，公婆只有使用权。查玲问春海，郑州的房子还没个着落。春海没出声。查玲又问了几次，春海都没再搭理她，仿佛躲进了幽闭的世界。走之前春海还醒了一次，结痂的嘴吐出模糊的几个字，隐约是在叫母亲，弟弟说那天是查玲婆婆的阴历生日。春海走时距离春节还有十天。那年春节是个灰色的节日，笼罩在查玲心里的除了伤感、未知，还有一点点剑拔弩张。正月里，查玲破天荒地带着女儿去了趟河南，劝说公婆放弃房子的继承权。老姑送查玲娘儿俩去机场，路上查玲说，我也不想单枪匹马地和婆家过招，但早晚有这么一天，现在还能好言相劝，使怀柔政策，等公婆不在了，房子在那儿，春海的弟弟妹妹还不急红了眼，战争一触即发，若论以暴制暴，我们娘儿俩是那一家人的对手吗？话说得飞快，仿佛上了发条，容不得打断，更容不得质疑，查玲还是二十年前的查玲，决定的事，谁也改变不了。几天后，老姑接机，远远瞧见风尘仆仆的查玲携着女儿在人堆里朝她一个劲儿地招手，结果显而易见，查玲已经快刀斩乱麻，最后一块石头落地。

在春海的计划里，退休后他要把城里的日子留给女儿，带着查玲归隐田园，闲云野鹤。查玲依稀记得，郊区别墅装修竣工那天，春海透过落地窗一身轻松地望着远处的山冈，冲着查玲说，查玲，你知道最幸福的是什么吗？是久在樊笼里，复得返自然。可怜春海，一辈子都在樊笼里。查玲边说边把他的 CT 片子整理了出来，厚厚的一摞，有半米高，她拿着剪刀把春海的名字从每张的右上角都抠了去，单把名字那小块烧了，剩下的全扔了，老姑问她费这劲儿干吗？查玲说不好的东西烧不得，春海下辈子不能再得这个病了。

查玲现在再说起这些事，痛痒都隔了一层皮。春海已经走了四年。

二

查玲几缕头发被绾在耳后，显得乖顺而温柔，她从沙发上抄起一件女儿的连衣裙，裹在自己身上，不大不小正合适，碎花的，乱花渐欲迷人眼，查玲还是当年那个美人。女儿大学毕业后去了美国读硕士，家里就剩下查玲一个人。以前春海和女儿在家时，她每天都围着炉子转，变着花样亮绝活，中西餐都拿得出手，还研发一些养生零食，九蒸九晒芝麻丸、大枣夹琥珀核桃仁等等，春海夸她"就差一张厨师证了"，往往这时候查玲总会再捎带上那句"我太爷是张大帅的贴身厨子，能做得一手的好西餐"，仿佛春海的夸奖是句废话，她的做菜天赋早已根植在基因里，是祖传，是根脉，是宿命。如今，空有一身的手艺，但她已经很久没吃过一顿像样的饭了，能凑合一嘴就凑合一嘴。查玲从

共生的骨头 ｜

纸袋里掏出一个面包，海盐羊角，隔着塑料袋三两口卷入腹中，这是她的早餐。春海走后，吃饭显得不那么重要。

　　吃完羊角面包，查玲开始伺候春海给她留下的那一客厅的西府海棠，大大小小十来盆。春海说这西府海棠又叫海红，但他更喜欢另一个别称，解语花。这花长得快，每两年就得翻盆一次，查玲光脚踩在地板上，把一株西府海棠从圆角马槽盆中刨了出来，马槽盆太浅，扎根使不上劲头，她从阳台的墙根处翻腾出来的一只六方连座的大花盆，洗刷干净，埋进去腐熟饼屑做基肥，把西府海棠迁入新盆，又填上另一半土。西府海棠是春海最爱的花，花后剪枝，花前修枝，枝叶经他打理，饱有原始的遒劲之力，崎岖之美。"枝柯奇古，屈曲斜袅，美则美矣，唯一的遗憾是没有香气"，春海每次侍弄这些西府海棠时，总要念叨这句。这十盆中，有一半都是春海自己嫁接的，野生苹果做砧木，枝接后精心呵护，待开出胭脂色的花朵，春海才松口气，直呼大功告成，成就感写在脸上。查玲把花盆边缘的土用抹布擦掉，手脚并用把花盆腾挪到阳光下，窗户打开，潺热黏稠的空气涌了进来。花期已过，但绿油油的海棠依然婀娜妖娆，枝叶横在眼前，仿佛若隐若无的羁绊，查玲心里发酸。春海就是用这些无关紧要的生命来拴住她，人心真是幽暗。查玲开始怨恨，她已经受够了，她就是这个房子的苦役，她觉得她是这间房子中活得最狼狈的一个。对了，除了海棠，还有那一缸鱼。

　　查玲拎着两塑料袋的红鹦鹉去了离家最近的卖观赏鱼的小店，春海总去他家买各种养鱼养水的工具。屋里的门把手上系着几个小铃铛，红绳串起来的，门开铃铛清脆地响两下，算是给老板报了信儿。屋里一股子腥气味，不太好闻，咸咸的，查玲感觉自己正和一堆咸鱼干挤在密封罐里。屋里光线压抑，为了省电，主要的照明就来自鱼缸里的杀菌灯，眼前还有个很深的里间，被一块水蓝色的布阻挡住了视线，查玲叫了一声"有人吗"，没人应答，但里面叮咣一声闷响，给了她信号，她在狭窄的过道上站着等，两侧是两排鱼缸，灯管散发着幽幽的紫光，泵管发出咕嘟咕嘟打呼噜的声音，每个鱼缸里都装着不少鱼，眼花缭乱，那些小精怪就在里面肆意窜动，看上去甚至有点拥挤。老板从布帘子后面探出了脑袋，是一个五六十岁的老头儿。"我要养水，鱼先放你这儿养一段儿。"老板没见过查玲，但见过这几条鱼，这是两袋子通红的起头财神鱼，颜色饱满，鱼头硕圆，品相极好，都快成精了。一般都是家里瞎养着玩儿，好多人图便宜，直接捞上两条打了激素的红鹦鹉，也不求品相多好。养得这么讲究的人少，老板有印象。"我怎么记得早年一个叫沈春海的从我这儿订过一批这个？""是，是他。""得有个四五年了。"老板上下打量着查玲，圆洞洞的大眼睛像从查玲身上看出了春海的影子似的。"有日子没见到他了。"查玲没再出声，安静地看着老板倒换鱼缸，把这些红鹦鹉安置了下来，老板说放心搁这儿养着吧。但我得和你说，这鱼岁数差不多了，身体机能开始衰退，再养也没什么观赏价值了。查玲说没事。其实她就没打算再接回鱼，她就是要把它们都遣散了。

查玲这周开始进出小区里的游泳馆游泳，确切地说是泡汤，她完全不会，但闲着也是闲着。泳池的换衣间有股强烈的消毒水味，赶上一天的头茬儿，八成泳池刚消完毒。查玲把钥匙套在手腕上，麻利地脱衣穿衣，泳衣是查玲从网上买的，纯黑色，但有个不合时宜的飞子边，所幸皮肉筋骨都还紧实匀称，轻佻的泳衣不算太出格。查玲很不习惯在公众场合换衣服，谁习惯呢？即使是空无一人的更衣室，查玲也觉得别扭，心里一阵聒噪，喉咙发紧，起了一身鸡皮。查玲戴上泳帽、泳镜，手握着保命用的鼻夹子，对着镜子晃了晃，走进了泳池。

　　　　　　　　　　　　　　　　　　　共生的骨头　｜

壮汉教练又带着一群学龄前儿童在池子里折腾，除了他们就是查玲，两个明显的阵营，楚河汉界，泾渭分明。查玲猫在池子的一角，她需要的空间不多，够扎个猛子就行，大片区域都是另一个阵营的。

　　壮汉教练在给那群小孩儿演示动作，脚蹬池壁发力，身体呈流线型向前冲，双臂慢慢划开，交替着打腿，脚底有一小团水花，舒展的四肢让查玲想到了青绿色的麦穗，没费多少力气，他就游出去很远，游到池壁一个翻滚转身，又游了回来，经过查玲身边时搅起了阵阵湍流，查玲感觉自己是被他踩在脚下的云彩，满池子的水连同自己都被带进了他的节奏里，他呼吸的节奏，划水的节奏，打腿的节奏。水在颠簸，查玲受到鼓舞，吞了一口气，埋头入水，也学着样子开始比画，查玲把自己想成一只刚入水的青蛙，在池子里一阵扑腾。脚出水面了。查玲脑袋浮出水面，摘下泳镜，果不其然是壮汉教练，劈头盖脸又是一句，你别弓着腰，不要撅屁股。"屁股"两个字一出，查玲想到自己屁股上还顶着个飞子边，羞红了脸，她眼神闪过壮汉教练的肩头，眼前的男人比自己还要高出一头，肤色和自己相近，是一个色调，男人这么白的少见，眼睛细长，像沈春海，鼻头宽大，嘴巴紧凑，看上去年龄不大。不知道是不是受了沈春海的影响，查玲对单眼皮的男人有种天然的青睐和本能的信任，她觉得单眼皮就等同于实心眼，最好再肉泡眼，那就被查玲吃定了。一想到这里，查玲的脸更红了，眼神发黏。壮汉教练也跟着局促了起来，但他抹开了面子，他问查玲是不是经常来这里，自己可以抽时间教查玲学游泳。查玲听见他称自己为"您"，匆忙收紧了心思。壮汉教练叫谢淼，体校毕业，才三十二岁。

　　查玲在游泳馆外再次见到谢淼，头发湿漉漉的，衣服套在他身上显得很板挺，鼻梁上架着一副无框眼镜，多了几分书卷气。

不像是搞体育的，像是一个斯文秀气的书生，身上有山水青翠，还有草木葱茏，查玲停睇神驰，心头灼得火热。谢淼也认出了查玲，毕竟泳池里就他们两个成年人，很好认出彼此。泳池里留下了话茬儿，像是毛线团的一头，很好续上，谢淼和查玲挨着走，步子时远时近，若即若离，仿佛迎风的火苗，闪闪烁烁，看得人意犹未尽。您看，人在水里就是一条鱼，鱼没有脖子，所以人为了迎合水中环境，要做出相应的调整。谢淼身上有股香味，是洗衣皂的味道，这对家庭主妇来说很好判断，洗衣皂的味道远比香水味单纯，芬芳湿热，查玲闻得醉醺醺的。那谢淼是自己洗衣服吗？现在的男孩儿很少自己洗，是女朋友洗，还是老婆洗，最好是妈妈给洗。天啊！这是一个衣服还需要拿给妈妈来洗的男孩儿。查玲沉浸在谢淼身上的香味里，嗅觉神经无限放大，思绪如脱缰的野马不受控制。她跟在谢淼身边，几缕头发还被绾在耳后，但发梢沾了水，像洇开的墨痕，衬得脸仿佛一颗红润的海棠果，心思都挂在脸上。

老姑约查玲帮着在城北看房，想给孙子转转学区房。查玲住在城北，对周边环境熟悉，当起了参谋。老姑问查玲，还会再结婚吗？查玲说，我的好日子都是向春海讨来的，我起点太高了，春海给我的，其他人给不了。说着说着，猛然想起了谢淼，一时语塞。老姑以为勾起了查玲的伤心事，不再追问。

老姑找的是房屋中介，两个二十来岁的小伙子，一人骑着一辆电动车，分别载着老姑和查玲。带查玲的小伙子叫小潘，查玲扫了他一眼，就记得他那一嘴的四环素牙了，真难为他了，笑也不敢笑，但偏偏干着赔笑的事儿。查玲跨步坐在狭窄的后座上，一阵摆弄，两手没地方放，小潘回过头冲着查玲一脸憨笑，姐，您就抓着我的腰，这样稳当。查玲没听他的，双手掐住了皮座子。坐好了姐。小潘加足马力，车子荒蛮地蹿了出去，查玲的手本能地收了回来，箍住了小潘的腰。两辆电动车一前一后飞驰在马路上。小潘是个鲁莽的人，但粗悍的身体装进西服就有了身形，成了宽肩细腰，查玲的手牢牢按在小潘的腰间，不敢挪地儿，仿佛握住的不是温暖的身躯，而是冰凉的把手。小潘的后背笔直地立在查玲眼前，廉价西服特有的油光水滑，布料子能挤出不安分的水来，看上去有点油腻，但查玲却忍不住琢磨这宽大的背脊，想象着这背脊竟然也是一个女人的依靠，也能撑起一个家，想想顿觉得熨帖踏实。查玲想起了春海，身形秀气，放到这个年代，甚至算是瘦小，她好像从没有琢磨过春海的后背，春海给她的安全感不在阔肩圆膀。春海是温润的玉，有水性，但玉终归是石头，照样能撑起他们的家。转念，查玲又忍不住想到了谢淼，谢淼的背脊笔挺、厚实，肆无忌惮地横亘在眼前，像盛夏的骄阳，透着灼目的生命力。

查玲回到家，一阵翻箱倒柜，她记得自己有一条白地水蓝条纹的连衣裙，小立领，扣子紧凑地铺到锁骨窝，没袖子，露出两条粉白的臂膀，裙裾飘摇，镶嵌着天青色的珠花绣片，转起圈来裙摆泛起一阵涟漪，那是春海从崇光百货给她买的，穿在身上宛如一个女学生。有年头没穿了，冷不丁现找，得费点工夫，查玲猫着腰，半个身子进了衣柜。衣柜里挂着一件针织衫，下摆蹭着查玲的额头，擦过她专注的肩，伏着她忙碌的背，仿佛爱人间的亲密动作。这是春海的衣服，是查玲特意留下来的一件，藏蓝色圆领绞花，她自己织的，春海经常死啃这一件。春海走后查玲没再洗，细腻的针脚还记着春海的身形轮廓，胳膊肘拱两个小包，似延绵起伏的山丘，手放在上面，就像沦陷了进去，仿佛衣服还停留在春海身上，摸着摸着手心汗津津的。但此时此刻查玲没工夫干这个，她的注意力全放在那件白地水蓝条纹连衣裙上。捣鼓到最后，查玲终于在柜底看见了那条连衣裙，掏了出来才发现，料子掺了丝，很娇气，受不住经年累月的重负，早被压得皱皱巴巴。查玲想着熨一下兴许好些，先套在身上看看。对着镜子把自己装了进去，但裙子仿佛被抽去了魂魄，怎么看都不见当年的熠熠生辉。样子早就过时了，查玲仓促地剥开了纽扣，把裙子又塞进了柜子。

三

晚上的十一点是查玲和女儿约好的电话时间，她俩用微信视频电话。女儿已经脱胎换骨成了半个纽约人，吃素食，一身小麦色，穿着 leggings 疯狂地练瑜伽，把身体扭曲成各种拧巴的姿势。查玲还记得她出国前两人在机场啃双层吉士汉堡时的样子，女儿长长的头发调皮地搅进嘴里，嘴边沾着碎面包渣忘记抹掉，闪着眸子冲查玲说："妈你就可劲儿在家玩儿，天塌下来还有我，就算我结婚了，我也会带上你。""就好像嫁妆一样。"在女儿眼里，让妈妈做自己的嫁妆应该是母女俩最完美的归宿了。查玲隔着屏幕问女儿怎么又黑了不少，女儿说这是美黑，这边流行这个。查玲说去海滨浴场晒晒得了，还补钙。女儿说外面空气里有灰尘，晒出来的颜色暗淡没质感。说完两人就没什么可说的了，视频还开着，女儿把她戳在开放厨房的操作台上，自顾自地在旁边切着蔬菜，背过身去冰箱里掏酸奶，往沙拉碗里倒橄榄油。两个人就这么干晾着，谁也不出声，时间越长，绷着的劲儿就越大，再填补进来就异常困难，是折磨人自尊心的事情。这种情况下，查玲就安静地做女儿厨房操作台上的一件摆设，和锅碗瓢盆等器物一起安静地做好该做的事——等待。等着女儿重新发现自己。查玲知道女儿对她疏离，多半是因为自己当年去河南做得有点绝。那是女儿幼稚而不切实际的想法，查玲无所谓，等女儿长大了就会明白，她妈当年的所作所为是理所应当的，也是对她们娘儿俩最好的。女儿还在自己面前晃来晃去，这还不错，她最怕女儿在屏幕前消失很久，屏幕里只有空洞洞的厨房，房间深处传来女儿敲敲打打的声音，这时候她就真切地感受到，女儿已经把自己遗忘了。

谢森把双手递了过来，手很大，这和他的身高倒是协调，手指修长且白皙，每个指甲盖上还顶着一个月牙，指头的关节处很有骨感，衬得手指头愈发纤细而优雅，手掌铺开，淌下几滴水，仿佛绿意蓬蓬的睡莲。查玲爽利地把手伸了过去，手被攥得死死的，小小的拳头被严丝合缝地包裹在另一个男人的手掌中，这种感觉查玲第一次体会。一向高挑绰约的查玲居然可以玲珑小巧，她有点找不着北了。谢森对查玲说，手腕放松，身体向前倾，趴在水面上。躯干要笔直，脊椎尽可能拉长，从指尖到脚尖都保持紧绷。话说完，谢森的大手松了开，一把就把查玲戴着的亮黄色鼻夹子捏了下来，藏在手心里，重新拉起她的手。查玲被他的"不请自来"吓到了，但心里有说不出来的欢忻，乖乖照做，手被攥在谢森的手掌里，顺从地任由他拉扯拎拽。查玲的脸扎到水里，脚跟提起，头再扎，脚再提，比以往都悍勇，因为她不想让谢森觉得自己笨重、老迈，还有比这两个词更让人绝望的吗？一想到此，脚跟就又抬高了一寸。她没发现的是，自己的脚跟已经隐隐约约露出了水面，两个白墩墩的脚后跟，仿佛防鲨网的浮球，跟着水来回浮动，此消彼长，查玲耗没了劲儿，脚跟就埋进水里，查玲攒足了劲儿，脚跟又露出水面。查玲当然不知道谢森能把自己的脚跟和防鲨网的浮球扯上联系，她还在自我陶醉中，脚尖绷得笔直，仿佛艺术体操选手优雅的足尖，脊椎拉长再拉长，用尽蛇在蜕皮时使出的蛮力。查玲的眼睛躲在泳镜后面暗自观察，泳池底是马赛克方砖，被水洗刷得莹白，白得有点可疑，因为查玲脚一落地就会发现，有些地方莫名的光滑，仿佛长了一层青苔般的光滑，光滑得让她头皮发麻。但此刻马赛克方砖已经不那么牵扯她的神经了，因为砖上有一双大脚，稳稳当当地站在她眼前，罗马脚，前三个脚趾齐墩墩的，脚上是整齐的指甲，她想笑，因为心里痒痒的。查玲已经忘了时间，但嘴巴不自觉地吐出一串气泡，跟着醍醐灌顶，齿颊生凉，该死的，自己已经开始往嘴里灌水，她一把抽回了手，脸钻出水面，抹开水张着嘴巴一阵急促地呼吸，天啊，我呛着了，你害我喝了一口脏水。谢淼把大手伸了过来，手掌拍着查玲的背，查玲已经来不及琢磨自己后背的线条了，垮没垮，松没松，没工夫琢磨这个，因为她脑子一阵嗡鸣，好像蜜蜂钻了进去。鼻子里满是酸呛感，这滋味真他妈难受。没事吧，我的错。那你怎么赔罪？你得请我吃饭。好吧。谢淼的话让查玲好受多了。

谢淼和查玲去的是小区外面的一家快餐店，汉堡王，附近也没什么其他的，除了面馆就是麻辣烫，快餐店是唯一一家稍微能体现出诚意的店。查玲挺高兴，她好久都没来这家店了，以前总陪女儿来，女儿爱吃椒香鸡腿，她今天也点了一只，还点了皇堡、热拿铁。谢淼是肉食动物，点了满满一托盘，转身瞧见查玲在临窗的座位朝他招手。谢淼坐了过去，查玲剥开纸盒，鸡腿炸得金黄，透着椒香，舔一下，舌尖酥酥麻麻，查玲有意学女儿吃鸡腿的样子。两个人就这么对坐，离开了泳池，竟然没什么好说的了，好像只能聊游泳，聊其他的东西都逾规越矩。查玲没头没脑地扯开话匣子。

"我特想学好游泳，之前看奥运会那叫什么，美国的……"

"菲尔普斯？"

"对对，菲尔普斯，人家都管他叫飞鱼嘛。"

"那是索普吧，澳大利亚的。"

"对呀，就他呀。"

查玲陶醉地说着，一副她比谁都懂的劲儿，五官被充分地调动着，往往是嘴还没张，眉眼已经把想说的都说了。查玲逗谢森，有没有女朋友，谢森脸蛋红了一块，没言语。查玲得寸进尺，你教我游泳，你女朋友不会介意吧。谢森心里知道查玲在干吗，明镜儿似的，但他不敢接茬，这个年纪的女人接了就摆脱不掉，不仅摆脱不掉，还难缠得要命。然而当谢森大口嚼着牛肉，望着眼前这个把焦黄的鸡皮撕扯掉，小口啃着纹理纤细的鸡肉的女人时，他发现她也挺动人的，洁白的牙齿仿佛珍珠母贝，咬在鸡肉上留下一排小巧的弧线，眼睛紧盯着撕下来的鸡皮，仿佛有人会抢走似的。干燥的面包堵在嗓子眼儿，谢森咕嘟一口可乐，顺走了干面包，汽儿把口腔和舌头蜇得火辣辣，带劲儿。查玲穿着皂色的连衣裙，这个颜色衬她。一字肩，露着天鹅颈，虽然脖子上有一条条深浅不一的皱纹，但还没成干涸的河床，探着脖子纹路就消散开了。刚从水里出来，所以头发濡湿，眼神里是家庭主妇特有的惺忪，像中国画，隔着轻雾，水汽氤氲，炊烟袅袅。谢森的喉结上下浮动，仿佛有只海鸟在心里嗳叫，是欲念、贪心、鬼迷心窍。

谢森是这座城市的游弋者，他三十二岁，没有女朋友，更没老婆，他家远在两千多公里外的广西，他上头还有两个哥哥都留在了老家。他感愧上天给他这么一份谋生的职业，离女人的身体如此近，但他对女人身体的向往远远早于他做游泳教练，更早于他来到北京。他的性启蒙来自家乡一个满身膻腥味的捏脚妹。他花了五十块钱，在尘秽中买到了对女人身体见识和探知的权利，后来他又找过那个捏脚妹几次，还是五十块钱一次，但她那身膻腥变成了甘甜，仿佛掺了酒药子的糯米饭，香喷喷，热腾腾，她教会了他何谓性，还有她理解的爱。然而五十元一次的爱情是多么廉价卑微，卑微到他不忍启齿，以至于某一天当那家洗浴城从街角消失，他竟有种如释重负般的轻盈。从此，捏脚妹暖腾腾的肉身和甜蜜的酒糟味成了爱情最具象的表达。所以当查玲向谢淼抛出橄榄枝时，他第一次暗许女人的投怀送抱，纵使这个女人和自己想象中的女人有些出入。

第二天，还是在游泳池，查玲猫在池子的一角，等着谢淼给孩子们上完课，给她开小灶。谢淼看上去没有之前那么热情了，嘴角的虎牙也很少露出来，但他的手异常地勤快，每次都是话没到，但手已经到了，他会攥着她的手，托着她的腰，还时不时抓她的脚腕子，仿佛她是陶质的瓶瓶罐罐，需要他来塑形、拿捏、修补，每个姿势每个动作都要经过他那双手的眷顾、关照，只有这样她才不会有闪失。冷不丁一个大小伙子这么摆弄自己，查玲有点不习惯，比在更衣室脱衣服还不习惯，但还不一样，更衣室里脱衣服是抽丝剥茧，最后赤身裸体，孤独寒凉，而谢淼的手触碰自己，支配自己，是温柔的附加，哪怕他使了力道，自己也承载着他的关怀。谢淼告诉查玲，游泳就要把听觉和视觉忘掉，游泳靠的是触觉和感觉。当查玲和谢淼在如家开房时，她也记得谢淼的这句话。

谢淼坐在查玲对面，埋着头玩手机。查玲问他，玩游戏呢？谢淼说不算，是炉石传说。查玲追问，谢淼重复。用他的话说，他没玩游戏，而是在做任务。查玲没再继续问，问了她也不懂，后来她打眼一看谢淼手机一横，就知道他在"做任务"。再后来，查玲就乖乖看着他，仿佛在看春海伏案工作，有时候还会提醒他，就好像提醒春海按时吃早饭一样。查玲和谢淼在一块儿时，努力不让自己成为母亲。他俩还是上午游泳，中午去吃饭，面或麻辣烫，趁着热稀里糊涂下肚，下午有时候她摽着谢淼去看场电影，坐地铁一站地有家电影院，白天没人，他俩找个正中央的座位糗着，有时候谢森摸摸她，她就迎上去。谢森的手潮乎乎的，掌心捏着汗，冷不丁贴着她的肉，她后背一激灵，春海从没这么弄过，弄了就不是春海了，她会炸毛，会催春海去擦干手，但谢森弄了她就顺从而配合地依着他，手贴在哪儿，缄默而晦暗的河水就流到哪儿，挪开就一阵清爽，仿佛河水洗刷过的河床，大手一旦逡巡不前，查玲就慌了，他停下来的地方会被她悄悄记住，回到家她会在原地反复摸几下，检查作业一般。电影演的是什么，她不是很在意，她不想在任何莫须有的故事里耗费自己的精力，那些狗血剧情让她身心疲惫，这就好比非把自己拉进一滩浑水，进去了才发现自己根本没有渡水的能力，这不是自寻烦恼吗？精明的查玲不会干这种事，这是她和其他家庭主妇最大的区别。所以买了票进到黑漆漆的影院，对于她来说就是为了找找恋爱的感觉，小年轻谈恋爱都来看电影不是嘛。

不去看电影的下午，他俩就摸进附近的如家，这是查玲和谢森共度浮沉之所。狭小的房间只容得下他们俩，混着中央空调的作业声和家具散发的腐旧味，谢森有时候会表现得不咸不淡，不温不火，就像房间里的空气，沉闷得令人窒息。谢森不主动查玲就主动，她不避讳自己是这方面的老手，毕竟年龄在这儿，经验在这儿，这也是她的优势，她豁得出去。查玲引着谢森进入状态，之后谢森就变得不是他了，仿佛一颗禁忌的果实流淌出罪恶的汁液，他开始为所欲为，变得粗暴和恼怒，仿佛要把查玲夷为平地，撕成碎片，推入深渊，查玲并没有多享受，但她孜孜不倦，不知疲累，每一天都盼着谢森在她身上顽固而沉重地消弭他身上的嘈杂和喧嚷，仿佛只有这样的一天才能被称作圆满的一天，到后来，谢森的鲁莽和粗粝竟然成了查玲眼中最温暖、最亲密、最体贴的慰藉。巫山云雨之后，查玲总象征性地吃一粒避孕药，当着谢淼的面，脖子猛地向后一甩，随之而来是一口吞咽声，有点虚张声势的意思。其实查玲前年就绝经了，但她怕谢淼嫌弃。男人知道什么，无非一刀切地把女人分为两种，女人和老女人，从女人堆儿里把绝了经的全择出来，不分青红皂白地扔进另一堆儿，这个场景她在菜市场里经常见到，打了蔫的菜叶子包圆都没人要。侥幸的是，谢淼从没问过查玲年龄，这让她窃喜，也许在谢淼眼中自己是同龄人。

在一起的第五天，谢淼送查玲到小区口，偷偷摸摸拉查玲到拐角，低眉顺眼的，有点不像他。每次的开销，饭钱电影票，还有咱俩开房的钱，我先替咱俩给了，但完事你能把你那份给我吗？又是咱俩，又是你我的，如一道河流，想汇合就汇合，想分流就分流，谢淼说时，嘴角的虎牙时隐时现，人也显得狡黠而精怪，查玲点头，侧过身去皮包里翻自己的钱夹，那是春海去巴黎出差在老佛爷的香奈儿柜台给她买的，小羊皮上面一个双 C，谢淼斜睨了查玲的钱包一眼，低声在查玲耳边说，今天加上饭钱一共一百一十元，你给我五十吧。查玲找着钱，有零钱就给零钱，没有就转账，很方便。查玲给完钱，问谢淼，要不我请客吧以后，或者咱俩直接 AA？谢淼打住查玲的话，那哪儿行，你这不是寒碜我嘛。查玲低着头，感受着这片刻的沉默，松弛下来的时间如藏在褶皱里的嫩肉，她仿佛听到了这段脆弱的关系破裂、粉碎的声音，她不敢出声，怕自己再多说一个字，这段关系就彻底烟消云散了。

让查玲喜出望外的是，谢淼照旧给她开小灶，完事还给查玲派了个活儿，让她帮着他倒腾点体育器材放在朋友圈上卖。查玲不知道，是钱包上的双 C 挽救了这段关系，当谢淼已经受够了这段畸形关系时，那枚闪亮的双 C 标志让他又开了窍，兴许这段关系还有开采挖掘的潜质。当他把两提袋的浮板递给查玲时，特地

　　　　　　　　　　　共生的骨头　｜

嘱咐，多问问亲戚朋友，有销路的话我下次再给你点泳衣啥的。看架势要干大事，查玲终于被谢淼委以重任了。自此查玲的朋友圈铺天盖地全是五颜六色的浮板照片，有时候还会配上一张她手捧浮板的自拍大头照，嘟嘟嘴的那种。"你没觉得你侄女最近神神道道的吗？"查玲的老姑父窝在沙发里刷朋友圈，垫在茶几上的脚丫子被她老姑手里的蒲扇一把打了回去，"把你脚丫子收回去。"她老姑故意没接话茬，照片她早就看见了，查玲看上去确实让人摸不着脉，居然在朋友圈做起了小买卖，还是卖小浮板，她也不缺钱，关键是这也不赚钱，还怪丢人现眼的，不像是查玲干出来的事儿。猪油蒙了心，脑袋勾了芡，十有八九是找了个男人混着呢。

四

一周，查玲总共卖出去了两个浮板，对门一对小年轻给他们的双胞胎女儿买的，再过两天就入秋开学，这些东西就彻底没销路了，她告诉谢淼，谢淼的脸蛋像干菱角一样看上去让人绝望，查玲赶紧拉了他的手，谢淼无动于衷，像冬日里光秃秃的树。查玲说明天你来趟我家，我把剩下的浮板退给你。

谢淼来之前，查玲把春海和女儿的照片都藏了起来，套上了一件五颜六色的套裙，立体剪裁，腰身箍得纤细，有建筑风貌，这身衣服瞬间把这次会面的规格提升了一个档次。谢淼进门显得比往常都面，在门口的地垫上一阵磨蹭，来回跺了跺鞋底，仿佛要把见不得人的秘密抖落到门外，隔着查玲肩膀往屋里探了探脑袋，鞋帮又在绛红地垫上磕打了两下，有点扭捏，他以为查玲要把他介绍给谁，比如这个家的男主人，在他眼里，一个已婚妇女，尤其是家庭妇女，应该什么事都干得出来。他脑洞明显开大了，查玲一把把他拽了进来，门口一双男式竹拖鞋正等着他。房间很大，大到超出谢森的想象，玄关处一尊紫晶洞正张着血盆大口，紫色的嘴巴里是黑压压的喉咙，像个刀山剑木的无底洞。客厅里一个荧亮的玻璃鱼缸，琉璃水晶一般晶莹剔透，但里面没有鱼，只有一根肃杀的枯树枝，盘根错节，仿佛已经扎根在鱼缸里，谢森没见过什么世面，这只装着木头棍子的鱼缸已经把他唬住了，他以为这是有钱人的新玩意儿，没敢吱声。房间尽头是一片枝叶婀娜，谢森只怔怔地望着，他叫不上来名字。多宝格上是男主人从世界各地搬回来的稀罕物，都是东征西战的结果，空气里都隐匿着这个男人的气场。春海就是用这种方式把查玲包裹得严严实实的，透不过风，查玲熟悉这种感觉，鱼缸里的红鹦鹉也是这样保护自己，每个入睡的夜晚，它们都吐出丝线把自己缠裹住，就好像蚕做的茧，它们钻到里面睡觉，第二天早晨再用尖利的牙齿把丝茧咬破，从中游出来，有的鱼生了病没了力气，作茧自缚也是常事。春海也在查玲身边做了一个这样的茧壳。这样也好，人都走了四年，放眼家里还都是春海生活的痕迹。

查玲在一旁的茶几前正用茶铲取茶叶，有裙子裹着，她就顺势跪在一块蒲草编制的坐垫上，蜷缩成一小团，让谢森想到了和风榻榻米上的日本家庭妇女，俨然一只养在笼子里的金丝雀，谢森从没想到查玲能是这家的女主人。一想到这里，他下面居然抑制不住地膨胀，从后面飞扑过去，拥紧了查玲，两个人的身体挤在一起，成了一团糯糊，一片混沌，身旁那些浮板坍塌了，成了滋润的温床，成全了这场至情至性的战争。谢森从没有过如此热情的劲头，更没有过如此磨人的耐心，查玲的身体不再是木头、石头、钢铁水泥，而是温暖的血肉之躯。完事之后，两人从战场中爬了出来，靠着沙发，谢森偎在查玲身边，用发呆来消磨着战争带来的饥肠辘辘，半天没人说话。"问你个事，你多大了？"谢森猫一样地拿脸蹭着查玲。查玲没想到这个问题会在此时此刻出现，多么没有眼力见儿啊，查玲撒了谎，"三十七。""骗谁呢？"谢森并不生气，脸没挪开，照旧窝在查玲的怀里，像一尾没温度的鱼一样逆来顺受。"……那你觉得我多大？"查玲故意用胳膊颠了颠谢森的脑袋，提醒他要认真作答。"你说呢？"谢森一副无所谓的劲儿，好像年龄多大他都甘愿做她怀里的死鱼，一脸的死心塌地但又替自己抱屈喊冤的样儿。他从没把这股子温顺使在她身上过。"这是你老公？"谢森仰起脸，眼神冲着一个方向停了下来。

查玲的心咯噔一下，后背一阵寒凉。臆想症、幻觉、鬼魂、转世，查玲严丝合缝地遵循广大女性的思维模式，天马行空不着边际，她那一向以精明强悍著称的大脑把天底下最惊悚离奇的事情都过了一遍，恐怖的画面在脑海里轮番上演，没想到这种惶悚竟然也带给她一丝刺激和满足感，然后她抬起已经有点疲惫的脑袋，顺着谢森指的方向望去。呀，是她的失误，鱼缸旁的沈春海被她忘了，她忘了藏起他，此刻他还在照片里冲着她笑，就是那张他俩的合影，2012年他俩在新西兰皇后镇的蒂卡波湖旁照的，湖边有个热闹的跳蚤市场，查玲淘到了一顶讨喜的红毛线帽，借着新鲜劲儿戴着它和春海在湖边照了一张合影，春海在前没心没肺地笑，她躲在春海身后，胳膊环抱着他的肩膀，露出一顶红帽子和一张笑靥如花的脸。查玲正在琢磨怎么回答谢森，低头一看怀里的谢森居然也乐得嬉皮笑脸的，一脸的艳羡。查玲猛然醒悟，原来谢森正盼着见到一张这样的照片，男主人的照片，这张照片是谢森的定心丸、主心骨，眼前的女人不是孤注一掷的疯婆子，她还有人管，他终于可以安心地和眼前的女人偷情，他俩的巫山云雨只是大脑缺氧时的清醒剂，是男主人眼皮子底下的小把戏，一切还各归其位，纵情之后她还做她的全职主妇，等着照片里的男人回家，他还做他的游泳教练，给男人的老婆开开小灶。彼时的粗暴和寡淡，此刻的热情和体贴，事情经不住细想，一琢磨就刀子似的剜着心里的肉，拷打蹂躏着她的自尊。查玲手臂一阵痉挛，眼前的一切有点失真。鱼缸旁的春海笑得多开怀，这一次查玲终于看对了他，心善的春海正在凭一己之力成全她的这段忘年的罗曼蒂克，给予她最后的体面。解语花对查玲呢喃耳语，你这一辈子都是在向春海讨日子啊，你和我们有什么两样，都是嫁接的花。根是春海，枝是查玲，根的存在只为了枝头那一朵灿比红霞的花。

查玲果决地从此情此景中抽离了出来，像摆脱掉一件无关紧要的物什一样，挣脱掉赖在自己怀中的谢淼，自顾自地收拾起身旁散落一地的浮板，谢淼边套 T 恤边说收它干吗，查玲说你不就是为了这些浮板来的吗，谢淼说扔了算了，查玲没言语，把两提袋塞进了谢淼手里，要扔也别扔我家，你快走吧，我老公要回来了。这话果真管用，谢淼麻利穿衣，临走还搂着查玲亲了一口，查玲把门锁紧，从猫眼里看见谢淼懒洋洋地提了一把裤腰，脚又在门口的地垫上沉闷地磕了磕，春风得意地提着塑料袋下了楼。查玲知道，这是她最后一次和他做爱。查玲望着楼下的谢淼，穿过空无一人的小区，在燠热的空气中越走越远，直到这个人走出自己的生活。

第二天起，查玲就从小区的游泳馆消失了。谢淼还在微信上对她穷追不舍，他如此负隅顽抗，全是受了春海的蛊惑。不胜其扰，查玲在一个深夜把他拉黑了，这样应该就一了百了了，借给谢淼十个胆子他也不敢登门拜访，他怕，怕春海，更怕这个被爱包裹得严严实实的家。

　　　　　　　　　　　　　　　　　共生的骨头　|

五

　　鱼缸被洗刷一新，又养了两周的水。查玲要像迎接盛装而来的新娘一样，把那群虽然老迈但斗志昂扬的红鹦鹉迎接回来。

　　（刊发于《小说月报·原创版》2019 年第 10 期）

一个椭圆的，分离的元音（五题）

清洁日

汤池在山脚下，离小镇很近。

每个星期三都是她们家的清洁日，家里只有她和妈妈。在那些高张放纵的膨脝云块般的身体中，只有她们俩在血缘上有因果关系。

玛丽娜冲她挤了下眼睛，妈妈没有看到。

她脱掉上衣，接着是裙子。妈妈就坐在一旁的椅子上，脸上没有任何神情，头顶的灯在她脸上反射出微弱而纤细的光，像铺开了一张光滑的羊皮纸。她故意放慢动作，磨蹭了起来。本可以两下就扯下去，但她没有，她把袜子在大腿根处打成卷，用拇指肚滚了起来，一点一点褪到脚踝，然后索性坐在了椅子上，挨着妈妈，开始摆弄起刚脱掉的袜子。她等妈妈说些什么，催促或者不耐烦的话，但妈妈没说。

到了无法延宕之时，她站了起来，开始给妈妈脱衣服。

妈妈自己脱光了上衣，下面的需要她来。

她抖了抖妈妈靴子跟上的泥土，泥土比想象的要顽固。没有另一只靴子可以相互撞击，她只得捏着靴帮一遍遍地敲在铁皮柜上。

裤子很快就褪了下来，还有袜子。妈妈的脚、小腿、大腿，另一边悬空，可怕的事情具象成一个巨大的伤疤，接着是妈妈的臀、腹、乳房，她再熟悉不过了。还有那张猜不透的脸。这张脸浇灭了她曾经幻想过的一切关乎母爱的表达。

扑通——

她把身体砸向水面，就像鳟鱼从垂钓者的手里狡猾地滑进水里一样，她知道又惹妈妈不开心了。池子里原先有两个年轻女孩，看见她们来就腾出了池子。

水把妈妈的头发浇湿，灰色的头发被打成一缕一缕，缝隙里映出粉色的头皮，一块一块的，像是开了线的棉布娃娃，粉白的棉花从缝隙里露了出来。妈妈终于老了。

水把妈妈残缺的身体盖住，上半身像从水面上诞生的瓷白的雕塑，即使陈旧破碎，依然能吸引到目光。她是一只潮虫，在那座雕塑投射的阴影下遁走。

"也不知道格蕾丝过得好不好。"妈妈像是瞄准了好久，终于决定扣动扳机。

"怎么提她？"她感到自己的胸口在颤动。她的声音又哑又细，像是从破裂的塑料娃娃的关节接缝中钻出来的声音。

"你太敏感了，你应该去看一看病，我提谁都不行。"妈妈又开始那套老生常谈，她知道自己病得不轻。

"你不可以提她。"她早就等这一天了，仿佛孩子即将往水里扔泥巴，把水搅浑，那种叫人兴奋的破坏欲正在一点点锁紧她的喉咙。

"你总是受不了比你优秀的人存在。"妈妈反复用软布擦拭刀尖，跃跃欲试的样子让她觉得可笑。

"她可不优秀。"她故意拉长了爆发前的时间，不远处的胜利感让她的喉咙膨胀了起来。

"噗。"妈妈把头扭向了一旁，每个木桶里都装着一个女人。

"还记得以前上学时，你总让我跟格蕾丝在一起吗？"从小学开始，妈妈就放心地把她交给那个优秀的、成熟的女孩。

"亲近优秀的人对你有好处，只不过你不愿去承认。"妈妈的目光还停在别处。

"她教会了我偷盗。"她悄无声息地撬开了甲壳，将自己的软肉暴露了出来。

"你说什么？"妈妈像是听不懂她的话。

"偷东西，懂吗？"

妈妈把头扭得更远，连同上半身都侧了过去。

"每个假期，我都被迫和她在一起，目睹她一次又一次从商店的货架上拿下那些东西。"她的身体炙热了起来，这是她第一次把沉寂了三十余年的秘密说出来，而听众不是别人，正是那个送她去格蕾丝家的人。

格蕾丝是小镇上出类拔萃的孩子，那种世俗意义上的出类拔萃。格蕾丝有着褐色的头发，灰蓝的眼睛，鼻子小而柔软，湿润的红嘴唇像是永远浸泡在糖水里的野果。格蕾丝的心智过早地成熟了，太早了，虽然这没什么不好。

格蕾丝家里永远有清洁水的味道，刺鼻又清凉，一开始闻时她感到亢奋又慌张，那股味道像要把她的肺撑破，时间久了会好一些，但第二天清早妈妈把她送过去时又要重新经历一遍这种感官上的煎熬。格蕾丝妈妈做的樱桃塔在这个小镇上是出了名的好吃，刚搬到这里时，格蕾丝妈妈给他们家送过一个，沉甸甸的，她慢慢地吃了好久。格蕾丝妈妈的腰间总有一条上了浆的白色围裙，口红有时候会蹭在牙齿上，笑容总是会延迟半拍挂在脸上，像是有意地在泄露着什么秘密。她总爱捕捉格蕾丝妈妈的表情，高兴的，伤心的，愤怒的，压抑的。然而，这不妨碍她对格蕾丝妈妈的好感，她以为自己能很快爱上那里。

那个纸盒就在床下，里面装满了格蕾丝从货架上偷来的东西，铅笔、牙刷、长筒丝袜、胶布、蜡烛……格蕾丝从不使用它们，这个盒子更像是一个展台。

"我可以摸一下这个吗？"她指着盒子里的一把梳子。

"当然。"格蕾丝双手捧起了盒子，她的手伸到那个盒子里，拇指顺着那排锯齿快速地抚过，只一下，她就觉得自己也被传染上了。

格蕾丝把盒子又放回毯子上，鬼祟地望着盒子里的东西，仿佛这些东西长了嘴巴，依然保留着揭发她的权利。

"你喜欢这把梳子吗？"她问格蕾丝。

"丑死了。"格蕾丝的舌头吐了出来。

"那你为什么想要它？"

"我想在大人眼皮底下干成点什么。"

格蕾丝愈发肆无忌惮了起来。她负责盯梢，这让她觉得丑陋而又失真，自己被一点一点地捆绑了起来，坠入了一个黏糊糊的沼泽中。她的青春期一直都困在这个泥泞湿滑的沼泽中无法泅渡，直到她们举家搬到北帕默斯顿才结束，但她学会了偷盗。

她第一次是在书店，格蕾丝说书店里的东西更好下手。那张书签就躺在柜台上的一本畅销书里。整个书店就一个男店员，在门口右手边的角落里核对着账目，超过十行他就开始感到吃力，为了多看一眼她金色的卷发，他不得不放下手头的计算，快速打量起她，她若无其事地在童书那个区域停留，很快角落里爆发出一阵牢骚声，接着是念念有词地重新报数声，她把那片带着香草味的书签抠进掌心，慢慢滑下去，最终埋进了裤兜里。一股温吞的不洁从腹部蔓延到四肢。

一个椭圆的，分离的元音

和格蕾丝一样，起先她的盒子里装着崭新的东西，时间长了，多了些二手的，她开始从陌生人身上下手。

　　打火机上面还有男人的手指印，她把自己的手指压在上面，男人手指上的汗液让那道粗粝的纹路牢固地横亘在那里，她移开手指，朝食指上吹了一口热气，再一次按在了男人的指纹上。她把那只新到手的打火机放在厚厚的毛毯下面，用肌肤一点一点捂热它，直到它像火一样灼人。她用手指推着那只打火机在裸露的小腹上打转，想着在酒吧里偶遇的那个男人，他和刚认识的她聊着雨季，聊着如何刮去马槽里的青苔，去哪里能买到上好的黑麦草种子，打火机上刻着一个名字的缩写——J.K.，她在脑子里已经拼凑出了几个名字，他用粗粝的手指弹开打火机的盖子，拇指滑动打火轮，这个短暂的间隙他还侧头对她说起自己新买来的萨福克羊，他叼着烟向那簇蓝色的火苗探过去，猛烈地吸了一口，她想那团白色的烟雾已经跑到了他的喉咙里，或者肺里，或者更深。

　　她的手指轻轻摩擦着打火机上那两小块粗糙的纹理，只有她知道，和格蕾丝不同，她并不想证明些什么，她钟情的是那些隐秘的私人物品，口红、牙线盒、手套、打火机、纽扣，无论什么都可以，带着另一个人身上的温度、气味、油滋滋的指纹。再后来，她像是得了什么病，无法和陌生人正常地交流，她和其他人建立联系的方式只能通过从那个人身上盗取些什么。

　　"你不要再说了。"妈妈让她打住，那种直白的拒绝和抹杀让她感到羞辱与委屈。

　　"受害者是我，为什么我连说的权利都没有？"她说完这话就后悔了，脸上露出一种与实际年龄不符的、少不更事的窘迫。

　　她抽噎起来，很快脸上分不出是水还是泪。这个秘密是她唯一的武器了。武器，没错，她清楚一个秘密的杀伤力有多大，三十多年来她就是靠着这个秘密支撑到现在，她以为只要这个秘密脱口而出，母女之间的较量就能被颠覆，到时候该换作妈妈哑口无言了。越是这么想，她就越紧紧攥住这个秘密，仿佛这个秘密在她身体里挨得越久，越能释放出杀伤力。她应该早一点认清事实，这全然无用，摧毁不掉妈妈的防线，那条被割断的腿都不曾耗费妈妈一滴眼泪，这个铁石心肠的女人。她在心里无端地诅咒了起来。

她开始在心底嘲笑自己的轻敌，想想吧，对手是如此深谙此道。

一直以来，妈妈都是保守秘密的高手。住院前夕，亲戚朋友们都挤在她们家里，大家都觉得，这可能是永别了。在妈妈交代了一切后，仿佛家里的一草一木都开始为第二天的手术祈祷，妈妈做了可能是人生中最后一件事情：用钥匙打开了床头柜最下面的那个抽屉。长久以来，那个抽屉仿佛不属于她们家，从未被打开，道不清来历，绝对的缄默与保留。妈妈打开抽屉，把尘封已久的一抽屉情书拿了出来，径直去到庭院，用一把火烧掉了那些已经结晶的甜言蜜语，爸爸说给妈妈的，妈妈说给爸爸的，在黄色的火焰里发出嗞嗞声。

妈妈用她最后的行走机会，做了最后一件事：烧掉情书，烧掉情书里那些优雅、粗鲁、冷漠、狂热、单纯、邪恶、贞操、欲望的形象，只为防止她看到一个母亲的诸多可能。

她短暂地恢复了平静，一定要让妈妈痛苦起来。

"你知道格蕾丝对我的伤害有多大吗？"她突然高亢的声音对妈妈的作用并不大，倒是吓到了木桶里的女人。

"请不要再说了。"妈妈依然不为所动，心猿意马的样子她再熟悉不过，仿佛一切都撼动不了。

"因为格蕾丝，我成了一个小偷，一个偷东西的罪人！"

妈妈听完"罪人"这个词后意味深长地笑了下。

她绝望起来，开始用哭声缝补自己的伤口，她开始怀疑那伤口出自自己之手。

橙黄的月亮掩在云块后面，像茶水上浮动着的一小块油花。昏暗的灯光像一小簇灼灼燃烧的火苗，照得人虚实不明，宛如蒙了层釉光，她和妈妈都没再说话。

木桶里的女人不见了，她想也可能是在她爆发时逃走的。

她把保温杯里的东西递到妈妈面前，是白兰地，妈妈的嘴里终于蹦出了一句不太体面的咒骂，她的身体烧了起来，兴奋又愤怒。

整个池子里快没人了，外面的衣帽间也没了动静，她知道人都走光了，终于只有她和妈妈。

白兰地很快把她喂饱了，她有点晕，头拼命往水面扎去，一想到待会儿还要扶妈妈回家，道德感又让她开始轻视起了妈妈，仿佛妈妈是她随时可以割舍的余赘之物。

她开始把拇指和食指塞进喉咙，口腔里发出呜隆呜隆的低鸣，酒气让妈妈难受了起来，她很开心，自己终于可以搅乱妈妈的心思了。

酒是从看门人玛丽娜那里拿的，这次不是偷盗，玛丽娜乐于分享，这个酒鬼，不知何时，和她倒是成了知音。她曾不止一次撞见玛丽娜在工位上用吸管挑起白桑格利亚酒里的苹果碎粒，她朝玛丽娜开玩笑，"嘿，这里不是酒吧"，大概就是这么熟了起来，或者玛丽娜嗅出了她身上的顽劣气质。玛丽娜上班时不喝烈酒，但她的工位里会有一些。

妈妈用手撑着挪到了离泉眼更近一点的地方，像头海豹一样。每次妈妈做出这种滑稽的动作，她都想狠狠地哭，但总是以笑来代替，是那种她所厌弃的笑，她觉得自己从里到外都烂掉了，狠心融解在了笑声中，命运推了她一把，加快了腐朽的进程。

那个男人怎么闯进来的，她不清楚，应该是玛丽娜喝过了头，或者上厕所。

她觉得自己要晕过去了，只感觉耳边突然传来男人的喘息声，那味道像咸鱼，是个烟鬼。那个男人把弯曲的臂膀伸过来，像是要钳住她的脖颈，她以为男人带了枪，在确定他是赤手空拳之后，她松懈下来，心比身体更早一步放松了起来。白兰地要让她溺亡在水中了，她想不出哪种结局会来得更快一些。

男人揪住她的头发，把她提出了水面，但她的身子很快又坠入水中，连带着那个男人也沉了进来，石壁擦伤了她背上的皮肤，男人浮在她身上，手指掐住她的大腿，衣服在水里鼓了起来，摸上去像柔软至极的泡沫，那些暴力的动作软化了下来，男人的身体很烫，在柔波里逐渐变得汹涌而坚硬，她张大嘴巴，咬住了男人的肩膀，某个瞬间她觉得就这么下去也挺好。

胃液翻滚，她吐了出来，吐在了男人的肩膀上，黏黏糊糊一片，她想这下糟糕了，这池子水彻底浑浊了。

她无缘无故地吃了男人一拳。

在水面之上的最后一瞬间，一片眩晕中，她看到妈妈笨拙地拨开水面，从那层破碎的银色镜面上拔出，残缺的身体像一块挂着雨水的油布，扑向男人。她看见那块油布褶皱成一团，攒聚成一块坚硬的沉甸甸的金属，投掷了出来，死死地把男人压进水里。

呕吐让她清醒许多，也可能是那声巨响，她像是从水面下看见的一样，那些动作弯曲变形，支离破碎，她看见妈妈被男人推开，像个鼓鼓的气囊砸向了水中，妈妈成了男人新的攻击目标，特别是左腿上的残缺豁口，如树瘤一样病态又反常，像是刺激到了男人的攻击欲。很快，妈妈灰白的头发就浮在了水面，像是一

一个椭圆的，分离的元音

小团泥泞的绒羽，那股温吞的不洁再次袭来。她摸到了沉在脚边的保温杯，向那个漩涡爬去。保温杯砸向了男人的脑袋，接着她看到男人的脑袋流出了血，她没想到自己可以做成这件事。男人从池子里跑了出去。妈妈歪在池边，身体肿胀又炽热，她摸了摸妈妈残缺的大腿根，仿佛那道褶皱的疤痕还在流血，她犹豫着，不知道是要把妈妈拖下水，还是要把妈妈留在干燥的岸边。

妈妈很快恢复了平常的样子，雌威且安静。

她扶起妈妈。

"把拐杖递给我。"

她把墙角的双拐递给了妈妈。

"不要跟任何人说。"妈妈让她缄口。

她内心突然雀跃了起来，终于有了妈妈的秘密，她和妈妈共同的秘密，不分彼此。

接着妈妈转身走了，挪动着残缺的身体。

双拐是从妈妈上肢手臂上延伸出的钢铁触角，随着一声又一声密得透不过气的铛铛铛铛声，那稠密的金属声威重地砸向地板，清脆，洪亮，振聋发聩，甚至让人发狂嫉妒了，妈妈扭曲着身子，一点又一点地把自己的四肢蜿蜒变形，宛如从那对双拐的顶端生长出的巨型肉芽。

热气球

宾馆的厕所有蟑螂，正顺着马赛克墙壁爬行，贾沂草草地洗漱完毕，把毛巾和牙刷卷进了一件衬衣里，又把衣服塞进了旅行箱。天花板上有两只风扇，扇叶搅拌着热空气在头顶温吞地打着圈。

妈妈的床边有一面穿衣镜，贾沂扭头看着妈妈吃了药，模糊的身影在镜子里折叠又打开，然后融进那床白色中。地板是棕色的，上面有扭曲的白色花纹，每一块的边缘都磨损掉色，脚踩上去像是有层热腻的包浆。

"快睡吧。"

"我知道。"

宾馆的枕头永远不会合适，枕套上有湿漉漉的潮气，像是能拧出水来，里面软塌塌的，贾沂的脑袋压在枕头中央，像跌进了滑道里。贾沂把枕头垫在脖子下，接着又往上挪了挪，后来她决定放弃。贾沂没有睡着，一直在祈祷第二天不要下雨，虽然手机已经显示：明天是个大晴天。

热气球是这里的热门项目，贾沂和妈妈很早就决定了下来。

凌晨三点二十，贾沂和妈妈在房间里安静地穿着衣服。妈妈把脚指头塞进丝袜里，然后顺着袜筒伸到尽头，那条腿被丝网牢牢包裹，油光闪闪的脂状物像是从每一个毛孔里钻了出来，接着是另一只脚，另一条腿……

凌晨的巴士穿进稠密的黑暗。车子很新，车厢里有清洁剂的气味，还有皮革与塑料散发出的冰冷味道。贾沂抠着大拇指上的倒刺，卷起来的死皮坚硬得如同塑料毛边，抠到疼处，她把拇指放到嘴巴里，用舌头舔舐起腥甜的血痂，接着她扭过头看了看黑暗中的妈妈。妈妈微阖双目，已经安然地成为了这辆车的一部分。

车子在陌生的道路上行驶着，每隔几个路口就会在一家酒店或宾馆前停靠，接上几个人，车厢里很快多了陌生人身上的爽利气味，然后车子继续往目的地驶去。空旷的街道让车子开得舒缓而流畅，每一个转弯，每一次停顿都让贾沂莫名地兴奋，车子像是刺入暗夜的箭头，义无反顾地融于前方未知又童贞的黑暗，直到拐进一片灰灰紫紫潮水般的麦田。

一个椭圆的，分离的元音

妈妈已经醒来，隔着玻璃看向外面，双手不安地抠动着皮包上的金属划扣。车子停下来，司机安静地埋头摘下手套，用干软的棉布擦拭眼前那块玻璃，又掏出笔在值班表上威重地签下名字。

"到了？"贾沂用英语小声地问，手指反复摩擦着一个淡蓝色的玩具扭蛋。

"是的。"司机抬眼望了望不远处的几团橙黄色，在幽暗的麦田上方闪闪发光。燃气罐上的空气燃烧着，升腾出一束茁壮而刺目的火苗，热气球像是巨型水母，褶皱逐渐被气体填充，一点点膨胀，面团一样持续发酵，直到那团橙黄色蔓延成倒挂着的水滴的弧度和线条，然后陡然遮盖住视野。

热气球已经在麦田中蓄势待发。

旅行团的人按照高矮胖瘦被分成两列队伍，贾沂和妈妈被分别安排进两列队伍的末尾。大家陆续爬进吊篮里，吊篮的高度在腰部以上，没有什么安全措施，只要站在那只巨大的篮筐里就行。气球呈伞状，在头顶裂变出放射性的纹路，所有人都被包裹在了一起。

贾沂和妈妈面对面站着，气球缓缓升了上去。

妈妈拧开保温杯的盖子，冲着杯底嘀咕着"该死，我为什么要坐这个"，抹净了嘴角的水，以一种冷酷的神情盯着贾沂。

"紧张吗？"妈妈若有所思地问贾沂。

"什么？当然不会。"贾沂知道妈妈害怕了起来，她很少看到妈妈如此恐惧，但多年的形影不离让她对妈妈的情绪十分敏感，在洋流和强风诞生的伊始她就能预见到一场海啸，爸爸走的那天，她见过比这更严重的。妈妈此刻更希望贾沂也害怕，这样她就能在安慰贾沂的过程中找回勇气，但贾沂把妈妈抛开了。

"把那个玩具给我，我放到包里。"妈妈看见了她手里的扭蛋，贾沂用手指包裹着它。

"不要。"

贾沂冲妈妈做了个鬼脸，露出被糖和淀粉啃噬掉的豁牙，像一排碎石头，然后转过身去。

天空是灰色的，树木密密麻麻地挤压在一起，像弓起来的黑色脊背，白色的雾气狡猾地穿梭在其间。气球越飞越高，把那团死灰状的雾气踩在了脚下，贾沂感到那片无穷尽的灰色会随时炸开，然后橙黄色的太阳从那里流出来。

蛛网状的薄雾逐渐散去，出发前的那块麦田已经看不清了，吊篮下面的土地像一块咖色的布，上面开始反射出浅粉色的光泽，流动的颜色仿佛是从土壤里渗透出来的。热气球越飘越高，开始有人为升空的高度感到恐惧，接着有人因恐惧开始大喊，又传来了一声，那片金膜状的天空被更多的声音瓜分豆剖。贾沂把扭蛋揣进浅兜里，冲着光秃秃的土地按着快门。妈妈很早就和爸爸分开了，但母女一直对外保持着统一口径，"爸爸在家忙工作，脱不开身"，这是她们对旅行团里其他游客说的话，一年里妈妈会带贾沂走两到三个团，她们在每个团的说辞都是这样。贾沂很怕团里的其他人看出来妈妈的异常，比如她的焦躁、愤怒、歇斯底里。

"给我照几张照片。"妈妈的声音带着雌威和勇力。

贾沂转了过来，把脖子上挂着的手机举了起来，妈妈定格，接着又换了一个姿势。妈妈并没有和她说太多话，她能感觉到妈妈还在害怕，她低头观察着沙盘里微型景观一样的田地，远处淡紫色的云块像一团腐烂变质的肥肉。

贾沂的身旁是另一对母女，女孩的连衣裙外面套着一件法兰绒上衣，柔软的头发堆在法兰绒领口上，像是咖啡杯里漂浮的奶泡。女孩的母亲总用一种警惕的眼神盯着所有人，像是随时准备为自己的女儿争取些什么，或者为自己的女儿牺牲掉什么，她也是这么看贾沂的，因为贾沂此时此刻正紧挨着法兰绒。很多人看到贾沂都会暗自发笑：她微胖的脸上总是露出煞有介事的表情，像个难缠的小大人，这种小孩很让人头疼。贾沂穿着紧身运动上衣，胸前有只小鹿在咧着嘴笑，肥大的黑色运动裤装着她胖嘟嘟的屁股，旅游鞋像是被不合时宜地精心打理过。贾沂总是摆出正经而严肃的表情，对陌生人更是如此，法兰绒母女俩现在想看看她还有什么表情。

法兰绒开始推贾沂，用胳膊肘和方形的膝盖，贾沂侧过了身体，玩具扭蛋嵌进了她的肚子。多么蛮横霸道，就在妈妈的眼皮底下，贾沂觉得那对母女一定是昏了头。

"妈妈，我这里没有地方了。"贾沂发出了求救信号。

妈妈听见了，摆出一副自顾不暇的慌张神情，眼神微妙地逃开了。

热气球到达了顶点，贾沂把潮湿的双手在吊篮的边缘蹭了蹭，然后紧紧抠住了柳条，远处的两只热气球像两粒橘子籽悬挂在天边，法兰绒不饶人地继续用胳膊肘抵着她的背，贾沂动弹不得，脚上的旅游鞋现在看上去更加蠢笨，被死死地挤进了吊篮的一角，她觉得自己被囚禁在高空，"会有人教训她们的"，贾沂乌黑晶亮的眼睛里迸出两滴泪水。

"一会儿热气球降落时，大家攥住吊篮内侧的把手，每个人眼前都有，大家共享一下。"有什么人在说着安全提示，声音从吊篮的中央传来，也就是火苗下传过来的。

像是听到了老天给她的指引，贾沂扭动脊背，挥起了手臂，身体像钻头一样死死钻进女孩和吊篮壁之间的空隙，手指扒住了眼前的把手，她的手很快又被狠狠地攥住，法兰绒几乎要把她的手指掰开捏碎。

"一定要攥紧，下降时半蹲姿势缓冲。"安全提示的声音又传了过来。贾沂的手挣脱了出来，她觉得老天要把她的生路堵死了。

气球越降越低，麦田上是热气球被压扁的影子，那个黑影逐渐膨大，像是巨型的车轮碾过地面。

妈妈没有说话，注意力全放在捍卫自己手中的把手上。贾沂手里没有攥着什么东西，把手被那对母女狠狠地攥在手里，没有给她任何空间，她不知道最后自己会不会被摔出去，如果摔出去她会用后背砸向地面，她默默祈祷着。那对母女像扯紧的缰绳一样绷直了身体，和那个把手，以及那个吊篮组成了一个坚硬又可笑的整体，两个怕死鬼！麦田像折纸一样在眼前被重新打开，贾沂从浅兜里掏出了那只扭蛋，然后闭上眼睛。

嘭！

吊篮笨重地砸向了麦田，往前顿了顿，原地倾斜了下来，倾轧在一片光秃秃的地里，贾沂没有被抛出，她像是玻璃珠一样从瓶口冒了出来，然后狠狠地摔进地里，被一根刺钩破了衣服。那对母女从罐头一样的篮筐里钻了出来，嘴上发出咒骂与抱怨。

妈妈拍了拍屁股和脚踝上的泥土，然后冲着空气打起了哈欠，从恐惧中解脱了出来。

"噢，我说了，把那个该死的玩具放到我包里。"妈妈轻声对着贾沂说道。

扭蛋上沾满了土，还有贾沂的手腕上、袖口里也兜着一小把泥土，幸好裤子是黑色的。

"我偏不。"贾沂用手背把那只扭蛋上的土抹掉，就像是在给谁擦着脸蛋。她想问问妈妈是否听见了自己刚才的求助声，但她知道自己问不出来什么。

热气球的球囊此时像亮黄色的河水一样在泥土里流淌着，收球囊的工作落到了每一个乘客身上。

妈妈知道要干些什么，比如把球囊铺平再整齐地折叠成狭窄纵深的一条，但妈妈厌倦了这些劳动，她在外面努力表现得对这种事一知半解。贾沂蹲在地上开始叠了起来，那团亮黄色此刻是脏兮兮的。

"就像这样。"一个戴着鸭舌帽的男人充当起了解说员，他弯下腰像模像样地演示了一番。"喂，女士们"，接着，他故意用那种甜腻腻的口吻叫着妈妈和一旁的法兰绒母女。

"看这里，女士们，我们一起把这个叠好，这也是项目之一。"法兰绒母女开始因鸭舌帽的忘乎所以而愠怒了起来。

鸭舌帽果断地放弃了妈妈和那对母女，搅进了另一波乘客中，球囊逐渐被拢成一条，然后被投进一只巨大的布袋里。

"她看着和我们家宝贝差不多大？"妈妈问法兰绒母女。

妈妈又使出她那套伎俩，也许别人看不出来，但贾沂太了解了，就像一把滑溜溜的钩子，把不知情者钩进那个圈套。

法兰绒开始在她面露恶相的母亲怀里撒娇，恶相突然松散下来像是破碎不堪的陶瓷碎片，里面藏着可怜的泥胎，贾沂宁愿看到它坚硬冰凉的样子。

"你也是带着女儿来的？"法兰绒的母亲很善于总结，而且一步到位。

母女和母女的组合总能瞬间吸引彼此。

"孩子的爸爸太忙了，没有假期"，妈妈的这套说辞让贾沂厌倦了起来，"她爸叫我每年暑假和寒假都带她出来玩一圈，小孩子需要开阔眼界。"妈妈缩紧了背，脸上攒聚出僵硬的笑容，提防法兰绒母女问出更多的事情。

妈妈叫贾沂过去，她站在妈妈身前，妈妈把手搭在她的肩膀上，像是拿枪瞄准猎物一样，凝神看着那对母女。

共生的骨头

法兰绒躲在她妈妈身后舔舔嘴唇，她妈妈悚然一惊，头发被田地里的风掀起又落下，然后像是盯着某个生了蛆的烂疮疤一样看着贾沂。

法兰绒母女齐刷刷地看向她，眼神像是一整块花岗岩般悍然不动。一股全新的嫉妒攥住了贾沂，在她的身体里不断繁殖增长，她像是被这对母女用一种静默而强硬的方式教训了一番。贾沂对法兰绒母女的敌意突然松动了，转而把所有的愤怒投向了妈妈，她知道那才是愤怒的根源。

几大只装着球囊的布袋子被运上了堆满麦穗的皮卡车。"所有人都上车，坐到后斗里。"

皮卡车准备把他们接出麦田。

妈妈被贾沂落在了身后，贾沂攀援着车子爬了上去，径直坐到了后斗的一侧。妈妈最后上的车，四周一圈都坐满了人，妈妈决意坐在中央的麦穗堆上，旁边坐着一个平日就在麦地里工作的农夫。农夫是个金头发蓝眼睛，脸上褶皱的皮肤被太阳烫成铜色，粗糙的手掌让贾沂想到雕像。

"妈妈想要和你合影。"贾沂说着蹩脚的英语，声音切碎了四周的声响。

"你妈妈？"农夫被这个请求逗笑，看着不远处的那个胖姑娘，她正掏出手机准备对准他。

"我妈妈，就是坐在你身边的那个女人。"

农夫露出一副夸张的恍然大悟的表情，然后对着妈妈摊开双手，车上的人都屏息凝神，有那么一两个发出了干瘪的笑声。

妈妈已经从贾沂的神情中猜到了什么，她的脸上露出了尴尬的笑容，接着她的肩膀就被那个农夫搂住，是贾沂的主意，她想整蛊妈妈，想看妈妈出丑。妈妈不会英语，贾沂冲农夫喊着，"together，together"，然后镜头凑了过去。妈妈浑身滚烫，但依然保持着那种微笑，那种"不会和女儿置气"的隆重的微笑。皮卡车上的人都被农夫夸张的表情逗笑了，贾沂按下快门，定格住了妈妈那副愤怒而可笑的表情。

贾沂大胆地说了出来："我想要你做我的爸爸，一下就行。"

那个农夫和全车的人都被她逗笑了，农夫搂过了妈妈的肩膀，那张铜色的脸在妈妈的脸蛋上蹭了蹭，贴面礼一样的动作。农夫用手从身后抓起了一把麦穗，鬼使神差地把那几根麦穗当作玫瑰，举在妈妈面前，车子上的人又笑了起来。

妈妈怒火中烧，把胳膊挡在那个农夫的脸前，像是要扼杀接下来可能发生的一切事情。农夫做出一副伤心的表情，车上的人都笑了，包括法兰绒母女。

"我和妈妈骗了你们，我们是骗子。""骗子"这个单词贾沂上学期刚学会，她鼓起红色的脸蛋，破釜沉舟地说了起来，"爸爸早就离开了我们，他又有了新的家庭，一个妹妹，我又多了一个妹妹。"

车上的人都不再笑了，他们用讶异的神情盯着贾沂。妈妈似乎知道了些什么，她被剥了个精光，由里到外。贾沂这回把戏弄、背叛、侮辱、蔑视一次全扔给了她。

"哦，我很抱歉。"农夫说完这句就止住了，全车的人都开始看向妈妈。

妈妈的脸通红，愤怒将她撕烂，她的喉咙颤抖着，还有脸颊，还有双臂，她的脸上依然保持着怪异的微笑，或者说，是笑容攫住了她扭曲变形的脸。

下了车，妈妈这回紧跟在贾沂身边，然后像吐出一口厌恶至极的脏东西一样，压抑着咆哮了出来，"你知道你有多愚蠢吗？！"接着妈妈啐出了那句话，刺耳得气若游丝，"我受够了，你这个疯子。"

　　　　　　　　　　　　共生的骨头　|

妈妈和她掉了队。

妈妈紧紧地攥住贾沂的胳膊，像是要将其掰断一样，她拉下笑得生疼的嘴角，声音沙哑起来，"你够幸运的了，要不是我要你，你早被你爸抛弃了。"贾沂知道妈妈又要开始那套老生常谈，"是我拼了命把你夺过来的，你知道吗？"在那场争夺中，除了贾沂，爸爸妈妈还抢夺着每样东西，能碎的全碎了，贾沂是唯一不会破碎的东西，她必须有个归属。她多想可以在那场争夺中四分五裂，像是被打碎的相框、杯子、花瓶，什么都可以，被扭断胳膊，抓破皮肤，扯掉头发，然后不属于任何人。

妈妈快步走了起来，像是摆脱掉一块恶疮那样把贾沂甩在了后面。贾沂从不担心妈妈会抛弃她，因为妈妈更需要她，远胜于她需要妈妈，下个月她们会去别的什么地方，继续在那里说着同样的谎话。她掏出了上衣兜里的那个玩具，一只浅蓝色的扭蛋，从前爸爸送给她的，在爸爸有妹妹之前。最开始里面装的是一个三角饭团超人，现在换成了三粒蓝色的药丸，妈妈的药，贾沂随身携带着，以备不时之需。

游乐场

妈妈在超市的货架上挑了柠檬、香蕉、苹果、火龙果，桃瑞斯在嘴里嘟囔"pitaya"。妈妈把呼吸不匀的嘴巴贴在了她毛茸茸的耳朵上，这是妈妈一贯的伎俩，用肌肤和体温来安抚焦躁不安的她，她手里攥着一只粉嘟嘟的长气球，是进门时店员老太太递给她的，她把那截散发着胶皮味的长气球往嘴里塞，牙齿打在橡胶上面发出刺耳的声响，妈妈伸手敲她的胳膊，长气球飞了起来，然后晃晃悠悠地落到了地上，宛如一声悠长的叹息，随后是桃瑞斯嘴里爆发出剧烈的哭声，像是罗托鲁阿火山的地热喷泉，热浪冲天，妈妈已经习惯了这些，只是门口的老太太被桃瑞斯的哭声吸引了过来，诧异而惊慌地看着她和她们脚畔的长气球，妈妈被盯得发毛，喊了句"看什么看"，老太太慌乱而惊悚地摇起了脑袋，手指捂住了嘴巴，仿佛目睹了一桩惊心动魄的谋杀。妈妈把桃瑞斯放了下来，从包里掏出钱，然后扯着她的手走出了水果店。

游乐场在不远的前方露了头。

门口有个小丑在吹泡泡。那个小丑长着一张控诉的脸，永远也不快乐，吹出的泡泡也被悲伤污染得很透彻。泡泡里面被塞进了白烟，泡泡炸开，那团烟雾就游荡了出来，像是一个灵魂就这么被孕育了出来。喝彩声，掌声，也和迎接新生雷同。泡泡一个比一个大，成功的几率越来越低，桃瑞斯的眼睛开始四处寻觅，像是无法对焦的坏相机。小丑终于在最后的瞬间叠加出了复杂的色彩和曲线，泡泡如同巨鲸庞大的腹部从桃瑞斯的眼前划过，欢笑在妈妈的喉咙里迸发了出来，像是一汩又一汩的水从嗓子里钻了出来。桃瑞斯总会在这些重要的瞬间去捕捉妈妈的表情，不谋而合的快感可以一遍又一遍夯实亲缘上的关系或是血脉上的捆绑。看到妈妈笑，她也笑，这种整齐划一远比事情本身更让她快乐。

周四的游乐场里人不多，桃瑞斯看着小火车一遍又一遍地绕着轨道跑。

桃瑞斯的目光终于从火车上挪开了，是个女孩。妈妈也第一时间被那个女孩吸引，丢下桃瑞斯径直走了过去。

女孩十岁左右的样子，很漂亮，很纤瘦，这让桃瑞斯感到不舒服。今天本该是上学日，女孩显然翘课了，或者是请假，于是成了这里年龄最大的孩子，也是最漂亮的一个。

桃瑞斯想和女孩搭话，妈妈抢了先。

"你好漂亮，你叫什么名字？"

"我叫安。"

女孩被妈妈的夸赞冲晕了头，动作矫饰了起来，双手拎起剔透的纱网裙摆，像八音盒上的旋转仙子。裙子是浅湖蓝色，闪亮的布料外罩着一层细腻的纱，细纱上有温柔的刺绣，桃瑞斯的眼睛拒绝不了那些精美的东西，无论是女孩的样子，还是那条裙子，妈妈也目不转睛地盯着女孩。裙子下面的白色连裤袜是针织的，针脚工整扎实，脚踝的地方有两块精巧的商标，像两块袖珍的巧克力块漂浮在牛奶上。"看她的眼睫毛"，妈妈脱口而出，像是在自言自语，又像是在刻意对桃瑞斯说。

妈妈完全顾不上桃瑞斯，喉咙里塞满了提问的欲望，"你怎么不去学校呢？"

"爸爸去了基督城，家里没有车，妈妈说今天会下雨，就给我请了假。"

"你妈妈是那个戴眼镜的女人吗？"问题瞬间就倾泻了出来，一个接着一个。

"哪一个？"

"那个，戴眼镜的。"妈妈用略微变形的手指悄悄指了指远处的一个女人。

"不是，我不认识她。我妈妈把我送到这里就上班去了，在楼上的童装部。"

女孩的妈妈在楼上的童装部工作，卖那种棉绒织布的婴儿服装。听到这个，妈妈和桃瑞斯放松了下来，话题有了更多的走向。

"你可真漂亮，像瓷娃娃一样。"妈妈再一次说了起来。这句话像是有着魔力，让女孩瞬间把妈妈当作了唯一可以亲近的人，桃瑞斯能感觉到女孩对妈妈依恋了起来，像是蜗牛把湿润的身体黏着在仅有的一片叶子上，那片叶子原本只属于她一个人。

女孩在她们面前撒娇地跑了起来，然后把她们带到了帘幕的里面。这是一个封闭的空间,空气在这里膨胀了起来,五彩的泡沫砖上有两个柔软的秋千,女孩回头看看妈妈,又看了看桃瑞斯,像是为了从她们身上得到默许。女孩游刃有余地把身体叠进了其中的一个秋千里,秋千的座子是皮子和厚海绵做的,她的身子一折进去,白袜子就荡了起来,饶有节奏地在桃瑞斯和妈妈眼前一摆一摆。"去,你也去玩吧。"妈妈把桃瑞斯往前推了推。桃瑞斯没有反应,站在原地看那双白袜子。片刻后,桃瑞斯走到女孩身旁,抓住另一个秋千的绳索,把屁股沉了下去,座子被压成了巨大的 U 型,坠向地面,她完全晃不起来。妈妈的目光一直停在那个叫安的女孩身上,白袜子踢得更高了。

桃瑞斯把海洋球塞进了风道里。妈妈向工作人员打听过了,从风道口把海洋球塞进塑料管道,直到塞满,再按下那个蓝色按钮,所有的海洋球就会从头顶的装置上散落下来,天女散花似的,那是游戏的高潮。塞了几只球后,笨重的身体让桃瑞斯喘起了粗气,妈妈叫她去蓝色按钮旁等候。妈妈选了一个风道口,接着往里塞海洋球,像是流水线上的工人,女孩被妈妈机械的动作吸引,也加入了进来,温驯地跪在一旁。女孩完全没有惦记那个蓝色按钮,仿佛对"糖豆不可能喂到每一个孩子嘴里"这样的残酷事实已经了然于心,这让桃瑞斯有些意外,她内心里的竞争欲又被硬生生地按了回去。

风道口吹出的风隆隆作响,整个海洋球池幽暗冰凉,每一颗海洋球都散发着难闻的塑料味,桃瑞斯觉得自己头疼得厉害,她朝女孩的方向望去。女孩停下了手中的工作,把一只小手伸进了风道。机器轰鸣着,桃瑞斯担心会发生什么危险的事。起先是手指头,然后是手腕,一点一点被那个塑料的黑窟窿吞没,最后连同手臂和肩膀都延伸进了那截白色塑料中,女孩弓起了身子,失重又失衡,像是被一根无形的线绞起,拉伸又牵引,只有桃瑞斯看见了，妈妈埋头于手上的活，即将大功告成，妈妈露出了胜利的微笑。女孩还在和那个黑窟窿较着劲，窟窿那头是什么，发动机，风扇，或者别的什么。桃瑞斯感觉到了一股未知的恐惧。"嘭"，她的手按下了蓝色按钮，海洋球齐刷刷地从头顶弹了出来，女孩把手抽回，恢复了瓷娃娃的模样，就仿佛刚才的事完全没有发生一样。

玻璃房在游乐场的尽头，桃瑞斯从没见有人进去玩过，玻璃门紧闭，像是抽干了空气的真空罐子，这一次大概又会从那扇光滑的，略带暗影的玻璃前走过，她想。

"那个是蜘蛛墙。"女孩打开了玻璃门，径直蹦了进去，玻璃房里有一个蹦床，四面里有三面是玻璃，还有一面墙壁乌黑，上面粘满魔术贴，正中央挂着一件超人的衣服。

桃瑞斯跟在女孩后面，妈妈决定留在玻璃房外面。女孩在蹦床上弹跳了起来，对自己一副信心十足的样子，带动着桃瑞斯共振。白袜子又在眼前晃动了起来，还有蓝裙子和瓷娃娃一样的脸蛋。

"怎么玩？"桃瑞斯站在一旁。

墙上的那件超人服装被女孩撕扯了下来。那是一件厚重坚硬的塑料衣，衣身上粘满了魔术贴。桃瑞斯上前摸了摸那些蓟丛般的硬刺，"我会玩"，女孩冲她说着，像是要把缰绳牢牢攥在自己的手中。妈妈用手指敲打着玻璃板，然后用眼神鼓励起女孩。女孩看见后没有说什么，倒像是个上了发条的玩具，兀自行动了起来，把腿伸进了宽大的豁口里，那副宛如钢铁打铸的盔甲一样的东西就立在眼前。"小妹妹，你要帮助我穿"，这是女孩第一次管桃瑞斯叫小妹妹，像一块海绵被水浸泡，桃瑞斯的心突然鼓胀了开来。桃瑞斯虽然年龄小一些，但力气足够大，她上前撑住女孩细小的胳膊，把细枝嫩条一点点送进那件塑料衣里。女孩像是被推进了塑形的模具里，动弹不得，桃瑞斯没有停下来，开始寻找塑料衣的拉锁，拉锁隐藏在衣服的背后，像是一个隐形开关那样粗壮又威重。桃瑞斯用手把女孩的身体扳正，然后把女孩软绵绵的马尾辫团在手心，攥住，把后背的拉锁提到尽头。桃瑞斯只想尽快让这件衣服工作起来。

女孩被厚重的衣服拖着，笨拙地踮起脚尖，在弹簧蹦床上向上腾起，腾起，再腾起，扑向乌黑的墙面，塑料衣完完全全黏住，女孩果真像蜘蛛一样挂在了墙上，妈妈在玻璃房外欢呼着——终于解锁了这个游戏的玩法。

"哎呀，下不来了"，妈妈的声音传来，欢愉而雀跃，夹带着一丝略有表演性质的担忧。女孩望了望玻璃板那边的妈妈，像是一匹刚吃了鞭子的小战马，幼小的身体裂变出无穷的能量，身体耸动了起来，把自己一点一点从墙上揪下来，直到身体像坚实的铅块一样狠狠地摔向地面，妈妈的欢笑声传了过来。

让这一次又一次的蹦跳成为无限美好的试探与讨好吧，就像钥匙抠动了锁芯里的锁簧，妈妈用她的方式轻巧而隐秘地激发了女孩的虚荣与好胜心。

女孩爬了起来，再一次弹跳，奋力向稠密的黑色里进发，身体砸向墙面时发出沉闷的声响，桃瑞斯觉得整个玻璃房都在承受着那声响带来的共鸣，紧接着是女孩在墙面上千姿百态的古怪定格，四肢垂在粘板上，白袜子悬浮在半空，妈妈被逗笑，笑声从玻璃板外传过来。妈妈的笑声吸引了更多的人挤在玻璃板外驻足。有时候妈妈会拍拍玻璃板，但更多的时候妈妈是和身旁的戴眼镜的女人聊天。唯有砸向墙面和摔向地面这两个瞬间，妈妈才把目光挪过来，但妈妈会露出洁白的牙、粉白的牙肉。

女孩很快就在一次又一次高一些、再高一些的跳跃中将自己消耗殆尽，一同消耗掉的还包括她对眼前这件事的热情，以及远在玻璃板外妈妈的注意力。

女孩的力气逐渐用完，身体从软墙上逃脱下来的速度越来越慢，自由落体的声音越来越响，沉重且庄严，像是一次又一次的哀求与咆哮。每一次跌落的位置都离玻璃板近一些。

近一些。

更近一些。

"嘭"，这一次，桃瑞斯看到女孩的后脑勺距离那道玻璃板仅有一寸的距离。

妈妈的注意力再也不在她的身上了，当弹跳被剥夺了目的性，女孩开始感受到了疲惫又艰难的空虚。

女孩不止一次地看向桃瑞斯，脸上的表情释放出无数种可能，桃瑞斯知道女孩是在求助她给解开背后那该死的拉链，但那张因嫉妒和攀比钩织出的无形的网牢牢地笼罩在她们身上，她俩谁都不想向对方迈进一步。

妈妈的声音在远处起伏着，"再来"。女孩看了看妈妈，又看了看桃瑞斯，决定再一次向高空进发。

起跳前，妈妈在玻璃房外喊道"把手抬起来"，这一次身体弹跳得果真更高了一些，到了无可攀升的尽头，女孩愤然把身体刺入那无穷尽的漆黑中，头发渗透出汗水，塑料衣的开裆处露出一团稀烂的湖蓝色，纱裙被魔术贴粘成了糊状，白袜子也蒙上了一层绝望的灰色。玻璃房里忽然就热了，桃瑞斯觉得身体烧了起来，女孩定格的位置到达了从没有过的高度，这重新唤起了妈妈的新鲜感和热忱。妈妈在玻璃板的另一头伸出大拇指，女孩的马尾辫摇晃了起来，肆无忌惮的，耽于毫无来由的甜蜜之中，紧接着那个小身体开始从墙壁上聚集起能量，骨架和内脏像是柔韧而又富有弹性的橡胶，塑料衣褶皱起来，成了一团。

一线壁垒之外，妈妈像条精巧而失真的热带鱼在水箱里闪着奇异的光泽。桃瑞斯看了看妈妈，瞬间就否定了自己，妈妈不是鱼，她和那个女孩才是水箱里的鱼，妈妈投放进来一点点的鱼食，然后用笑容遥控着她们，刺激着她们，营造着水箱里的全部生态，就像赛马场上的选手，会在关键时刻用靴子上小而锋利的马刺狠狠地一夹，大抵不过如此，马肚子上就会流血。

足够一寸了，桃瑞斯想了想。

"好了，可以下来了。"桃瑞斯冲墙上的女孩说了一句。

女孩拱起了躯体，四肢摩擦出更大的自由空间，像一张拉满的弓，头往后仰下来。"轰"，地上响起了破碎的声响，像一件瓷器悍然破裂。

（以上三篇刊发于《西湖》2021 年第 3 期）

松脂球

水果镇在六号公路和八号公路之间，茱莉开着车，从一条山谷中穿过，一直沿着连绵不绝的山路开，直到远远看见那尊著名的苹果梨橙子雕塑，才松下一口气。茱莉从后视镜里看了眼，妈妈正对着镜子笑，新洗的牙，镜子里能看见两排洁白的牙齿和粉色的牙肉。

漫长的行程让茱莉心烦意乱。她把车子停靠在路边，妈妈留在了车上，茱莉知道妈妈更想在镜子里多看看自己，牙齿像是崭新的，母贝一样，妈妈觉得自己的荷尔蒙又回潮了。

妈妈在后座上悄悄的，车子上没人，但妈妈依然不愿意制造出任何声响，从手提包的内夹袋中掏出了一管口红，口红是妈妈早晨从茱莉的梳妆台上偷拿的，那支口红被妈妈的手牢牢攥着，显得分外娇小，像一块积蓄着能量的稀有金属，妈妈笨拙地拧开了盖子，膏体对着嘴巴粗糙地蹭了蹭，只是两下，口红又被攥进了掌心，无名指慌乱地涂抹开，嘴唇在指尖上匆匆地吻过。

茱莉很仓促地抽完了一支烟，她担心烟味留在嘴里，又在口腔里喷了一些口气清新剂，然后打开车门，扣上了安全带。车子继续走了起来，妈妈的目光又回到了后视镜上。

车子停靠在小镇中央的一个餐厅旁，希尔早早就到了，他看见了茱莉，于是从屋里出来。

"我妈妈也来了。"

"你妈妈？"

妈妈从车里下来，希尔把头顶上的帽子摘了下来。

妈妈像是不放心，购买之前要开箱验货似的，一定要来看看希尔，这个她未来的女婿。

显然，希尔让妈妈很满意，超过了妈妈的预期，不仅超过了，可能妈妈还要因为希尔而重新判断自己的女儿。餐厅灯光昏暗，希尔的皮肤像绸缎一样闪着暧昧不清的光泽，衬衫像上了浆，仿佛能摩擦出嘎吱嘎吱的清脆声响，那种锐利让茱莉陌生了起来。还有那排纽扣，像是一条深邃蜿蜒的小路，最上面那颗深深地嵌在他的喉咙上，袖口的两颗紧紧地扼住他的手腕，看起来好看得令人恼火。茱莉开始怀疑，自己之前告诉过希尔妈妈今天会来。

妈妈的脸上藏着很多表情，茱莉猜不透彻，她起先很有把握，妈妈对希尔很满意。然而，随着时间的推移，妈妈收起了那套威慑力，很快就缴械投降，先前的虚饰和矫作暴露了出来，她的脸又红又亮，像个十几岁的少女，总是被眼前的希尔逗笑，那种笑不是出于客套和因地制宜的社交规范，而是彻头彻尾的自发地沦陷进希尔散发出的异性魅力中。

希尔和平时很不一样，妈妈也是，他们两个像是在演一出只给对方看的戏，精神、气质融为一体，那个私密而反常的宇宙把茱莉挤压到一旁，一股难堪的、愤懑的嫉妒心在缓慢地繁殖。

茱莉感到自己的血流速度加快了，全身都在战栗。

认识希尔时，茱莉正在和一个叫罗伯特的男人交往。希尔和茱莉一起在咖啡厅打工，他们很少说话，她往咖啡杯里浇筑出动人的纹路和美妙的图形，然后任由他把那件艺术品端放在每一个孤独者的面前。午餐时间是轮班，希尔会去门外的一把木椅上坐着，那把椅子连同一旁的桌子逐渐成了他固定的休息区，有时他啃一块曲奇，那就是他的午餐了，有时他抽着烟，看一本被翻烂了的《斯通纳》，她很少去打搅他，会像招待其他客人那样给他的桌子上送去一杯水。

某个夜晚，罗伯特接茱莉回家。她刷完最后一只杯子，放到了沥水架上，然后向员工休息室走去，茱莉安静的背影给了希尔一种前所未有的空虚感，他突然很想见一见那个男人。茱莉很快换好了衣服，离开咖啡厅前热情地冲希尔告别，然后融进了黑夜里。希尔跑出了操作台，把咖啡厅丢在了身后，他疯狂地追逐着茱莉的身影，还有那个叫罗伯特的男人，他好奇那个幸运的男人到底是谁。

茱莉知道希尔在身后，他出格的举动让茱莉难堪了一小阵，但转而就被突如其来的惊喜淹没。希尔想要的不多，他追上了他们，看到了罗伯特的样子：一个看上去有些悲伤的男人，圆硕的鼻头和坚硬的颧骨，在那张模糊的脸上冲突出一股难驯的野性，酒精让他红润了些，否则他的皮肤会是惨白的，但雪利酒的刺鼻酒气完全钝化了希尔想要去更进一步认识他的欲望，希尔开始替茱莉难过了起来，他觉得自己并不了解茱莉：她为什么会喜欢这个男人？和眼前的这个男人生活完全是个错误。

茱莉比罗伯特更热爱酒精，因为酒精能让罗伯特快乐。他宿醉的样子激发起她的母性，让她全然忘记他是个擅长用暴力解决问题的人：罗伯特清醒的时候会用到拳头。茱莉也不知道自己究竟是离不开他，还是离不开那种支离破碎的生活。

冬天来临前，罗伯特开始准备回英国过圣诞节的东西，茱莉问他要不要带上她一起，罗伯特看着茱莉，仿佛这个问题促使他重新审视起身边的女人一样，短暂的沉默之后，罗伯特断然否定了这件事，茱莉也松了一口气。他蹲在客厅，把东西塞进旅行箱，一忙起来，他身上又散发出了浓浓的汗液味，茱莉心底生出了一丝不切实际的伤感，一股凉意骤然袭来，钻进了她每一个毛孔，她望着罗伯特，用一种近乎悲悯的口味说道，我们分手吧。这次罗伯特没有动手。

茱莉去意已决，她把自己拯救了出来，然后决定利用好自己手中握住的机会。

火把薯条烤得扭曲了起来，妈妈用那两根变了形的弯曲手指夹着它，她看不清妈妈是在吃着手指还是吃着薯条。熏鱼在妈妈嘴里来回翻滚着，一股腥香的肉味在妈妈嘴角发酵。希尔把盘子里最后一块鸡肉叉到了茱莉面前，这个动作让妈妈亢奋了起来，她欲言又止，嗓子里有含混不清的快乐笑声，茱莉反抗起来，她没有吃那块鸡肉，她只想快些结束这场会面，她觉得一切荒唐至极，自己被包裹在抽去空气的塑料薄膜里，妈妈和希尔都失去了控制，尤其是妈妈。

回去的路上，妈妈快乐如初。

"希尔是个好孩子。"

妈妈边说边垂下了头，用手反复摩擦着大腿上的一块污渍，一滴牛奶打在了她的裙子上。

"噢，看看我，还和孩子一样，吃饭不利索。"妈妈继续用双手揉搓着那块污渍，边说边乐了起来，像是被自己的轻率所打动。茱莉看见妈妈裙子下面的丝袜，还有那两截粉白色的腿。

"你看见他帽檐上的那根羽毛了吗？"她故意问妈妈。

"羽毛？"

"对，白羽毛。"她重复着，不厌其烦，她知道妈妈看见了，但妈妈执意保留起一些什么。

也许妈妈的思绪还在漫游着，她安静地等待，等待，直到确信妈妈要在这个问题上和她彻底划清界限。

"我不知道你在说些什么。"妈妈要用这种手段来挽回些颜面，也可能什么都不去试图挽回，妈妈只是想掩藏自己对那根白羽毛的感觉，一些私密的、不为人知的感觉。她觉得自己几乎要断了呼吸。

茱莉看到了，妈妈嘴巴上的口红，那两串玫红色正随着"希尔"的名字嚅动起来，分寸感和边界感全然消失殆尽了，她和妈妈从未如此亲近过，这份亲密让她战栗，她们共用同一支口红，倾心于同一个异性，妈妈的身上还留着希尔身上的松脂味，也可能是她自己身上沾染了希尔的味道，又传染给了妈妈，但无论如何，身旁的妈妈像个披红挂彩的松脂球。那两条玫红色的虫子把她吞了下去又吐了出来，她知道妈妈如果年轻三十岁一定会嫁给希尔，这个念头让她绝望。

一路上，希尔有意无意地出现在她们的对话里，像是一个恒定的命题，妈妈津津乐道地重构、润饰着刚才的那场会面，像是在不断地挑衅与试探，她狠狠地踩下了油门，妈妈在副驾驶座上完全没有准备好迎接突如其来的加速，她的喉咙里迸发出急促而锋利的呼叫，像层层碎浪在甜蜜的海洋中翻滚摸爬，直到希尔又出现了。

"你们以后可以留在镇上，当然也可以搬去北岛，或者更远的地方。"妈妈的口中塞满了她替她谋定好的未来生活。

希尔发来短信，说下午两点会过来。他带了两块牛排，还有一瓶红酒。茱莉对这次的幽会多了前所未有的紧张和不安。

希尔有钥匙，直接就进了屋，接着她听到了希尔动人的声音。

"你要现在就吃吗？"

"不用，我还不饿。"

希尔倒了两杯酒，然后把她搂在怀里，他的怀抱里还夹带着冬日的寒冷，那种冷峻的味道让她感觉到了希尔身上的距离感，但仅仅是几秒钟的事，希尔很快就把气氛预热了起来，她把头埋进他的臂弯中，他抚摸起她的头发，手指在发丝上光滑地漫过，然后用额头轻柔地蹭着她侧面的碎发，她被希尔逗笑了，伏在他的肩上咯咯地笑出了声，希尔用手指把那些碎发别向她的耳后，像是第一天才认识似的，他严肃又专注地看着她的双眸，然后缓缓地靠近她的脸庞。茱莉闭上了眼睛，希尔轻轻地在她的双唇上碰了一下，如她所料，接下来会有一个悠长且深情的吻在等着她。她的双手依然挂在他的脖子上，就这么一瞬间的事，她闻到了希尔身上的松脂味，大脑高速地运转接着冷静了下来，她听到了时间被冻住的声音，这回确定无疑了，希尔，这个备受妈妈肯定的男人不再是她想要的人，曾经是，但如今已经不是了。那些她曾经强烈向往过的美好突然之间全部指向了虚无，希尔成了妈妈的一部分，妈妈意志和信仰的一部分，妈妈向往的一部分，他和妈妈成了一个人，都是某一种生活坚定的布道者和捍卫者。

希尔不甘心了起来，他张开嘴唇，图穷匕见似的，用舌头羞涩又恼怒地探问着她。接吻这件事突然成了恼人的笑话，很快希尔就放弃了，他厌恶自己汹涌而来的侵略性，松开了茱莉，收起了那副绝望的模样。他心里有无数个为什么想问她，但被体面地克制住了。

"没关系。我理解。"希尔像是在原谅她，又像是在赦免自己该死的自尊心。

他用杯子里剩下的一点酒湿润着自己的双唇和喉咙，没再去续满。她没有说话，也没有一饮而下，沉默瞬间让两个人之间撕开了一道难以弥合的裂痕。

"你是需要时间冷静一下吗？"他说完就暗自后悔了起来，明眸中蓄满了泪花。

如果不和妈妈挂上钩，她还会义无反顾地爱着希尔，但妈妈出现了，性质发生了翻天覆地的变化。一种背叛感袭来，她像是又回到了妈妈的身体里，但一同被孕育的还有希尔，她和希尔一起被妈妈的温床紧紧包裹，她被这个念头击碎、吞噬：妈妈比她更懂希尔，或者说，更爱希尔。希尔，那个对她来说一切都好的男孩，那个让妈妈一脚踩进幻想的糖霜里的男人。她不想嫁给妈妈的选择，她不想用婚姻来讨好妈妈，更不要在妈妈的意淫下生活一辈子。

"对，我觉得我们应该冷静几天，我是说冷静一阵。"

她恨自己，无休止地反抗与叛逃，然而再一次因为妈妈而改变了人生。

希尔沉浸在深入骨髓的哀伤之中，他甚至都不愿意去掩饰那种失望，继续在她的房间里徘徊，他们两个对彼此都失去了交流的欲望，就并排坐着，看窗外的荆豆树在风中颤抖。她开始后悔，没有趁荆豆树幼小时除掉它们，现在每一张叶片上都长满坚硬的刺，枝头垂挂着金黄的花，像是一种金黄色的霍乱，茉莉知道她要与它们终身为伴了。耳边是钟表嘀嗒嘀嗒的声响，茉莉任由那个声音在耳边无限放大，把自己湮没，然后又任由那声音逐渐变小，直到消失。她不知道希尔有没有同样为那个声音分神。下午五点多时，天边膨胀起粉色的云块，白床单被染成了粉色，上面的褶皱是希尔留下的最后一点痕迹。六点不到，希尔走了，走之前他匆匆吻过了她的额头，没有说什么，然后就走了。两块牛排还在水池里浸泡着，那瓶喝到一半的红酒散发着微弱的气息。茱莉继续坐在床边，任由希尔温暖的亲吻在额头上变化成咸咸的泡沫。

一阵眩晕过后，茱莉决定原谅妈妈，或许妈妈就是靠这种方法来过活，把自己的生命经验投射到女儿身上，然后一遍又一遍地推演出所谓的真相或者真理。除了她，妈妈老无所依。

妈妈和他是在戒酒俱乐部认识的，妈妈成功摆脱了酒精，但他继续走着老路，茱莉对生父印象模糊，"爸爸"这个词已经烂在了温暖的淤泥里，没什么人能够填补那个窟窿。

妈妈后来又有了一个男朋友，她偷吃妈妈的避孕药，对着镜子一点一点地把那管猩红色抹在自己的嘴巴上，把脚塞进高跟鞋里，在厨房里边偷喝甜酒边听着妈妈欢愉的笑声，她知道自己的喉咙里也能发出类似的声音，她遗传了妈妈的好嗓音。茱莉边学着妈妈的样子边等待着妈妈再次愚蠢地犯错，她一边被动地参与着妈妈的罗曼蒂克，一边为莫名的事情沾沾自喜，直到在门缝里目睹了那个男人是如何殴打着妈妈。男人四肢颀长，像热带海域上的军舰鸟，胳膊矫健而敏捷地划向妈妈，妈妈的脚趾勾着床沿，身体随之痛苦地翻折，呈现出古怪的弧度，男人黑沉沉的身影彻底遮挡住了茱莉的视线，但从他由剧烈到松缓的背影判断，茱莉知道男人得逞了：一场弱肉强食的讨伐，或者说是一种居高临下的训诫。那个男人走了，走之前还从妈妈的柜子里拿走了一些首饰和现金。男人的气味还没散尽，但房间已被黑色全部浸透，妈妈从床上爬了起来。茱莉盯着妈妈胳膊上的青紫色，把毛巾上的水拧掉，然后轻轻地擦拭起了那块瘀青，妈妈像是一件玩具，坐在地板上任凭她摆弄着，眼里分辨不出是泪还是汗，那些水状的东西从妈妈肿胀的脸颊中挤落了下来。妈妈从角落的抽屉里摸出了一包烟、一只打火机，她听见了烟草燃烧发出的窸窣声响，还有咳嗽声，接着是笑声，形式大于内容，妈妈静静地看着眼前的茱莉，茱莉把毛巾泡在脸盆里，反复揉搓，绞干，一遍遍敷在妈妈的胳膊上，妈妈不为所动，收敛起了挨揍者的倒霉模样，昂起了头颅，脑袋像是凿进了墙壁，接着摆出一副不以为意的样子，任凭那句话威重地横亘在她和茱莉之间："又是个酒鬼，你可不要走我的老路。"

茱莉从咖啡厅辞职了，她连再见都没有和希尔说一声。电话已经打通，她的小腹一阵痉挛，这是她在做重大决定时一贯的状况，酒精的味道从电话听筒里弥漫了过来。

"喂？"

"是我，茱莉。"

她说得很轻，小心翼翼的，就像用双手拢住冬天里最后一口滚烫的呵气。她要去投奔罗伯特，她知道罗伯特也在等着她，就像是在等待一场穷途末路的狂欢。

幼儿园

A

阳光强烈。

脏脏又调整了一下车把，两只灰色的旅游鞋蹬在平衡车的脚歇处。

"要脚歇有什么用？"

"你的小脚丫累了可以放到上面呀。"

"我不累，我不想要。"

妈妈不再继续，羽绒服散了下来，蓬松的下摆随着上肢活动一张一合，脏脏顺势把头埋进了妈妈的大腿上。妈妈认准了这辆车，银色的字母烫在鲜红色的车身上，螺栓盖住，倒圆隐藏，把手上的两颗球形橡胶像是两只婴儿的拳头。脏脏骑上车，车子像鸟喙一样紧紧咬着她。

她已经能滑得很好了，穿梭在楼前的广场上。几个老人背靠在快乐大转轮前晒太阳，站在阴影里抽烟的男人时不时朝她吹声口哨，只有当她把车轮滑过他面前时才能听见，呛鼻的白烟如一层肥腻的雾，危险又诱人。

脏脏扭转着车把上的橡胶球，脖子抵着羽绒服的坚硬拉锁，胳膊肘和前胸摩擦出柔韧的声响，小腿不断地加速，再加速，直到车子飞了出去，刺破空地上的平静，冷空气扎着她的耳朵、红脸蛋，还有那双小手。

车子轧过广场上的彩色粉笔画，碾过井盖，在水泥板的衔接处沉了下去又拱了上来。那只被勾画的粉色猫咪被车轮蹭花了脸，耳朵像是被咬掉了一个豁口，红色的平衡车再一次从上面擦了过去。

祖卡转学了，转到了另外一个幼儿园，妈妈说是个幼小衔接班，或者是家私立幼儿园，总之是为了学英语。想到这里，脏脏那双原本放在脚歇上的灰鞋子再次猛力蹬地，车子鼓动出一串噪音，夹杂着大踏步的踩地声，还有喉咙里发出的沉闷声响。

B

生气的时候，小林老师的眼珠会来回抖动，发出微小而精密的震颤，脏脏听说那是一种叫"眼球震颤"的病，她还小，只能重复这个病的名字，并从病态中发现十足的趣味。

孩子们吃过早饭就会被送到指定的地方消磨时光，表演区、娃娃家、美工坊、图书馆，能被送到表演区和娃娃家的孩子当属幸运儿。表演区的舞台最多容纳六个孩子，再加上有限的服装道具，这个活动区域一直是最抢手的。脏脏最喜欢的就是表演区，这学期她只去过一次，那天她扮成小驴子，头戴着灰色的耳朵，屁股后面顶着一根粗壮的黑色尾巴，手里还有铃铛发出脆响。娃娃家也是个不错的去处，迷你房子，塑料水果，仿真的灶台，炉子里装着两节电池，能模拟出粗糙微弱的火焰声，还有那些崭新的布娃娃，脸蛋圣洁而失真，头发卷着平滑的弧度，衣服上的褶皱坚硬锋利，小林老师把濒临淘汰的布娃娃塞进纸箱，关节松散，头发混乱地团在一起，她们的名字被重新安在了新娃娃的身上，艾莎，安娜，仙蒂……孩子们像迎接新娘一样欢呼雀跃着。他们系着红黑格子的围裙，握着木头刀柄切割软布做的玉米，然后把瘦小的塑料关节牢牢地攥在手里，手指抠起彩色豆子喂养起怀里的娃娃，支配操纵着这些塑料制品来履行生命的义务，并在这场颇具规模的仪式里获得原始的快乐。

孩子们在靠墙的那排木椅上安静地坐着，等待着小林老师的挑选，他们自发地结成盟友，窸窣声在小小的身体间推转传递，躁动很快就被驯服了下来，他们一个个都成了会摸脾气的"老手"，热气堵在喉咙，唾液在唇齿间泛滥又干涸，热情和欲望被一点点掩埋掉，孩子们规规矩矩地举起了手，他们清楚，起身和吵闹会让他们从小林老师的名单上被抹掉。

幸运的日子总是少之又少，脏脏不能抱怨，因为幸运的轮盘有时会眷顾她，比如今天：她被小林老师选进了娃娃家。被选中的孩子叫了起来，怨气还来不及在大多数孩子之间弥漫，三十个孩子就被指挥着涌进了活动区，就像各种口味的糖豆被倒进四个造型各异的玻璃瓶，柔波般的欢声笑语让粗粝的现实一点点融化成蜜罐里的糖晶。

"那是我的，你不许动。"祖卡坐在塑料桌的另一端，就他一个人，至于脏脏是第几个闯入他"私人领地"的孩子，已经数不清了。

"我们一起玩吧。"脏脏试探性地问着祖卡，那个留着毛寸的孩子，头发楂在灯下面反射出铁锈般的暗红，双颊白得如光秃秃的墙壁。

"不行。"祖卡停下了手里的玩具，左手攥住一旁的娃娃，娃娃脸朝下趴在桌角，他的手指扎进那团绯红色的人工头发里，卷曲的绯红色密密麻麻地缠绕着他的手，像是一团失控的线轴。

"你做的这是什么？"脏脏用手指头点了点眼前的乐高玩具，积木块垒成两面高墙，里面躺着一架飞机，僵硬地横在那里，像妈妈刚从冰柜里拿出来尚未解冻的鱼。

祖卡本可以不回答，继续无懈可击地捍卫着自己的领地，但好胜心让他放弃了知而不言的权利，他轻轻侧了侧脸蛋，换了一副认真的表情，"飞机场。"

脏脏的手指头穿过积木块在飞机模型的风挡玻璃上蹭了蹭。

"你别给我弄坏了。"

"当然不会。"脏脏对自己显露出了百分之百的把握。

"飞机怎么从机场起飞？"

"这里……你看。"祖卡演示了起来，手指头把眼前的一排积木块拆掉，留出了一个豁口，那架蹭掉铁皮的小飞机露出了脑袋。

祖卡和脏脏分别从书架上抱回了两摞书，脏脏歪着脖子从里面抽出了最薄的一本，祖卡兀自打开最上面的一本，嘴里迸发出清脆的笑声，然后开始对着每一页自言自语了起来，"宇宙飞船……什么……太阳能飞机……唰！嚯！"一串拟声词从热腾腾的嘴巴里钻了出来。"你能不能小点声。"脏脏模仿起小林老师的样子，声音小得像只虫子。

"你为什么叫脏脏？"祖卡盘子里的鸡肉留下了深浅不一的

一个椭圆的，分离的元音

一道牙印。午餐每人一块鸡肉，一小把西蓝花，花卷，一碗蔬菜汤。举手是要汤，拳头是加蔬菜，竖大拇指是盛主食，鸡肉吃完就是完了，加不了。

"双双。"脏脏的勺子刺穿了鸡肉，在盘子上发出吱吱呀呀的怪响。脏脏放下勺子，颇为正式地重说了一遍，"我叫双双。"昨天中午的虾她没有吃到，她还不会剥虾皮，那只粉红的虾就便宜了一旁的祖卡，他连皮带肉地嚼碎整只虾，然后再吐出来，从盘子里择回零星的肉末。

"我一直以为你是脏脏。"祖卡捧腹大笑，笑声刺耳，有一两茬白色淀粉浆团落在塑料垫板上。"脏脏，这个名字实在是太有趣了！"

"脏脏，脏脏。"脏脏反复重复着这个音节，脸涨了起来，像只放烂了的苹果，"我叫脏脏，我不叫双双。"

A

广场上多了一对母子，女人和小男孩压着跷跷板的两头儿。小男孩的眼睛藏在棉帽里，偷偷地看着脏脏，盯着她崭新的红车子，还有飞快转动的车轮。脏脏颇为得意，脸蛋像一只鼓足了气的红气球，她的车子从小男孩身边平滑地溜过，双脚切地，小车兀自停在原地，抓牢了女人和小男孩的目光。

年轻女人望了眼脏脏。

"妈妈，妈妈，我想让咱们俩一样高。"小男孩不为所动，女人抬起屁股，扎了马步，调准了两个人的水位。

脏脏有点失落，又开双腿支撑着车子，脚歇碍事，双腿不得不用力向外撇开，她抓了羽绒服下面的裤腰，用力往上提了起来，羽绒服在冷风中坚硬得像冰面一样割手，她的手已经失去了知觉，热气从嘴里跑了出来，又抽进去一截冰凉的寒气，那两个观众心不在焉地在跷跷板上起落，女人再次把目光投向脏脏，脏脏决定出发了。

那辆红车子像是舞动的小龙，在偌大空旷的广场上飞驰，脏脏扭动着身体，像是要从铁架子上拔出，车子肆意妄为地横行着，她后背发烫，那两双眼睛一定还在盯着她，还有角落里的男人，他的眼神死死地扼住了她，她觉得自己应该做点什么，比如突然停住吓一吓他们，扭转方向，或者驶向那个最吵闹的井盖，那个四面水泥已经裂开，锈迹斑驳，开了一角口子的井盖——咣当，车轮从上面切过，金属撞击水泥发出了一声脆响，上面写着"雨"，是口装雨水的井，脏脏再次地蹬了一下双腿，快得如一道剪影，朝广场的尽头冲了过去。

脏脏迫不及待地回过身，调转了车头，径直朝那对母子骑了过去。太阳像是被打散了的蛋黄，闪着浑浊的光，一点点溶解进眼前的灌木丛中，车子猛然停住，这次她故意靠近了他们，女人吐出的热气有股腐味，她满不在乎，直勾勾地盯住女人的脸了，嘴边已经准备好了，像是一个被撬开的罐头，随时准备吐出点什么来，"我叫脏脏""我今年五岁""我家就在六号楼"……也许女人还会问"你的妈妈在哪里"之类的。脏脏舔了舔嘴巴，嘴唇一张一翕了起来，然而女人什么也没问。

B

两团毛线球垂在祖卡耳后，高个子的阿勋从祖卡身旁跑过，夹带着香蕉饼的焦糖味，毛线球被阿勋拽到了更低的位置，一高一低垂落到了后背，祖卡不知情似的继续埋头看鞋尖，脚上是一双皮鞋，妈妈从商场的童装部新买的，鞋头浑圆，由彩色皮子拼凑出来，脚在里面像是被裹了一层石膏。

"阿勋拽你帽子上的毛线球，他真淘气。"脏脏嘴巴边上还沾着一小块金黄色的酥皮，学着大人的样子教训起了阿勋。没人教训过阿勋，他是这个班里最冒尖的孩子，个头，样貌，或许还有其他什么，照合影的时候，小林老师总让阿勋站在画面的中央，还有，上个月祖卡过生日，凑在最前头吹蜡烛的也是阿勋。

"阿勋坏。"祖卡犹豫了下，瞬间坚定了这个念头。

"他太坏了！"脏脏甚至不确定"坏"的意思，接着她笑了起来，反复机械地重复着，像是要把这句话储备进大脑。

脏脏又认认真真地看了看祖卡的脸，脸上的结痂让他看上去像是挨了拳头，三天前祖卡在钻房子的队伍里摔倒。血痂像是两条干虫歪歪扭扭地趴在眉骨上，有一条只剩下了一半，眉毛拧在一起，额头被两条黑线切割着，脏脏吃香蕉派时看见祖卡在抠它。

祖卡没有午睡的习惯，小林老师拉上窗帘便上了楼，鞋子踩出嘎吱嘎吱的声响，祖卡竖着耳朵听小林老师的动静，她甩开了拖鞋，被子沉默地搭在了身上，之后一切都恢复了平静。整个房间是铁灰色，天花板上的乳白色灯罩像是变形的帽子，祖卡躺在床上数手指头，由一到十，再由十到一，手退回被子底下抠着肚脐，那块纽扣一样的，小兽眼睛般的柔软疤痕。

祖卡的脚上还套着毛线袜。他从静默的娃娃间穿过，蓝色的瓷砖和门口的大象标志看上去有点陌生，空无一人的洗手间干燥了许多，地面光滑得像是冰面。祖卡的呼吸声划破了积攒已久的寂静，只有最里面的一个水龙头偶尔落出零星的水滴，祖卡走过去拧了拧冰凉的把手，无济于事，水滴砸下来又弹起琐碎的水花。他把门锁紧，锁簧发出蛊惑人心的叩击声，这个过程远比这件事本身来得复杂：他第一次在幼儿园解大手。指甲已经被他啃噬的残破不堪，像是一道道锯齿，里面锁着他的恐惧和迷惑，他再次把手指头伸进了嘴巴里，吮吸着指甲，还有倒刺，他感觉好受一些。

　　　　　　　　　　　　　共生的骨头　|

"祖卡，你中午又没睡觉吗？"脏脏正用双手往左腿上套绒裤，松紧带紧紧箍住脚踝，内里的绒布密不透风，裤子让她很不舒服，像是烂泥没过了腿肚子，但她的反抗在妈妈那里无效。

祖卡的脑袋卡在毛线衣里，他在黑暗里多停顿了两秒，躲过脏脏的问题，脑袋钻了出来，静电让他的头发悬在半空。

下午的加餐是每人两勺煮豆子和一杯牛奶。小林老师来到了饭桌前，用目光扫视着每一个脑袋，欲言又止的脸让祖卡警觉了起来，祖卡的胃开始绞痛，肚子像是被谁的手狠狠地揪扯着，只有他知道，小林老师打算刺破那只气球了。

"是谁中午去了洗手间？"小林老师的表情变得沉甸甸的，仿佛一切都蓄势待发。

吵闹声依然继续，但祖卡已经一脚陷进了小林老师的问题中。

"安静了，谁中午去洗手间了？"

所有孩子都停止了捱豆子，面面相觑，等待着声响从寂静中爆裂开。

小林老师像是对答案早已了如指掌，又像是对答案已经失去兴趣，脸上紧张的肌肉松弛了下来，悄然滋生出神秘的微笑，笑脸粗笨又僵硬，像一把钝刀刺向祖卡。

阿勋先挑起头，"好臭，我在这里都闻到了。"随之而来的是一群女孩子们做起了捂鼻状，男孩子们吐出了粉红的舌头，脸上堆满神经质的扭曲笑容。

小林老师喝止住了那些小动作，她把脸上藏起来的笑容全然释放了出来，"那个宝贝，无论你是谁，下次记得冲厕所，老师教过，按动水箱盖子上的半圆形按钮，使劲压到尽头，直到马桶不再放水，再松开手指头。加餐结束后，所有孩子都去厕所再练习一次。"复杂的表情在那摊笑容里颤抖了起来，还有那两颗黑白分明的眼珠，跟着共振了起来，仿佛有火光从中冒出。

一个椭圆的，分离的元音

一直在饭桌下涌动的窸窣声终于爆发了出来，怨气和好奇在孩子们中间推挤，摩擦，没有人再去捵豆子，也没有人再拿起过牛奶杯，所有的一切都围绕着"那个"孩子，小林老师的表情沉静了下来，她转身把门关了起来，眼神明亮地观察着，带着胜利者的姿态。

一种晕眩感袭来，祖卡恍惚了起来，他苍白的脸被恐惧和羞耻奴役着，脑子里闪过像是棕色的膨胀胶水一样的污秽物，心骤然缩成一团，脏脏把脑袋扭了过来，小小的肩膀仍然在为这场突如其来的事故而悸动着，"祖卡，是你吧？"祖卡瞪圆了眼睛，嘴巴严严实实地咂在一起，他忘记了如何用语言来捍卫自己，脑袋本能地摇动着，"我知道是你"，脏脏像是一台冰冷又漠然的机器，硬邦邦的，无法撼动。

A

脏脏决定做点什么改变，从车子上挣脱了下来，走到不远处的那个单杠前停了下来，她可不想从那只滑溜溜的金属杆上剥脱下来，手指死死地抠了上去，双腿在空中划出一个弧线，胳膊一悠一拽，身体便头朝下悬在了半空。女人和小男孩看着她，把目光毫无保留地给了脏脏，那眼神要把她加冕成王者一般，脏脏得意着，任凭母子俩继续用眼神拖拽着她，把她纤弱的肩胛骨和后背焊接到了一起，拧过她的胳膊，把她硬生生地吊回了地面，炽热的眼神像热泥一样裹在脏脏身上，她睽了眼女人和嘴巴咧开的小男孩，然后便煞有介事地自言自语了起来，"我叫脏脏，五岁了，我家就在六号楼，我妈妈在家做饭呢，我的好朋友是……"

母子俩沉默着。那摊温热的淤泥变凉了，散发着恶臭。小男孩蹬上了倚在一旁的溜溜车，任由女人推着往前走，女人什么也没说，母亲的环绕让男孩的笑声里涨满了高傲的快乐，那对母子

共生的骨头 |

回家了，用自始至终的沉默狠狠地放逐了脏脏。

脏脏的脸烧了起来，她跨上了车，小小的身体像是被点着的引擎。太阳落了下去，晒太阳的老人们都回家了，角落里的男人也不见了，广场上灰蒙蒙的，像是无数灰尘在空中滚沸，浸没她的脸颊，失落感突然袭来，脏脏伸出舌头，嘴唇上结了一层冰霜似的，舌尖被冻木，像是被图钉钉了起来。

脚歇又一次撞上了她的小腿肚子，脏脏发出了声嘶力竭的嘶吼，"我说过我不想要脚歇！不想要脚歇！"灰色的旅游鞋踢着那两个粗笨的金属，像是要把它们一脚踩碎。

B

那只伸长鼻子的大象在门口迎接着祖卡，它是中午的唯一"目击者"，战栗和惊恐让祖卡觉得大象变了形，所有的孩子都挤进了洗手间，小小的空间里塞满了孩子，水龙头的水滴声被淹没了下去。脏脏已经挤到了最前面，她和阿勋他们站到了一起，祖卡躲在人群的末端，眼前是一排排灰色的影子，祖卡觉得所有人都在窥视着他，身体袒露于滚烫的目光之下，秘密呼之欲出。小林老师的声音在屋子里回荡，她站在窗口前，剧烈的日光把她的脸融解掉，孩子堆里还在嘀咕着那匹害群之马，接着马桶冲水声响起，像是一串连锁反应，嫌恶的表情如潮汐般在孩子的脸上翻滚。祖卡也扭曲着五官，但恐惧让他的脸像金属一样坚硬了起来，羞耻心灼烧着他，他像一个老化了的劣质塑料盒，脆弱得不堪一击。"后排的宝贝们能看清吗？按压这里"，小林老师俯身说着，声音像被折叠了起来，身旁的孩子们纷纷探头，后面的挤了上来，胸口扎进祖卡的肩膀，祖卡的嗓子里冒出了幽咽，紧接着脸部线条骤然松垮了下来，他哇的一声吐了出来。

祖卡第二天没再来，听说是感冒了，脏脏决定原谅祖卡，她

一个椭圆的，分离的元音

已经在书架上留下了几本讲飞机的绘本，等祖卡回来，她还要模仿着小林老师的样子教训他。

隔了一个周末，再回到幼儿园，脏脏发现祖卡的床位空了，那套浅蓝色的棉被和枕头消失了，她的床被推到了更里面的一个位置，紧贴着楼梯，小林老师上楼的脚步声在头顶盘旋，这是祖卡原来的位置。下了幼儿园，脏脏在队伍里看见了祖卡的妈妈，肩膀浑圆，凭空架起，祖卡的被子被她夹在整只臂膀下，像是在捍卫着什么，又像是在防卫着什么，成年人的复杂感情第一次涌进了脏脏的世界。

空旷的广场上只有脏脏，她的车轮切割着水泥崩裂的地面，妈妈在遥不可及的厨房发酵着面团，脏脏突然觉得心里空荡荡的，一种前所未有的感觉侵蚀着她，她想到明天又要混迹到同龄人的队伍里，在小林老师的面前装模作样地争取进娃娃家的名额，要喝下那碗胡萝卜和菠菜混合的蔬菜汤，要独自一人在午休时间爬起来面对冰冷的洗手间，一个人学着和阿勋那帮孩子打交道，而那个叫祖卡的孩子早已转学到了别的什么地方。

脏脏头也不回地冲撞着，灰色的广场像是一堵黏湿厚重的墙，坍塌了下来，向她敞开着怀抱。她跑出了汗，脚指头黏稠发胀，被缚在棉线袜子里，车身两侧凸起的脚歇再一次抵痛了她的小腿，那一对牛角一样拱出来的金属块，像是钳子的两根牙齿啃啮着她，她兀自停顿下来，车轮戛然而止。愤怒被一点点驯服又被再次投掷了出来，脏脏从车子上蹿了出去，展开了肋骨，力量随着双臂倾泻而下，不由分说地，她把那辆红色的平衡车推向了马路，一辆货车无声无息地开过来，迎头撞了上去。

（以上二篇刊发于《山花》2022 年第 7 期）

鲩

人在什么时候会用假动作？

在试探别人的时候？

在想达到目的的时候。

一

现在回想起来，大概一切皆有预兆。

我家住在北京西郊的一个石化区。李鸳的爸和我爸都在区里的化工厂上班，她妈是干什么的我也说不上来，只知道她妈是个特别能折腾的女人，同时还是个很凶悍的女人。凶悍到什么程度，凶悍到我曾对我妈说李鸳她妈是天底下最美的女人，倒不是她妈长得多美，而是她妈的气场强大到可以让我分分钟对我亲妈变节。我那时也没有健全的审美观，只是崇拜强大，谁强大我就仰望谁。李鸳她妈就是楼前楼后最让我仰望的女人。几年后，我仰望的对象变成了李鸳。

李鸳是那种很早熟的女孩，她的成熟没有一丝一毫的侵略感，她的成熟是花露水、肉色的高筒袜，还有一双巧手，指节宽大，指肚敦厚，衬得她有点像半个妈妈。她家住在板楼的一层，小院被砌上了，墙壁上露出几个不大的窟窿眼透气，墙角架着冬储白菜和两坛子泡菜，发出腐沤的冰凉气味，晾衣绳上搭着内衣内裤，大红的是她妈的，藏蓝的是她爸的，被绞成了蛇的身子，抽筋剔骨地悬在头顶，地面上结出纤弱的冰痕，像是从混乱芜杂的成人世界提炼出的晶体。她爸妈总在屋子里吵架，每每如此，李鸳便认命了似的拉着我去她家尽头的这间小屋做客，掩上门，我俩在稠密的暗处安静地听着屋里的动静，她妈摔摔打打，她爸嘴巴没把门儿地问候各种亲戚，与破碎之声一样可怕的是声响之后的寂静，明知道她爸妈还在屋里，就是听不见声音，李鸳也许真是见怪不怪，也许是故作老成，凉丝丝的空气里只能听到她在我耳边的嗫嚅，别怕，没事。那个光溜溜的成人世界就以这种泥泞的面目暴露在我俩眼前。当然，也有不太泥泞的时候。夏天的午后，整个小区都打着盹，静谧得有点虚幻，我和李鸳在树中间来回穿梭，李鸳亦步亦趋地踩着我的影子，影子叠着影子，像黏在一起的两块糖果，需要使了力气才能撕扯开，即使扯开了怕也会藕断丝连，地球上只有我俩知道，这溽热的空气里还掺杂着蠢蠢欲动的荷尔蒙以及两双窥探未知世界的瞳眸。李鸳拉着我去她家，烈日的阳光从她家墙壁上的那几个窟窿眼里射将进来，如金瓜碎裂一地汁液迸溅，我俩在那金黄的碎萍乱絮里嬉笑。李鸳从兜里掏出一个东西，自顾自地当气球吹，我说你给我一个，她把头扭过去，用粗壮的麻花瓣对着我，之后鬼魅地说，你知道这是什么吗？我说知道。然后我俩开始怯生生地笑。我问李鸳从哪儿找到的，李鸳伸了下脑袋，说床头柜。

李鸳成绩特好，这是命。她上课不怎么听讲，精力都放在吸引前桌男生的注意力上，乐此不疲地用笔尖扎前桌的屁股，前桌回头用眼睛剜她，她就讪讪地笑，然后黏着地说你看什么看。后来李鸳被前桌告发，调到了我身边。课间，我俩被八卦的女班长追问各自暗恋的男生。李鸳拽着我躲进音乐教室，我蛊惑地笑，问李鸳，你喜欢谁，我能和你说同样的人吗？李鸳在我耳畔说了个名字，然后拉着我的手一起打开了那扇门。有天傍晚，李鸳拉着我去小区里一个荒废已久的草坪，她在前面带路，没说啥，就让我跟着，别大惊小怪，潮湿的空气里掺着黏稠的暖风，泥土的腥气让人心惊肉跳，蛐蛐在目之处跳动，灰扑扑的影子起起落落，草丛里的未知和泥泞恰好填补了一个不谙世事的孩子对于"神秘"一词的认知。李鸳走得飞快，停靠在远处，她蹲了下去，我跟上前，站在一旁，腿肚子没进了草丛，一张光盘——《慈禧的秘密生活》。李鸳露出洁白的牙，悍勇无畏地把这张光盘裹进了裙裾里。我俩第一时间挤在她妈给她买的那台电脑前，李鸳很专业地检查了光盘，磨损了不少，在我近乎绝望时，她神乎其神地掏出了荧光笔，画在了光盘的磨损处。李鸳说这样就能看了，她总走在我的前面，包括拯救破损的不明来路的光盘。之后几天，李鸳就开始神神道道地学着电影里咸丰唤慈禧的样子，热烫烫地喊我"小冬瓜"。

李鸳从不让李叔参加家长会，我问她为啥，她躲开我的眼神，说他那身工作服不适合出现在学校，我说工作服怎么了，只有我爸和你爸他们才能爬上高耸云霄的火炬，与火光为伴，你不觉得很酷吗？李鸳泄气地笑了一下。我知道相比长年一件灰蓝工作服不下身儿的李叔，李婶显然更拿得出手。那几年，李婶还知道捯饬自己，身上总水汪汪地带着一股摄人的潮气，李鸳是好学生的代表，一向好大喜功的李婶骨子里深爱这种难得的抛头露脸的时刻。

后来李鸳考上了市重点，我进了区里一所普通高中，她就成了我口中的"远房富贵亲戚"，我总和身边的人说"我有个发小，学习巨牛，她只跟我玩"，说得我也一身绝学深藏不露似的，再加上李鸳隔三岔五给我寄封信或明信片的加持，我就成了荒芜之地上的巨人，身边越来越多的人开始爱和我玩。她总讲城里的热闹生活，偶尔夹带着惶恐与困惑，她说她肯定要留在北京上大学，最好能考上他们大学。她读的是一所名校的附属高中，那种对名校的亲缘感和归属感是我们那所高中的学生体会不到的。后来李鸳的信里出现了一个叫张旋的名字，每次提到张旋，李鸳都沉湎于那种有点自虐式的苦心孤诣中，和每一个不知疲累的单恋者一样。

也是在这一年，化工厂开始提倡申请一次性买断工龄，区里的工人纷纷响应。李鸳她爸和他那个爱主事的老婆劝我爸说，谁不买谁是傻子，这笔钱就跟白给的一样。李叔自觉有一身手艺，拿了这笔钱下海做小买卖绰绰有余，再不济凭他的电焊技术，给厂子打零工都是稳赚不赔。软磨硬泡，我爸没听，挺住了。其实李叔心里也不把稳，看他劝我爸的那个劲头，就知道他想多拉一个人，那些话多半也是说给自己听的。李叔在申请截止前往往复复跑了三回车间，交上去又拿回来，拿回来又被他老婆催着交上去，最后大概是跑累了。听我爸说厂里给了李叔十几万块钱，和遣散费没啥区别，买断后的李叔从此再也没有正经工作过。李鸳她妈闹着喝过一次敌敌畏，幸得发现及时，被救回了一条命。李鸳她妈后来又抑郁了两次，康复没康复难说，但偶尔也和邻居说说话了，没人敢跟她提买断的事，只是有一次，她主动提起这档子事，说以后干什么事，都得跟领导一个步调，那些领导没一个买断的，狠骂了两句，忽然想起自己这辈子都不会再遇见哪个领导了，就不再说了。这些事李鸳大概没我知道得多，她在城里读书，偶尔回家一次，只知道有一阵子她家突然富裕了起来，她爸和她妈计划着把家里里外外重新装点一番，东西都开始往老家盘了，后来又不了了之。李鸳以为她爸炒股赚了点小钱，眨眼工夫又赔了进去。在李叔买断后的第二年，李鸳才知道原来他们家已

共生的骨头 |

经没了经济来源。

李鸳高考失利大概和他们家的这场变故有关。高考我考了一所"双非"院校，什么专业不重要，因为每当我报出大学的名字，就不会再有人追究具体修读的专业，而我略作抱歉状的表情也让对方意识到问了一个棘手的问题。李鸳去了一所"重本"，是她第一志愿兜底的学校，不到三个月就卷铺盖回家了。后来我听我妈说，揭榜那天，李鸳的教材和练习题被她妈一把火烧了，她妈说考哪儿都得去，不能搁家再耗一年，家里没你复读的钱。但她妈拧不过李鸳，她回到我读的那所高中复读。我问李鸳需要我帮什么忙，李鸳说你书扔了没有，没扔给我。我让她跟我去家里，装了半麻袋教材和练习册，李鸳啥都没说，扛着麻袋走了，麻利极了。李鸳闭关了一年，我给她送了一次填报志愿的参考指南，问她怎么样，她说分出来了，考上了。

开学之前，李鸳跟我说，聚一聚。

她失恋了，那个叫张旋的人耍了她。我问她，你俩好过吗？她说高中时候好过。我说，是那种男女之间的好吗？她没出声。她问我大学生活怎么样，我说挺好，我现在特迷我们学校一个玩摇滚的小青年，虽然他满脸青春痘。她说咱俩大学离得不远，你可以去我们食堂蹭饭，我带着你玩，我说好。我已经不再是当年那个无知无畏的高中生了，名校、重本、双非，这些名词就像阶级之间细分出的亚层，她还是我"远房的富贵亲戚"，只是我已经不再把她挂在嘴边。

李鸳她爸和她妈在我们区的商业街租了个门脸，"李鸳体育用品"，不大不小，小本买卖。开张的头一夜李鸳和她爸妈忙前忙后，她也叫上了我，我和她一起在里间泵气球，我泵她扎口，李叔和他老婆在外间搞卫生。李鸳突然埋着头笑起来，她说，你还记得咱俩小时候吹气球那次吗？我说记得，我还记得你腮帮子都肿了。她乐。我问她，你在大学里有男朋友了吧？她说哪能，我不能晚节不保。她问我，我说我特迷恋的那个摇滚青年，还记得吗？我和他在一块儿了。我从兜里掏出白色小帽，她说，这是什么？我说是咱们女人用的避孕套。李鸳睨了眼她爸妈，把白色小帽按住，冲我说，你知道男人都是迷恋女人肉体的吗？谁给他们，他们都要。我说你太扫兴了。李鸳说，你有那人照片吗？我掏出手机给她看，像素极低，照片是模糊的。李鸳说一看就不是好人。我说你把手抬起来，我把白色小帽装回了裤兜。

我和摇滚青年的故事挺浪漫的，还充满了李鸳喜欢的恶趣味。有次从水房出来，我拎了放在门口的壶要走，被身后的摇滚青年叫住，他说咱俩的壶乱了，你手里那个是我的。我觉得就一个壶乱了也没多大点事，摇滚青年急于认领，挺让人费解。后来听他解释，他们宿舍的水壶晚上做尿壶，怕我喝了闹肚子。本来这个故事我还想单拎出来跟李鸳讲，但我觉得她现在跟我不太同步了。

第二天，这个世界上就多了一家以李鸳冠名的体育用品店。店开张时，李鸳爸妈在门口分发广告，李婶特意穿了身大红裙子，她告诉我，这是她结婚时候的，续了两拃布，凑合能装下。我伸手把卡在李婶头发上的彩色纸屑择了下来，后又有点后悔，觉得不如让那份快乐多停留在她身上片刻。李婶乐着拉我进屋喝茶，我问她李鸳呢，她说李鸳一早就回学校了。我没进屋，她爸她妈又沉浸在久违的忙碌中。

我和那个摇滚青年在毕业时分了手，我一直不知道他家里有矿等着他回去继承，他爸当年是开煤窑的，赚了不少钱，后来金盆洗手做起了汽油买卖，周边的加油站全是他家的。摇滚青年大学四年没少用我的饭卡，挂网吧也管我要了不少钱，考试前去麦当劳刷夜的伙食费十有八九也是我出，现在想想，李鸳说得对，

　　　　　　　　　　　　　　共生的骨头　|

他压根就不是个好人。我因为本科学历不过硬，自觉地回了炉，在本校读了两年研究生，拿到了一个虚头巴脑的硕士学位，勉强挤进了高学历人群，但经不起细打听。

李鸳学法律和经济的双学士，还保研，毕业后去了金融街的一家律所做律师助理，主要负责经济诉讼类案件。我听李鸳说，他们老板叫严莉，这家律所的合伙人之一，是位高挑绰约、精明强悍的中年女人，又爱打扮自己，性情中人。严莉早年在南开大学学数学，半路出家修读了法律，二十世纪八十年代就通过了美国律师资格考试，在法律圈很有号召力。我说这不挺好，说明女强人在你们单位吃得开。李鸳说，严莉说话总让她摸不着脉，她试用期一过，人事部的头头问严莉关于李鸳的去留问题，严莉停了会儿，轻描淡写地吐出一句"这小丫头挺会穿衣服的"，李鸳听着不像是在夸她，但她就这么留在了律所。也许严莉拿李鸳当个摆设，她就坐在一进门的位置，谁进来都第一时间瞥见她，真要是这样，严莉也太阴险了吧。

李鸳上班不到半年，拉着我没少聊严莉身上的故事。后来我知道，严莉离异，无儿无女，一心搞事业，活得相当滋润。只是所里一直疯传严莉的爱情故事，独身女强人的私事往往被人浇上浓油赤酱，有人说她养着一个小鲜肉男友，有人说她一直给一大佬做红颜知己，说得都有鼻子有眼的。李鸳说，情人节那天，她果然远远看见严莉手捧一大束白月季，衣裙摇曳地从电梯间里出来，步伐轻盈，脚尖点着地，那束白月季就在她的怀里恣意妄为地撒着娇，这个画面全所上下都看见了，严莉好像也无所谓，白月季和每个人都打了招呼，又华丽地消失在了走廊尽头那间偌大的办公室门前。李鸳说这话时，脸上乔张做致，继而说道，你不觉得能被人说来说去也挺好的吗？最起码说明是个人物，说明这人多少有点价值吧。说完，李鸳回身拿包，从里面掏化妆镜，一边对着镜子挤下巴上的粉刺，一边说，这个包，严莉有个一模一样的。我说，那不便宜吧？李鸳下巴紧绷，像拉满的弓，我这是从二手店买的 B 级货，手柄和下面的包口都磨出了白色，不过没事，不细看也看不出来。她说这些时眼神自始至终都停留在镜子上，警惕且有几分放肆，但又回避着不想被我撞上。

李鸳放下镜子，转而做温柔妈妈状，问我在忙些什么。我当时在一所名头高大上的报社做编外记者，报纸一周三期，我运气好，没多久就做了二审，外面跑会的同时也有了自己负责的版面，领导许诺我，编制很快就能解决。我一个人在单位附近租房，房东是一家杂志社的高层，房子是他们单位分的，房租一个月七千多。合租的女孩没住两个月就结了婚，违约退租，因为家里资助她买了房。我没问过她，但她把她爸送过来的三百万的支票摊在了我们合用的饭桌上。我没想到这事跟我也能扯上关系，某天房东一通电话打来，要我也退租，原因是他不愿再承受这种不稳定的分租模式，我苦苦央求无果。合租的女孩人不赖，后来决定继续承担着合租的租金，这样我也不用再挪地儿了。我妈每两个星期给我送一回饺子，我俩就坐在这套空旷开阔的大两居里，吃饺子唠家常，宛如主人，宛如这房子的一部分。我妈有时候也会说些"如果、假如"的傻话，这年头还有分房这种好事？你们单位给你解决了编制，是不是也给分房？说完我俩就咯咯地乐。直到半年后，我才知道，我所在的岗位根本就不会有编制，就是连新出站的博士也没有解决编制的可能。

有天，我正和主任谈选题，李鸳打来电话，叫我去他们单位楼下的咖啡馆见个面。彼时的李鸳已经脱胎换骨，高亢、明丽，拇指上戴着一个银白色的戒指，大写的 D，大张旗鼓地暗有所指。我问她什么意思，她说他们领导叫 David，是个文质彬彬的中年男人。我说，你们领导不是严莉吗？她说严莉走了，带着她手里的几百个客户另起炉灶了，自己当大老板多爽，什么时候我能有那天啊！李鸳说完冲我挑了挑眉毛。我指着那枚戒指问，你俩好了？她意犹未尽说，什么叫"好了"？我说男女之间的好。我以为她会给出一个似是而非的暧昧答案打发我，但她的脸上露出了灰扑扑的挫败感，没接话茬，双手捧杯做告饶状，厚重的睫毛垂了下来。我感到冒犯了她，在这之前的十几年里，我一直以为我永远不会冒犯到李鸳，而她也同样不会做出让我尴尬的事情。我不知道别人，但我觉得女人和女人的友情会因为聊男人而很快熟络起来，催生火花，但聊得太开，问得过细，又容易擦枪走火，太甜太酸都不太对口味。我没再问她，她说一是一。

喝完咖啡，李鸳说能陪我溜达到车站吗。我俩穿过楼下的街心花园，云块压得很低，齐整地铺在头顶上，稀薄的光从云层缝隙里流泻而下，李鸳像是为了给停滞的对话疏通出一个出口，很突然地问起我，知道人在什么时候会做假动作吗？我想了想说，在试探别人的时候？她眉头微锁，似假还真地摇了摇头，然后恻然地说，在想达到目的的时候。我恍惚，心惊肉跳了一下，内心直觉她有城府，但又感慨她的坦白，我问她，是不是在单位受迫害了？她转而笑道，我还能受害？我不害人就不错。再看她，不见了脸上的凝重。云片散开，露出了更多的金光，投射到李鸳的脸上，泛出金属的光泽。我说那你干吗问我这么邪乎的问题，她含糊了一下，然后如梦境呓语般说道，你知道鲣鱼吗？世人称其最坚硬的鱼。据说风干后的鲣鱼锋利如刀，坚硬如石，可用其砍伐木头，但那是鲣鱼死了以后的形貌，好像没有人关心它活着的样子。

又过了小半年，有一天李鸳打电话告诉我，她要出国了。我心头一震，觉得身边的朋友都各奔东西，如今连那个被我藏在心底，跟我最贴心贴肺的人也要走了，心中不免难过。走之前，我和李鸳吃了顿饭。她说行李都收拾得差不多了。我说你确实是块做学问搞研究的好材料，读博听说很辛苦。李鸳纠正我，说她去读硕士。我很不能理解，以她的学术背景，为什么还要再去读个硕士？她跟我说是出于经济上的考虑。我没再多问。李鸳问我爸妈身体如何，是不是快退休了，让我代她问好，说了很多关怀慰帖的话。我才想起来，已经好久没有见过李鸳的爸妈了，我想向他们问好，但苦水一般滞在喉咙里，相比我爸妈的安稳日子，李鸳爸妈漂泊辛苦的后半生显然经不起发问。临了，我问李鸳，什么时候回来？李鸳悻悻然，说机票太贵，能不回来尽量不回来。像是个逃难者。

二

认识张旋是在两年后。我俩是在一次相亲时见到的。

那时候我每周日都踏着一双白色尖头凉鞋去东大桥的一家婚介所，有时候我妈陪着做参谋，但大多时候都是我一个人。凉鞋是小羊皮的，小猫跟，有两条纤细的带子绕着不算秀气的脚踝。鞋尖已经磨损得露出斑斑灰色的肚囊，在寻觅真爱的道路上，这双羸弱的小猫跟成了我唯一的见证。

婚介所藏匿于一家经营不善的写字楼，楼里零星几家散户，每家门口都开着小音箱，铆足了劲头制造着人声鼎沸的假象。最红火的一家店是位于写字楼二层的素食餐厅，门口供奉着一尊石雕佛像，盘坐于五颜六色的供果后面，食客十之八九都是善男信女。我因为来得勤，老板免费赠了我一份水晶菩提锅，我一直存在卡里，等待某个重要的日子再吃。和素食餐厅一样红火的是七层的那家婚介所。看得出来，老板一心想为适婚男女制造浪漫氛围，但对于浪漫的理解和主流有些偏差。店铺被经营得如一间濒

　　　　　　　　　　　共生的骨头　|

临关门的夜总会，大厅主打色是死亡芭比粉，水晶灯昏暗的灯光在被踩踏得已经飞起毛边的麻布地毯上溅起了一摊涟漪，光圈外是一个覆盖了织锦丝绒的路易十五风格的沙发，隐约能感觉到老板想要捕捉的是凡尔赛宫里恋人椅的影子，沙发旁密集地簇拥着几座假山，水流稀疏，哗啦啦地顺着岩石流淌着，听得我尿急。

去婚介所相亲是我妈拍板定的，两万元见十个，包能觅得如意郎君。

我赶到时，相亲对象已经到了。男方叫张旋，滚圆的脑袋格外大，架着一副黑框眼镜，灯光照在上面，依稀可见镜片上挂着油腻腻的手指印，镜片后面是棕色的眸子，双眼皮，近视的缘故有点变形，鼻眼都挺俊秀的，可惜被厚重的眼镜压着，只有有心人才能看得见。唯一醒目的嘴巴大且宽厚，唾沫沾在上面是滑溜溜的鱼肚，抹去了唾沫又如厚重的赭石，醒目但不太好看。见了我，张旋从布艺单人沙发上站了起来，比我高一头，一件水蓝色衬衫皱皱巴巴地塞在裤腰里，领口的扣子散落在外面，领子就蔫头耷脑地耷拉着，不拘小节。张旋声音很好听，语速略快，时不时抖两句包袱，都是市井间的小机灵，拽着人跟着他前呼后应地笑。

我觉得好像在哪儿见过他，至少也是听说过他。后来想起李鸳。

相亲完，我俩饥肠辘辘。楼下那家素餐馆还欠我一份水晶菩提锅。张旋和我隔着腾腾雾气大快朵颐。吃完火锅，两个人又去地铁站旁边的煎饼摊买了个煎饼，老板一分为二，我俩站在地铁口边聊边啃着煎饼。我觉得是时候问问张旋了，认不认识李鸳。张旋吐着哈气，说知道李鸳，你也认识她？我点头，他说这么巧！那时候已经快高三了，为了学业，只能舍了李鸳。我骂他冷血，他说李鸳当年和他考上了同一所大学，结果没去，又复读了，大概是在记恨他。我才知道，原来李鸳玩命复读，有一部分原因是因为张旋。

第二天下午，我接到张旋的微信，我在你们楼下呢。他穿的还是昨天那身儿，褶皱的衬衫一头塞进裤腰，另一头在空中支棱着，脚上的鞋里土气。我看见他这身装扮，朝他挥了挥手，那个当年活在李鸳笔下的张旋就这样出现在了我的生活里。

李鸳在伦敦还算顺利，拿到了荣誉硕士学位，受签证政策的限制，她在努力地找工作，房子刚找好，房东是对热心肠的老夫妇，在吃穿用度上偶尔会接济下她，还时常给她做一种叫perogies的加拿大食物，其实就是水饺。李鸳身在异乡的日子过得自律且精简，看书、织毛衣、研发菜谱、上女子防身术的课程。因为有朋友圈，李鸳的生活离我并不遥远，在我想她的时候，她会体面地出现，之后再自洽地从我和张旋的小日子里隐遁消失。

张旋学的专业是人工智能，读的是他们学校本硕博连读的项目"4+2+3"，比其他人压力都大，要是博士攻不下来，连本科学位也没有，不过我看不出来他有什么压力，整天无所事事，也不搞科研，也不写论文，半个盲流似的。他每天都开着一辆破旧的桑塔纳，有时候白色，有时候红色，那是他从车行租的，赶上什么颜色就什么颜色。那辆桑塔纳挤在我单位楼下十几辆出租车之间，一趴趴上一天，分外醒目。张旋每天都在车里等着我下班，然后把我接回我们在新街口租的一间老旧的开间，出发前他总会伸着脖子从后座上掏出个食品袋，里面放着铅笔盒大小的塑料饭盒，是他做的焖带鱼，正好够我一个人吃的。我说，张旋你可以啊，还会做饭。张旋颇为得意。晚上我会窝在沙发里看着电视，厨房是张旋的天下，铲子撞击着铁锅叮当作响，油锅刺刺啦啦的，张旋甩开膀子炒菜的身影时不时在窗口晃两下，热火朝天的。有时候张旋还煞有介事地跑到我面前，给我展示他切的土豆丝、胡萝卜丝，一切能切成丝状的蔬菜都被他不知疲累地拿去练了刀功，那件褶皱的水蓝色衬衫仿佛长在了他的身上，前胸后背被汗水浸湿，黏在了他汗津津的皮肤上，衬衫外面歪歪扭扭地套着一件嫩绿色的围裙，像马戏团的小丑，一副让人窝心的滑稽样。我从沙发上滚了起来，从身后给张旋整理着衣衫，衬衫被铺展成一汪被风吹皱的湖水，我也不知道自己为什么要一副贤妻良母做派地给张旋整理衣衫，但柔软总需要个地方安放，这个动作仿佛是恋爱关系的标配，必须在这个时间这个情节出现这样一个动作，方显爱情的圆满。

周末张旋就开着那辆桑塔纳带着我满世界溜达，我俩没有目的，就一条道开到头，听着车里的广播，有时候听我手机里的歌，歌的高潮部分往往被我俩的大合唱淹没，我唱歌跑调，张旋听不出来。我说要看海，张旋调头上了高速，往渤海湾的方向开。我掏出手机找导航，张旋拦了下来，咱俩能不能罗曼蒂克点。我问他怎么个罗曼蒂克法，张旋说咱俩就漫无目的地开，开着开着海就出现在眼前了，就像佛罗伦蒂诺和费尔米娜一样，在一艘挂着霍乱之旗的船上一直航行下去。我激动地拧绞着张旋的右臂，他缄默不语，但乐得有点得意。我俩就依着高速路的指示牌，一路杀到了天津。我的腿有点木，车里热气蒸腾，有日光熏灼的气味，还有头天的焖带鱼味，还有这辆公里数十四万的桑塔纳的每个经手人的气息，不过我要感谢这满目疮痍、困厄斑驳，因为它们是我们爱情的唯一见证。

我把音响关了，问张旋海在哪儿呢，怎么还没看见，张旋说马上。路上的车越来越少，窗外多了一些厢式货车，我知道码头快到了。我把车窗打开，风裹着热气卷了进来，好像闻见海水的味道了，张旋脸上多了胜利者的喜悦，我一边扒着车窗一边说，怎么还看不见，张旋说再往前开开试试，车子继续全速前进，我

鲤

没再言语，路上又变得荒无人烟，张旋依然重复着再往前开开试试，但话说得没底，语调轻飘，仿佛硬菜没出锅前先被端上桌的小凉菜，没什么存在感。

那天夜里，车子最终开进了一片泥地，漆黑的泥巴胶着地咬着轮胎，我和张旋无言地坐在车子里，像是彼此都已经猜透对方在想些什么，破碎白骨一般的星月在无穷尽的黑夜中沉浮，我俩相继认命，片刻后张旋重新发动了车子。车子在碎石铺陈的回程路上受了伤，底盘被剐蹭，一路上张旋都在扯记着赔款的事儿。爱情的巨轮，算了吧。

海水最终也没有看见。

倒不是扫头的事儿，这件事此后一直萦绕在我心头，宿命一般，冥冥之中自有不可言说的因果。我找了一个铁皮罐子，在罐子里放置了张写着字的小纸条，再投进去五角硬币。之所以选择五角硬币，是因为上面有荷花，看上去似有善缘，一想起李鸳就往罐子里投一枚进去，沉甸甸的，恰好压着我那颗不安的心。我也不知道为什么会做出如此诡异的行为，但这个行为在当时的我看来充满了雄辩和道理，雷打不动。

我和张旋在一起的日子里，发生了两件大事，一个是德国队夺得了 2014 年世界杯冠军，一个是李鸳结婚了，不得不说，第二件事让我获得了解脱。

我是在微信里知道的消息，李鸳跟我说喜讯的时候，连带着还问了我的近况，有没有男朋友，老大不小的要抓紧了。我不知道怎么跟她提张旋，我只是在微信里一个劲儿地祝福她，旁的话无法说出来。李鸳的婚礼是在英国办的，我没有到场，给她选购了一张明信片，上面画着数不清的小鸟，还有一棵粗壮的树，硕大无朋，足够那些数不清的小鸟栖息。

李鸳的老公沙晓硕和她一样是个学霸，在一家中国公司的海外部做市场主管，和李鸳在一次品牌活动上认识的，李鸳给我看过他的照片，有一双温柔的眼睛，笑起来会露出洁白的牙齿和淡粉色的牙肉，给人很安心可靠的感觉，典型的青年才俊，和李鸳是人人称好的天作之合。婚礼那天，李鸳给我打了一通越洋电话，说她一切都好。李鸳的爸妈也被接去了英国，她妈哭着给她系背后的丝带，虽说做梦都盼着李鸳出嫁，但真要嫁女儿了又受不了。李鸳扭过脸，拿手背蹭着她妈的脸，她妈脸上扑了厚厚的粉，现在多了两条泪痕，仿佛弯弯曲曲的脚印穿过荒原。李鸳说妈妈不哭，说罢扭过头去拎脚底的裙摆，蕾丝白纱的褶皱里多出了一团红，衬出她脸颊上的两簇酡红，她妈惊慌失措，怎么来例假了，脸上的泪痕逐渐消退，李鸳知道这不是个好兆头，从梳妆台的抽屉里掏出了一把剪刀，揪起那团红咔嚓剪了去，冲着惊诧的妈妈仓皇地笑了下。说到此处，李鸳在电话那头沉默了，她问我，你说我的婚姻会不会被诅咒？我说那都是迷信，为什么要这么吓自己，她重复道，要是你能在场就好了。

　　后来我在李鸳的朋友圈上看见了婚礼现场的照片，李鸳穿着洁白的婚纱，裙裾上面映出波光粼粼的湖面，发梢齐肩，头顶一个小小的发髻，宛如稚嫩的藕带。李鸳手持酒杯，手指雪白，指尖火红，仿佛点到哪里，哪里就是烛影摇红。然而，只有我知道，也只有我能在细微处看见，其实李鸳有一双劳作之手，骨节宽大如浑圆的花苞，像是饱经尘世洗练过的样子。我记得她说过，那双手能泄露出她所有的秘密，我听了进去，一直记着，每每会多一两分精力用在看她的手上，久而久之，那双巧手就成了我心中隐秘的挂碍和系怀。像是母亲靠着胎记找到失散多年的孩子，多年后，那双手有着同样的功能。这个，李鸳大概永远也不会知道。

鲼

婚后，李鸳第一时间更换了通讯地址，她搬进了沙晓硕位于剑桥的独幢别墅，有宽敞的庭院，两棵甜樱桃树下系着一张蓝白相间的吊床，院子被女主人精心打理过，种了很多花，李鸳的微信名也随之改了又改，从 Lily 改成了 Rose，Rose 又改成了 Dahlia。她做起了代购，都是一些高端奢侈品，以我的经济实力，能从中购买的东西不多。

三

我和张旋在冬天领了证。我终于跳槽进了一家有编制的单位，日子基本有了定数，这是婚前张旋的爸妈对我提出的要求，希望女方工作稳定。结婚后我俩在回龙观安家，房子不大，是婚前他爸妈购置的商住两用房。后来我才知道，张旋的爸妈都是山西运城人，他爸在当地读博，他妈赚钱养家，日子过得清贫节制，后来他爸来北京工作，她妈才随着搬了过来。我问张旋，当年你妈是怎么熬过来的？张旋说，有情饮水饱嘛。

第二年夏天，张旋毕业留校任教，不出一个月儿子出生。我坐月子时，婆婆从城里提着大包小包风尘仆仆赶来，系着围裙亲自掌勺，每日三餐一顿不落，喂养了我一个月的黄豆猪蹄汤，上面浮着一层白花花的油膜，我脑袋埋进碗里，一鼓作气喝到底。一切都按部就班、有条不紊地进行，直到我奶涨得厉害，婆婆和张旋递眼色，是猪骨汤的功劳，当婆婆眼看着孙子倒靠在我怀里鼓着腮帮子大快朵颐时，她心里的石头终于落地，使命完成了。婆婆又提着鼓囊囊的两大箱子回了城，她不敢离开家太久，一是要看着家里的老头子，二是几日不摸牌，手有点儿痒痒了。我在月子里的话都吐给了婆婆，她走那天我有点儿不舍，都说婆媳之间是战争，其实哪有那么严重，没有硝烟，甚至连波澜都没有，那更像是一场沉默不言的耐性和意志的角力，看过放风筝吗？一根线绳牵着一张纸，如此简单的装置，乐趣在哪里？在牵扯，在纠缠，在借力使力，四两拨千斤。婆婆总用乡音和我说一些神鬼妖魔的乡野故事，细枝末节我哪里听得懂，但我挺喜欢有婆婆做伴，尤其是她说得恣意盎然、意兴阑珊之时，有一两滴眼泪在眼眶里打转，泛着光亮，那样子就仿佛是在难得地掏心窝子。

儿子百日宴那天，公公婆婆大操大办了几桌，饭桌上，婆婆掏出一只金手镯，套在了我的左手腕上，又用那双百炼成钢的手摩挲了我一下，宾客鼓掌，等待下文，之后没有任何预见性地，公公用经济学人的头脑开始分析我的生活，说投入与产出严重失衡，与其日后请保姆，地铁上下班，以求每月不足六千元的工资，索性还不如效仿孩子的奶奶，做个全职太太在家操持家庭。说罢，举杯和婆婆对饮了一口。张旋听后愣怔了下，似乎张嘴要为我辩护，但坐在我俩中间的孩子见缝插针地哭了起来，此时再掰扯我的生活成本就显得太失职了，他闭上嘴，低头安抚起了孩子。

挣扎了小半年，在孩子半岁的时候，我正式放弃了自己的事业，变成无业中年人，我的人事档案被退回了街道，我在劳动局上社会保险。这期间，为了缴保险我回过娘家几次。路上经过李鸳体育用品，看见李鸳她妈在店门口织毛衣，门脸缩了一半，"李鸳体育用品"六个字不得不写在了白纸板子上，垂挂一侧。我上去打了声招呼，她妈头发新烫了卷，涂着扎眼的红嘴唇，呼我小名，说我好久没回来了，我说是，就您一人？她说，你叔买了辆车，成天捣鼓那破玩意儿，接着啐了一串不入耳的话。我说，您这儿干吗呢，不嫌冷？她说，李鸳这不快生了嘛，我给孩子织个小毛背心。我这才看见她手里的针线活儿，针脚细密，一小块成了形的藕粉色，散发着朦朦胧胧的生命感。一只小猫从李婶背后钻出，在阳光下绽放出紫蓝色的光，我问她这是哪儿的猫，她说是李鸳买的，搁家了，是一只幼小的英国短毛猫，安静的样子像极了画师用炭笔临摹出的静像，我问她这猫叫啥，她说叫黑子。

作为全职主妇的我，从此生活重心全放在了张旋和孩子身上，这样也好，我和小区里的大爷大妈成了点头之交，深谙楼前每辆私家车的型号和车牌，熟知哪两棵紫叶李之间藏着晾衣绳，可以随时从手机里调出油工的电话，精准把握楼上的遛狗时间，这种对生活深入肌理的认识与掌握让我不再飘飘然地度日，我就像个手持砍刀的劈柴夫，砍伐着手中的日子。吊诡且危险的是，我居然以家庭主妇的身份越活越有底气。只是，张旋在婚前练就的刀功再无用武之地，我开始包揽一切家务，名正言顺地辅佐他做学问。我俩可聊的话题越来越少，婚前他身上那些可歌可颂的非直男属性全都消亡殆尽，如今换上了一副冷厉陌生的钢铁直男的面孔。

在做了两年全职妈妈后，我的枕边人闹起了婚外情，这大概是每一段在外人眼中不相配的婚姻共同的归途。那天我拉着儿子从早教中心出来，在商场一隅撞见了孩子他爸和一个年轻女子，孩子他爸熊抱着那个女人，冬天，两人都穿着带毛的羽绒服，一团糨糊似的搂在一起，显露出一种穷凶极恶的原始感，我头一次发现原来张旋这么有爆发力。我第一时间想的是怎么跟儿子解释，但现在的小孩早熟，儿子问我，我爸是不是和那阿姨在亲嘴？我说是。他说，我爸现在都不跟你亲嘴了。我说是。回到家，张旋略感抱歉，说他忘了孩子在那家商场上早教。事情败露到这个地步，也就没什么可说的了。我让他做个取舍，这基本上就是自杀式了断，那女孩是他们学校的在读博士，张旋无奈地说

　　　　　　　　　　　　　　共生的骨头 ｜

她只是一只迷途羔羊，义无反顾地以救赎者的姿态和那个女学生站在了一起，并希望我可以体面地自动退出。这一次，他在欲望前，舍了我。

多年的感情就这么瞬间玩完，想想觉得荒诞。离婚前我和张旋还是世俗了一把，为了孩子和几十万块钱争得你死我活，跳着脚在楼道里掐架。我以为临了张旋会暴揍我一顿，但并没有，张旋显然比我更会按逻辑出牌，抱着孩子躲到他爸妈家了，并给我三天时间清理个人物品。直到那一刻，我才发现自己是多么干瘪，钱几乎都是张旋赚的，我要着理亏，没有经济来源，我根本没法争取孩子的抚养权，我更是心虚，到了这个时候，我只有骂街的份儿。张旋当着他爸妈和儿子在电话里和我对骂，我问他，你爸妈不管管你吗？你还有人性吗？他说，他们不管。张旋说到最后，使出撒手锏，郑重地提起了李鸳。我一直天真地以为，在夫妻关系存续期间，他和我一样对李鸳饱含愧疚之心，至少最基本的默契是有的，无论任何时候都别撕开那块遮羞布，但显然我高估了他的人格。张旋阴阳怪气地说，你和李鸳都不是什么好鸟，难怪你俩是好姐妹，臭韭菜不打捆。气息压到了最低，最后一个字破了音，电话那头在大喘气，我开始怀疑当初被耍的或许不是李鸳，而是张旋。

我遵守约定，用了两天半的时间从婚房搬了出来。临走前，我把那一罐子的硬币掏了出来，扯开那张纸条，"对不起"三个字像枝叶柔软的水草，仿佛能从白纸上沁出水来。我把那只铁皮罐子连带着婆婆赠的金手镯一起留给了张旋，里面的五角硬币到超市换了整票，那张纸条被我叠成了一个坚硬的三角放进了麻袋。我爸和我妈接的我，可拿走的东西不多，数量尴尬，搬家公司不给运，打车又装不下，我爸找了个收废品的师傅，拉着我的家当一路从回龙观往南开，快到马甸桥，车子突然停了下来，师傅蹲在马路牙子上把耳朵上的半截烟抠了下来，自顾自地抽了起来，我爸问怎么停了，师傅说就到这儿，说什么也不再走了，我们仨一人扛一麻袋，找了辆九字头的长途公交回了家。一路上，我爸我妈什么都没说，吐着寒气在冬日里行走，我们仨组成了一支孤独的搬运队伍，偶尔能听到我爸的咳嗽和我妈的喘息，我是盼望他们说些什么的，咳嗽或喘息都好，像是潮信，起落有时，给人定数，让我安心，好像我遇到的是避不开的天灾，只要人还在就是万幸。

四

闹离婚这段时间，唯一让我镇痛的事就是李鸳回国。此时的李鸳明媚丰盛，和周围环境都有点格格不入了。她穿着入时的衣服，戴着一块精巧的手表，看上去价格不菲，我犹豫了会儿，忍不住问是啥牌子，她说是卡地亚的蓝气球啊，我点了点头，尽量做到轻描淡写。

我问她中午想吃点什么，她说想吃猪肉了，国外的猪都是被电死的，肉有股臭味，怎么加工都留着臭味，她已经很久没吃猪肉了。我俩点了一盆排骨，脸对着脸啃，她扎起头发，露出额头，又见几分小时候的模样。她蹭了蹭手指头，从皮夹里掏出一张照片，我说，你闺女？她眯着眼点头，停顿了下，就把照片捧回自己眼前看，然后笑着说，长得像我。我问，有两岁了吧？她说，两岁零一个月二十天，她现在在一家全是外国小孩的幼儿园。那时候我才知道，在国外，种族纯度是衡量一个幼儿园好坏的标志。她兴致盎然，着重强调她女儿是那个幼儿园里唯一的外国人。我问她，全职是不是也是因为要照顾孩子？她说，没错，老公太忙，他能力强，问题不在你能做什么，而在于你能帮领导

　　　　　　　　　　　　共生的骨头 ｜

解决什么。对了，我这次回国前，我老公在机场还说特想见见你，他太忙了，下次吧。

我说这顿得我做东，李鸳没拦着。她说，你怎么样？我听我妈说之前看见你来着。我犹豫了下，其实是在措辞，后来发现也没啥可迂回的余地。我离婚了。李鸳身板直了起来，没听你说啊？我都不知道你结婚，你怎么什么都不跟我说？我说，那人是个王八蛋。李鸳瞬间就和我站到了同一个战壕，也骂了两句风马牛不相及的话，然后说，你俩有孩子吗？我说有，孩子判给男方了。李鸳的背塌了下去，没再继续往下问。说是我请客，但李鸳还是抢着付了钱。吃完，她还坐在卡坐上，说一会儿来一个同学，你应该知道，她从我那儿买了一堆东西，我人肉给她带回来，省了邮费。我说叫啥，她说了一个我没听说过的人名，我表示没听过，她没接我茬，继续说，她应该嫁得不错，总买一些名包名表的，也很少因为价钱磨叽。临了我问李鸳，你能赚个差价？她说能，亲兄弟还明算账呢，更何况是同学了，多少得捞点。我知道她现在已经有商人头脑了。

吃完饭，李鸳带着我去了一家藏匿于街道尽头的二手包店，一看就是熟门熟路，长期生活在国外的她究竟是怎么知道这家店的，让人费解。我跟在她后面，她说给你看个包，你肯定喜欢。然后指着橱窗里的一只灰色皮包，它端坐在琥珀色的展示台上，李鸳说，怎么样？我买来送给你。我说为什么，安慰我吗？李鸳说，你不用我安慰，我就是想送给你。我说，这么贵，没必要。李鸳说这个很值了，你还记得我之前背的那个包吗？我问，就是跟严莉一样的那个？她脸上多了点异样，如今用真金白银说话的李鸳好像有了更多的底气，她说那个其实是山寨的，我六百多淘宝淘的，说完哑笑。

出了二手包店，李鸳从烟盒里掏出一支烟，点上火衔在嘴边，动作很娴熟，就像杀手掏枪，剑客拔剑出鞘。她说要是觉得呛，我就掐了。我说没事，说完有点后悔，不如直接说不觉得呛，或者干脆一点，说爱闻这味。那支烟在她嘴唇上没做过长停留，就被架在了拇指和食指间，两个浑圆的关节钳着，其他的手指头都本能地翘了起来，吃着劲头，迅即又收成了一团纸似的，簇紧了，又将烟送回嘴边。我在那一团烟雾面前突然失语，她也没说话，我俩就站在垃圾桶边上，我时不时笑一下，一心想打破沉默，我知道那沉默会让我俩突然生分起来，她跺了跺脚，把抽了一半的烟扔进了垃圾桶。

临回家前，我陪着李鸳还去了趟副食店，买了猪蹄、羊肝和牛腱子肉，她回头冲我无奈地笑，我妈特意嘱咐我让我买点，中午家里来亲戚，说要见见我。又朝着窗户里喊了一嗓子，给我来块瘦点的，我都不会挑，看着给我挑块儿吧。她讪讪地冲着玻璃挤了挤眼睛，扭头补充道，来的都是一些八竿子打不着的亲戚，好几年不回来了，想来见见我。说完扎了油腻腻的三个小塑料袋，掺在精巧的手提包和裙摆间，那千绕万转的铅华里终于多了一份烟火气。

2018 年的春节，我们一大家子围坐在饭桌前，没人说话，还没动筷子，我爸就闷头喝了一两白酒，最后是二婶说了句话，不行就过完春节赶紧回城里租房，要不到了三月份房租又得涨不少，找工作还方便，省得跑长途。大年初六天还没亮，三叔拉着我的铺盖把我送回了城里，路上三叔问我，心里有没有谱，想在哪儿找房子？我说没有，我熟悉的地方现在恐怕住不起了。我俩就在三环上溜达，后来临时在街边找的中介，带我看了两间出租屋，我还想再看下去，三叔说时候不早了，先定下来，把东西安置了，以后不行再慢慢找。

共生的骨头 |

我在金台夕照附近找了一间出租屋，木板和毛玻璃把我和另两对合租的小情侣分隔开，他们一整晚都在看综艺、嗑瓜子，声音喧嚣得很。我反锁着门，一个人和衣躺在房间里，月光照进屋里，仿佛灌进半屋的水，我所有的家当，不外乎两麻袋的东西，此刻也裹上了银霜，此情此景不禁令我大恸，好一个万物生琉璃。窗外偶尔出现的车灯把屋顶照得光影斑驳，那光团转而又流散成风，屋里又恢复成无波无澜的水底模样，我躺在乌黑的泥潭里，对着蒙蒙的月光发呆。

也就是这个时候，微信响起，是沉寂许久的初中群，李鸳的名字赫然出现。一个叫"吃亏是福啊呸"的同学说，李鸳收了钱不发货，再发微信时发现自己已经被李鸳删除了。半分钟后又蹦出来了一个女同学，说也遇到了这事，买了手表和卸妆膏，给了钱，迟迟等不到东西，再找李鸳已经联系不上了。群里登时热闹了起来，那五十多个号都诈尸还魂。

"最烦这种赚亲朋好友钱的人了，我就从来不买，结果今天抓着个现形吧。"

"怎么会这样啊，她初中时不是挺老实的吗？同学一场，不会那么坏的。也许是手机丢了，或者微信被盗。"

"弱弱地问一句，她老公不是很有钱，干吗还做代购？……"

"要有钱，当然不做代购了，费心费力，有没有钱这不是明摆着嘛。"

"你们别整那些没用的了，先说说我们几个怎么办，要不要报警啊？"

我有点发蒙，腾地坐了起来，给李鸳发去微信，结果显示对方还不是好友。那一刻我觉得空气好像压在了身上。我开始怀疑李鸳的手机丢了或者被偷，否则她删谁也不能删我。

光影在我的小屋里流转飘荡，诡秘地暗合了我此刻的心绪。

李鸳事件在微信群里开始发酵，匿名的人，无名的面孔，一字一句逐渐拼凑出了一个完全陌生的李鸳。

"她丈夫进了监狱，犯职务侵占罪，退赔了小一百万元，现在应该还没出来呢。我老早就听说了，碍于同学一场没说，一直忍到现在。李鸳好像一直都在国内，她丈夫出事以后据说她就回来了。"

……

"她老公做市场主管，后来跟人合着注册了一个公司，以高于市场百分之二十的价格从自己的公司里采购，吃回扣。"

"你怎么知道的？"

"这个不方便说，不过我是从来没从她那儿买过东西，看着就像假货。"

"应该不至于是假货，我觉得她可能是海淘的中转点。"

……

"还有一件事，不知当讲不当讲。李鸳是二婚，她在这之前还结过一次婚，男方做餐饮，高中没毕业就去了英国，说是偷渡，反正后来拿到了永居权。李鸳在伦敦读完硕士没多久就和他结婚了。"

"为了签证？"

"废话，不为签证，为毛线，为爱情吗？消息可靠。留学生圈不大。"

"哎，她家的店还开着吗？"

"什么店？"

"她爸妈不是卖体育用品吗？"

"我刚才加李鸳，她给我回了句 fuck off（滚开），然后又把我删了，什么情况？"

……

李鸢的样子如一团火影明明灭灭，似假还真。我再一次向李鸢发去了信息，没有反应，如向幽潭深渊扔出去的一块石子，融进不可名状的未知里。一股透骨渗肉的寒凉盈灌心底，我想起李鸢和我若无其事地谈起她的女儿、她的老公、她在英国的生活，那些浅唱吟哦一般的悄悄话原来都掺进了缄默而深重的谎言。陡然间，那股强烈的深埋心间的宿命感升起，命运不会眷顾说谎者，这次也一样，我是最没底气谴责李鸢的，这么多年，我对她的隐瞒与欺骗又何尝不像一根尖刺嵌插在心里。

茫然无措又穷尽残勇，我冲着群大喊，"全他妈闭嘴！"

群里没人再说话，屋外也安静了下来。

一只鞋飞旋了过来，砸在了正对床头的木板上，接着门外传来一阵不堪入耳的咒骂。

群里也爆发了一串声讨。

"谁呀，是李鸢吗？"

"你换号了？"

"听着不像。"

"是不是王佳佳？"

"那傻 × 呀。"

······

我被踢出了初中群。

五

截至到 2019 年的冬天，我一直寻找着李鸢，其间多次回到石化区。厂子搬到了河北和鄂尔多斯，年轻的工人也都随之迁徙，厂里招工困难，大学生都是奔着户口来，解决了户口就走，一天都不多待。街上人很少，马路似雨水洗刷过的河床，反射出冰凉的光，没有人关心这个石化区的命运。李鸳爸妈住的那个小板楼快搬空了，听邻居说，有阵子没见过她爸妈了，听说是回老家了，店在一年前就盘了出去，现在是一家母婴店。没找到李鸳父母，但我看见了黑子。它趴在隔壁金店的门口，绒毛发乌，少了光泽，但琥珀色的眸子很好认。以前我常找李鸳来玩，所以和金店老板也混了个脸熟，我知道黑子现在成了他的负担，于是跟他要走了黑子，在柜台上放了三百块钱。

我和我爸妈提到李鸳家好像没人了，我妈在厨房包着饺子，一手捧着面皮一手填进去白菜粒和猪肉馅，然后漫不经心地说，你李叔李婶终于熬出头来了，那准是人家李鸳给她爸妈置了大房子……我爸在一旁擀皮，裹着面粉的手指头捅了一下我妈后腰，我妈没再言语，完事双手的虎口用力往里一掐，鼓囊囊的馅就藏进了面皮里，仿佛她刚才不经意吐出的话又被重新包裹了起来。他们不知道李鸳的事，单纯地认为生活必然会越过越好，就像所有热闹的喜剧都会有个圆满的结局一样。

我每周六都能陪儿子玩一天，傍晚再送到张旋家，基本上都是张旋他妈和我交接，偶尔是张旋开门，我俩基本上零交流，各自对着儿子说话，然后对方从中择出来跟自己有关的信息，但我俩都清楚，有件事情好像早晚都得说。后来是我先开的口，我问他，李鸳后来是不是又去找过你？张旋说，她就是个骗子。当时她在律所做代理人，有天突然联系我，让我帮着看看两个专利的技术，我以为那是她代理的，也没多想，我也是傻，李鸳没有工科背景，怎么可能做专利代理人，她一直做商标代理，后来才知道，那几个专利都是一个叫严莉的代理人负责。李鸳把严莉代理的两个实用新型专利泄露给了另一个所，从权利要求书、说明到附图全卖给了另一个所。那会儿李鸳总找我，我觉得事情闹大了，而且自己手里也有专利要申请，知道这事多严重，这是诈

　　　　　　　　　　　　　　共生的骨头　|

骗，这种事是要被投诉的，甚至吃官司。我说，你是怕受到牵连。张旋换了一副"说了你也不懂"的表情，你怎么听不懂好赖话呀，离这种人远点没什么不好。说到这节骨眼儿，儿子被张旋他妈抱进里屋，我杵在原地没动，张旋说，我自始至终都是被她利用的。我摇了下头，想起高中时的李鸳曾在信里对张旋大书特书，那抑制不住的感情流露如果不是出于喜爱和崇拜，就解释不通了，但我没跟张旋说起这些，和前夫谈感情，尽显荒诞。

一个星期后，我去了一趟李鸳原来工作的律所，听张旋说，为了防止所里的其他专利遭受报复性攻击，也为了给申请人一个合理的解释，严莉出走成了及时止损的唯一方案，当年严莉带着一大批客户走了。这个李鸳也说过，严莉是另立了门户。不过，我现在开始怀疑，摊上这种事情，还能立起来门户吗？当我推开那间律所的大门时，一眼看到了门口那个工位，李鸳原来就坐在那里，如今被一个有着红润的圆脸蛋的女孩子占据，她正忙着把一摞商标注册证分装进一个个牛皮纸信封，我谎称之前通过朋友约了David做点咨询，她极有眼力见儿地起身，带着我穿过一个个格子间，抵达最尽头的办公室，"喏，这是我们老板的办公室。他现在好像在和严总说事情，要不您先等等。"我看到里面有个略微发福的中年男人，还有个身形舒展的中年女子，案头摆着一捧伊芙伯爵，那个男人说了些什么，中年女子眼睛落在了那束花团锦簇的月季上，花冠高耸，花瓣上有零星的露珠，像散落尘间的碎钻，两人醌然大笑。我问身边的女孩，那是严莉吗？她纠正，那是我们严总，她和David都是合伙人。我说，那你知道一个叫李鸳的代理人吗？女孩脸色愠红，嘘，你不要提这个人，领导忌讳。听了李鸳的名字，女孩急于离开。临了，我拉着她胳膊问了句，严莉怎么又回来了？女孩嗫嚅道，公司怎么离得开严总。那李鸳呢？女孩诧然，她可是害群之马。

鲸

隔着玻璃八卦上司，这对这个初入社会的女孩来说是种考验，她犯不上为我冒这么大风险。我把手从她胳膊上拿了下来。David 和中年女人显然没有注意到暗处的我，他们交谈甚欢，看不出嫌隙或裂痕，那捧月季让偌大的办公室看上去和和美美，事情突然冒出了诸多可能，李鸳有那么大本事挑拨两个合伙人吗？也许是资源抢夺中的一颗棋子吧。严莉看见了我，她靡丽而矜傲的形貌是每个职场女性的终极向往，她用那双能洞察人心的眼睛凝视着我，然后冲我颔首，我知道她大概在期待着我进去和她说明来意，或者已经准备好给我一个答案，但我没有进去，我冲她友好地招了招手，然后留给了她一个力所能及的美好的微笑。我觉得如果李鸳再次出现在这间办公室里，她也会这么做。

　　我还去了那家二手包店，店员很快认出了我，她说，你的朋友把那个包买走了。我说，真的假的？她说，不会有错，我记得她，这么多年，那个女孩来是来了不少次，但买包就那一次。我问她，什么时候？她说，就是那次你们来后没多久。

　　黑子在我的怀里假寐，瘦小的身体散着余烬般的温暖，绒毛下面是柔软的肉和脆弱的骨骼，我伸出手指，指尖触在那层羊脂般的皮肉上，甚至能感受到在皮肉包裹下那颗幼小温厚的心脏。我眼前出现了一片温暖的海域，那里生活着一种数量庞大的鱼群，腹部的暗色条纹如柔软的海藻覆在修长的身上，它们在湍流之中那个震荡的世界里潜行，含光藏晖，灭迹匿端，为捕捉生命的拐点伺机而动，让人略感到意外的是，它们善与鲸鲨为伴，是饵料，是盟友，为鲸鲨采集食物，故受其荫庇，形成特殊的共生关系。

　　十二岁的暑假，我和李鸳最爱做的事情就是去超市闻货架上的肥皂香。李鸳抠出一块橘黄色的拉芳蹭到鼻尖上，煞有介事地说，这块里面有橙花。我不知道什么是橙花，显得怯生生的，我效仿她的样子，抓起了一旁的舒肤佳，这里面有黄瓜。李鸳接了过来，表示同意，露出了一对浅浅的梨涡，坦荡又实在，甚至有点儿委屈了她漂亮的皮囊。后来她带着我闻遍了货架上所有的香皂，我们直接探出脑袋，不再麻烦双手，鼻尖停在了四方纸盒上，像充气气球似的把那些甜蜜的气味分子盈灌进鼻腔，我只记得闻到最后头晕晕的，脑仁疼，但我和李鸳不谋而合地认为拉芳比力士好闻，但二者都不及舒肤佳。这是我俩自创的游戏，"你喜欢哪个"，在这个问题的框架之下，我俩给出的答案必须是真实的本能反应，这在成年人眼中是个无聊透顶的游戏，但这个游戏我俩玩了一整个暑假，从喜欢的香味喜欢的歌手到喜欢的老师喜欢的男生，问题越来越尖锐，我俩对这个游戏就越来越着迷。

我和那个小女孩就这样在人世间走散了，我在心底涌上来一阵锥心刺骨的疼。年少的我一直以为成年人是不屑玩这种无聊游戏的，长大后才发现，是成年人玩不起。

圣诞节那天，我接到了一份面试通知，在我抛出了无数份石沉大海的简历后，这是我收获的唯一的声响，我紧紧抓住了它。是个私人翻译公司，办公地点在五道口的一幢家属楼里，老板是个发福的中年男子，拉着两个大学毕业生一起拼搏在创业的最前线，我不想把他和油腻扯上关系，因为他的啤酒肚和油光水亮的头发多半是蹭酒局拉生意的结果，同是天涯沦落人。我身穿着大一码的藏蓝西服，坐在一张二手皮沙发上和老板聊了很多，但没聊婚史，也不能聊孩子，这家小门脸对我的要求不多，我要的他们勉强也能给，解决三险，工资不薄，我答应996，老板说得嘴角泛起白沫，最后用一句话提振，看到你就是看到了星星之火，我俩恭敬且体面地握了握手，大有惺惺相惜之感，至此他的麾下又多了一员。他不知道我所表现出来的一切善意和美好都是为了赚些钱争取儿子的抚养权，我终于有了份能糊口的工作，待社会经验积攒成熟，我肯定会离开这里的。我觉得十有八九他也懂，我能给出的那些善意没有多少是经得住推敲和摇撼的，也许他亦如此。

回程的车上，和我一起拼车的女人怀抱着一个小男孩，手机里循环播放着《上学歌》，稚嫩的童音搅拌着魔性的旋律，但车上的人都没有阻止那个女人，都在剥剥的律动里发呆，那段单纯又稚拙的旋律大概把车上的人都带离了现实，透明的天幕下，我们又回到了梦境一般的童年。我望着窗外已经挂上霜的树，忍不住淌下了眼泪。

车子停靠在街角，女人抱着小男孩下了车。我在人海之中恍惚见到了李鸳，她裹着厚厚的羽绒服一个人站在站台。我知道那不可能是李鸳，我不可能就这么撞大运一样找到她，但如果此刻我下车，我依然很想上去抱一抱她，让她听我讲起我的故事。

那鱼背脊优美，柔软无骨，和所有的鱼类一样，也是翻滚在大洋里的水状的精灵。它离开了鲸鲨，离自己的鱼群越来越远，向着相反的方向隐遁，逐渐融化成海水的一部分。鲣鱼游累了，它在身后犁出了一道波痕。

(刊发于《小说月报·原创版》2020 年第 7 期)

四重奏

一

郭少霞，人称郭姐，典型的不吃亏，抽烟喝酒一个不落，性格火辣烈性，其实外强中干。老伴是做警察的，出事前是派出所所长，把郭姐疼在手心上，知道她争强好胜，总劝她，"麻线穿针眼——过得去就行"。老伴是突发心脏病在岗位上走的，算是工伤，所里给了郭姐一笔抚恤金。人走了，耳畔却时时响起老伴的叮嘱，细细碎碎的，是那些她熟悉的话。以前老伴叮嘱她多一分，她就觉得他的男子气少一分，然而如今再想起这些话，竟比耳鬓厮磨的情话还动人。老伴是这个世界上唯一欣赏她的男人，好多人说老伴娶她时被蒙了眼，他俩不配。

上世纪八十年代，郭姐所在的皮鞋厂评优秀，分配到他们车间的名额是五个，郭姐觉得比例不小，怎么也得轮上自己一个。临出结果前，郭姐从家带了不少香烟、罐头，扎了一网兜，再团结团结同事，把这事儿夯实在了。她觉得这次志在必得，结果愣是没选上自己，比自己晚三年进厂的汤红袁反倒当上了优秀。这不是擦枪走火嘛，郭姐卷起袖口就上了领导办公室。"她汤红袁一进厂就是我带她，烂泥下窑——烧不成个东西，学东西慢不说，全是我手把手教的她。有的人脑子里是水，有的人脑子里是勾的苵，她汤红袁脑子里是水泥墩子！"郭姐连说带拍，都快上了桌子，"这优秀是怎么评出来的？今天一定要说个明白！"领导知道她的脾气，没言语，臊着她。邻屋的同事全进来拉她，郭姐属于人来疯，眼看人越来越多，她左搡右搪，"起开！""别拉我！"她一扭腰，盘腿直接坐在水泥地上，右手举过脑顶，振臂高呼："打不死的吴清华我还活在人间！"此事闹得满厂皆知，老伴把郭姐接回了家，她好一阵闹，拿老伴出气。

老伴走后，郭姐感觉冷清，一个人就再也住不了月坛北街的两居室，她自己住一间，另一间租了出去。郭姐亲自"面试"，她要找个软柿子，可不能比自己还横。租房的是个二十岁出头的女孩，脸上肉嘟嘟的，但看着力气不大，还挺让人心疼。郭姐和女孩约法三章，不可以带男人回来，不可以用厨房做饭，不可以长时间占着厕所。女孩下班就直接进她那屋，门关得严丝合缝，很少出屋，郭姐好奇她在里面做什么，怎么也不出来解手。女孩每天都紧闭房门，没一点儿动静，睡觉也把门关得严严实实，郭姐和女孩说："丫头，大夏天的不热吗？"女孩羞羞窈窈的，一笑置之。就这样住了半年之久，郭姐也没打通女孩的防线。盛夏夜晚，屋里全是溽热，郭姐半夜听见门口有一阵窸窸窣窣的声音，"是丫头吗？""阿姨，有壁虎。"郭姐一骨碌坐起来，三下两下披上衣服，打开台灯，看见女孩穿着肉粉色的睡衣一脸惧怕地站在她门口，郭姐踩上拖鞋，直奔厨房，抄起一把扫帚，跟在女孩后面，白花花的墙上墨点似的趴着一只瘦小的壁虎，看样子出生没多久。郭姐探着扫帚，在后面拨弄着壁虎，壁虎一溜烟地就沿着墙角跑走了，也不知道躲在了哪里。女孩躲在郭姐后面咿咿呀呀地大叫。这叫声把郭姐逗笑了，她没想到丫头会被小壁虎吓成这样。"那怎么办啊？阿姨。"女孩绝望地看着郭姐，"丫头，要不你睡我那屋。"女孩没了主意，犹豫半天。郭姐看破她的心思，

　　　　　　　　　　　　共生的骨头 |

又说:"要不咱俩都睡我那屋。"郭姐那屋正中是个双人床,那是她和老伴的床,现在老伴那侧放满了东西,老伴的遗像也放在那里。"你睡床上,我和你挨着,打个地铺。"郭姐麻利地把立在门后的凉席铺展开,抱起老伴留下的枕头和毛巾被,挨着床腿躺了下来。女孩于心不忍,嘴里一直念叨着:"这多不好。"郭姐缩在毛巾被里说:"丫头,别害怕了,壁虎来不了。"女孩翻翻身,说:"要是它爬过来怎么办?顺着墙爬,爬到天花板,结果一个不小心,掉了下来,直接掉到我的嘴里。""丫头,你脑子怎么想的。"郭姐笑了出来,她边笑边望着窗外一团暗火似的路灯,想着老伴走后,这个小屋又有了点温暖。

郭姐点了一杯乌龙茶,挑了一个相对封闭的位置,有脚凳,灯光昏暗,正适合说些悄悄话。梁广禄出现在了咖啡屋门口,顾盼神离,一身光鲜。广禄点了一杯伯爵红茶,坐到了郭姐身边。双脚放到了脚凳上,一双精巧的白色凉拖正冲着郭姐。郭姐打量着广禄,这打量不留痕迹。"约好的上午十点,杜姐怎么还没到?"广禄边抱怨边手扶云鬓,猩红的指甲在暗光中闪烁,飞腾出无数星星点点。

广禄头脑精明机灵,自己开了一家小饭馆,自比商界女强人,奉行独身主义,其实一直给郊区的一个煤老板当情妇,小三当得久了越发有了大房正宫范儿,自知理亏,所以最讨厌背后嚼舌根,常文绉绉地说:"静坐常思己过,闲谈莫论人非。"广禄不爱嚼舌根还有一个理由:她觉得恶心。广禄有一个妹妹叫广勋,姐妹俩都在城南做餐饮,姐妹俩都入商场本来就是件引人注目的事,更何况姐妹俩都生得俊俏,有种艳俗的美,广禄比广勋大几岁,一直都是她带着做事,拿主意的也是她。菜馆颇有特色,招来不少回头客,其中有一个姓刘的老板,出手阔绰,公事私事总来广禄的菜馆消费，还和广禄开一些半荤半素的玩笑，广禄被刘老板迷得七荤八素，没多久就跟了他。谁知不出两年，妹妹广勋竟也和刘老板好上了。一时间，关于姐妹俩和刘老板的事就传开了，四邻之地，飞短流长。自此，广禄和广勋分道扬镳，再无来往。广禄继续经营着那个菜馆，她有经商头脑，也肯学新鲜事物，灵感因此源源不断，每周都推出一道新菜。她做的驴肉点心外表和自来红一样小巧精致，里面是驴肉丝和酱肉丁，趁着热吃，外面酥脆可口，里面浓郁喷香。还有烤牛肉，她不用炭烤，而是先炖再擦上油上吊炉，肉汁饱满又不塞牙腻嘴。起先，每周的新菜是广禄自己做，后来她自己琢磨，琢磨完雇了厨子做，现在小菜馆脱胎成了城南有名的中餐厅，还在旁边开了一间做自助铁板烧，生意依旧红火。二十年了，广禄还是跟着刘老板，广勋也是，但两姐妹没再见过面。广禄听说刘老板出钱给广勋在城东开了一家菜馆，专做东北菜，没出半年馆子就黄了，刘老板又重装修，让广勋开个西餐厅，依旧是不见起色。广禄没生孩子，一辈子都扑在菜馆上，除此之外就是追求高品质的物质生活。广禄深谙物质的重要，一件 Burberry 的大衣远比嚼舌根更有杀伤力，更能让身边的人恨得牙痒痒。她心气比谁都高，她要活得精彩，让那些嚼舌根的人看看。

"郭姐，我前段时间去日本旅游，带回了手信，送给你。"广禄从包里掏出了一块绛紫色的小方巾，递到了郭姐面前。手信，手信，就说是礼物呗，装什么洋气。郭姐心里一阵酸，她要蜇蜇广禄。"又是自己一个人去的呗。"广禄知道郭姐要说什么，她可不能吃了嘴亏，但转念一想，郭姐也没个伴，就嘟起嘴唇，没再言语。郭姐看着广禄，她永远都那么绰约多姿，一件孔雀蓝衬衣裹在她身上，如一件精美的掐丝珐琅彩瓷器，丰饶的胸脯仿佛涨水的河。

"找个好人嫁了吧。"郭姐的话意味深长。

"要嫁早嫁了。"广禄插科打诨，盯着茶杯中腾起的热气轻纱似的弥漫。

茶室门口一阵风吹来，焕英来了。

"你真是没有时间观念！"郭姐睥睨着焕英。

"哎呀，抱歉抱歉，让姐姐妹妹久等了。"焕英长着一张蜜嘴。"哟，广禄，现在真是帅！"焕英从上到下打量着广禄，话说到一半被郭姐抢了白。"你孙子看得怎么样了？"

"还能怎么样，好生伺候着呗。"焕英边抱怨边得意。

杜焕英退休赋闲在家，热衷养生节目和一切益寿延年的活动，有一张能说会道的嘴，凡事很想得开，除了自己的大胖孙子。为了孙子，成天和亲家斗智斗勇。孙子是腊月出生的，天降瑞雪，家里添一福娃，全家高兴，尤其焕英，乐得合不上嘴。儿子儿媳上班忙，孙子谁来带？焕英作为奶奶，肯定首当其冲，可是亲家母也积极响应，也要亲力亲为。是轮班还是抓阄，商量了半天也没个结果。亲家母的厉害焕英是知道，儿子儿媳结婚前就没少让她吃哑巴亏，她要是也较劲，那就是催命鬼对阎王，一个比一个凶。最后焕英还是软了下来，两家商量的结果是，亲家母照顾孙子，焕英照顾亲家母。焕英很会自我安慰，她把自己的隐忍称为大智慧，她说这是能屈能伸。郭姐听了直骂焕英傻，焕英一乐，"郭姐，你知道什么，我是在监督工作。"每天一大早，焕英搭着5路公交车，亲家母搭着885路公交车，一个从城南，一个从城北，在儿子家会合。两个人各司其职，干劲十足。亲家母进门直奔孙子，焕英看在眼里，轻声轻语地叫住亲家母："亲家母，咱们抱贝贝前可得洗洗手。"声音软下来，让人没法生气，亲家母没言语，转身进了洗手间，焕英心生一丝快意。每天的午饭她俩不一起吃，焕英做好了放在厨房，谁饿了谁去吃。面对面坐着如同张飞看地老鼠，大眼瞪小眼，怪尴尬。这天中午，亲家母让焕英多做点粥，焕英如是照做，饭做好亲家母放下刚入睡的孙子，和焕英一起吃饭。焕英看亲家母也不吃菜，就吃腌菜和酱豆腐，"亲家母，腌菜对胃不好，有亚硝酸盐，容易生癌。"亲家母的脸翻江倒海，焕英感觉她随时都要爆发，但自己说的是忠言逆耳，也没错啊，赶紧找补，"哦，当然了，咱俩一起吃菜也容易传染幽门螺旋杆菌。回头咱们分餐，我做好了盛两盘，你一盘我一盘。"话落，亲家母不再言语，焕英干笑了一声，在心里嫌自己话多。

焕英把这些和郭姐、广禄说，郭姐说她自找的，焕英说，"人家闺女还给我生了个孙子呢，我挺知足。"郭姐没好气地瞪了一眼焕英。其实郭姐心里很羡慕焕英，她也有个孙子，今年六岁，虎头虎脑，每次见到她就叫"奶"，叫得她心花怒放，但她很少有机会见到那个小人精。郭姐和儿子的关系不好，和儿媳的关系更是恶劣。年轻时，她在厂里上班，经常通宵达旦地加班，老伴单位更忙，三天两头不回家是常事，郭姐就把儿子寄养在农村老家。小孩就怕没有安全感，时间久了就麻木了，儿子和她天然地生疏，情感纽带没有建立，她也感情粗糙，不当回事。后来儿子不好好上学，打架斗殴的事没少干，她就揍儿子。儿子顶嘴，说要离家出走。她说，少说这种风凉话，要走就甭回来。后来儿子中专毕业，就真的很少回来了。老伴走后，儿子数得上次数地回来过两回，娘儿俩说不了两句话又杠上了，郭姐气急败坏："你是看上我的房了，甭惦记，房子给不给你还两说呢。"话撂下，儿子就更不回来了。

"看到金子发的朋友圈了吗？"焕英点开朋友圈，图片放大，碧空如洗，金力在沙滩边穿着一件白裙，戴着一顶草帽，笑靥如花。

　　　　　　　　　　　　　　　共生的骨头　|

金力，人称小金子，小时候随父母从城市搬来，和郭姐、焕英、广禄都住在城南，同一个村。金子长得样儿就像挨欺负的，瘦瘦小小，身上也没肉，跟麻秆似的，天生杵窝子，嘴也慢，属于吃不上肉反惹一身腥的人，总吃亏。不过说来也奇怪，郭姐倒愿意带着焕英、广禄和金子玩。村里孩童间流行着一个游戏，"大官儿说，二官儿打，张三跑，李四追"，郭姐带着她们也玩这个，她年岁最大，永远都当大官儿，金子最小，总被追着跑。大了以后，郭姐搬到月坛，焕英嫁到果子巷，广禄一直在城南做生意，小金子离得远，人在澳洲。闺女莫莉找了一个澳大利亚人，嫁到了澳大利亚的布里斯班，母凭女贵，如今的小金子光彩了不少，整天煲心灵鸡汤，朋友圈极度活跃，靠发发照片就惹得三姐妹一阵喧嚣。

　　广禄凑了过去，"她和她女儿真是形如姐妹，身材不错，可以和闺女换着衣服穿。"

　　焕英拍着广禄肩膀说："没有你好，差远了……你们听听金子在朋友圈发的，'本人五十开外，小朋友就别加了。'"

　　广禄一个没留神，哧笑了出来。

　　郭姐挪身凑了上来，"我看我看，啧啧，她可真敢写，也不嫌害臊！"

　　广禄指着一个金发碧眼的小女孩问焕英，"这是她外孙女？"

　　"是，她闺女不是找了一个澳大利亚人嘛。"郭姐看了一眼照片，抽身离开了她们，边扭着腰边说。

　　"你说这混血小孩长得还真是好看。"广禄脱口而出，焕英没搭茬，把手机收了回去，举起眼前的铁观音咕嘟咕嘟喝了三大口。

二

一看快到饭点，焕英嚷嚷着该回去做饭了，就先行一步。广禄开着车，捎带手送郭姐。广禄的车就停在茶室门口，猩红色的吉普大切诺基，进口车，底盘很高，让人眼前一亮。广禄上了车，把后视镜轻轻摆动了一下，让自己的视野更宽一些。车里弥漫着淡雅的香水味，扑面而来，芳香悦人，衬得车更高级了。郭姐靠在副驾驶座上，斜睨了一眼广禄。广禄把白色凉拖换下，身体俯过郭姐的大腿面，从手套箱里拿出一双一脚蹬的布鞋，猫腰套在脚上。郭姐独居久了，广禄这一俯身让她恍如做了一场短梦，广禄身上传递出的温存让她心旷神怡，即使是一丝细微的呼吸声都如同红葡萄酒般让她醺晕，这种温暖是她久违了的。广禄脚踩离合，发动了车。车子发出了一阵低鸣，车身颤抖着共鸣，郭姐在副驾驶座上感受到了这种蠢蠢欲动，一阵愉悦的聒噪袭来，车子走了起来，随后奔跑了起来，郭姐后背感到一股强大的推力。车子驱动力很强，在柏油路上如一条火龙辗转腾挪，其他车子都被踩在了脚下，霸气十足。车外吹来一股热风，置身南国似的，后视镜下一块玉观音有节奏地摇摆，菠菜绿，在太阳光下泛着波光粼粼的旖旎。

"最近忙什么呢？"郭姐投石下河。"我整天啊，没个闲工夫。"广禄感叹，"待会儿还要和发改委的刘处长吃饭。"

拉大旗，作虎皮。郭姐心里嘀咕："你这整天风风火火的，老了怎么办？"她步步紧逼。

这话在广禄心里搅起了波浪，"出国玩，我挣那么多钱干吗？"

"呵，你倒是潇洒。你把我就撂在前面路口，小区窄，你车大，进不去。"

放下郭姐，广禄调了个头，上了二环。

几年前，她还没绝经，还有生育的可能，广禄考虑过冷冻卵子。一开始，她好面子，去了一家不起眼的私人诊所，小护士肯定地对她说："这是您做的最正确的选择。"安排广禄做了全套体检，前前后后一共六万。结果出来，广禄身体很健康，随时都可以做。排卵针一针八万。广禄不在乎钱，但她犹豫了，她觉得自己的孩子不能交代给一个灰头土脸的小诊所，她觉得不稳妥，又跑到了医院，花两百元挂了一个特需门诊。医生是个老太太，早过了退休年龄，是返聘回来的，花镜悬在鼻梁上，目光锐利，鹰似的盯着广禄。

"怎么了？

"我想冷冻卵子。"

"不是你想冻就冻，明白吗？"老太太垂下了眼睛，眨了两下，又煞有介事地盯着广禄，"带身份证、结婚证、准生证了吗？"

"还要这些？"广禄一愣，没了主意。

"这归根结底是为生孩子做准备，想生就生啊？"

"我没结婚。"广禄羞赧于色。

老太太一听，撑着桌角站了起来，开始往外送广禄，"冷冻卵子只适合有不孕病史的夫妇，还有那些希望保留生育能力的癌症患者，好吧？"语气坚定不移，但结尾那句商量似的"好吧"又留有余地，给了广禄希望。

广禄心有不甘，"那国外呢？国外也是这样？"

"我不知道国外，但依照国际惯例，即使可以冷冻，也只保留五年，好吧？"还是那句"好吧"，这是她的说话习惯，广禄死了心。

前年，广禄绝经了，她以为自己会歇斯底里，但她出奇地平静，好像是释然了。这两年，她看了不少养老院，有一般的，有好的，还有高端的，和买衣服一样，也是一分钱一分货。广禄驱车前往香山脚下的一家养老院，名气不小。毕竟是给自己寻觅一个落脚的窝，广禄的心情很复杂。养老院坐落在香山脚下，毗邻植物园，风水好，买房看风水，买墓地看风水。养老院是通往墓地的修罗场，更要看风水。广禄把车拐到院子里，对着后视镜涂了两下口红，下了车。

看到广禄的座驾，前台两个小姑娘直接跑到院内迎候广禄，齐刷刷地冲着她说："阿姨，欢迎来到我们老年公寓，这里是您不二的选择。"广禄很不自然地向后拢了拢头发。她昨天刚吹过头发，云鬟高挑，头发一丝不苟地贴在耳后，这个动作显得多余。

"我们这里是候鸟式养老，设施齐全，活动丰富。有棋牌室、健身房、游泳池、图书馆，一日三餐全自助，早饭是六十八元标准的，午饭和晚饭是一百二十八元标准的。"其中一个小姑娘滔滔不绝，话密得如串了线的珠子。

广禄听得有些心不在焉。

"我们室外活动空间也很大，西邻香山，东邻植物园，地势高，空气好，后院有占地三十亩的森林和果园，您可以和老伴一起遛弯散步，做有氧运动。"

广禄盯着姑娘一张一翕的嘴，尴尬地笑了笑，"这样，我考虑考虑。"

"阿姨，我们这儿不少夫妻套间，很多老夫妇都住这儿，和自己家没什么两样，还能认识新朋友。我们这儿王阿姨他们两口子和谢阿姨他们两口子还约着一起打牌。"能看出来，为了留住广禄，小姑娘使尽了浑身解数。

"嗯，嗯，先这样，我再转转。"广禄有气无力地说着，临走小姑娘在她怀里塞了一本宣传册。

广禄不知道怎么处理这本宣传册，她需要它，但又厌弃它，更怕别人看到它。她打开副驾驶座前的手套箱，把宣传册扔了进去。一脚油门，绝尘而去。广禄也曾经幻想过，那时她还年轻，她的世界里只有他，希冀着他的世界里也只有她。"人说，女孩儿未出嫁，是颗无价宝珠；出了嫁，就成了没有光泽的死珠；再老了，就是鱼眼睛了。"广禄坐在梳妆台前，旁若无人地絮语。"你永远不会成鱼眼睛。"广禄望着镜子里的他，又在幽暗的灯光下看着镜子中的自己，她修长的手指工艺品似的，握着一把精巧的小木梳，小木梳顺着乌黑的发丝滑到发梢，头发受到反作用力，向内腾起，廓出一条优雅的弧线，她再梳一下，头发又弹了一下。刘老板就在她身后看着镜子中的她，她知道他在看，故意放慢了速度。两个人谁也不点破，就这样能待上半个小时。广禄娇嗔地一笑，她从镜子里看见刘老板也在笑。

三

孙子被儿子儿媳带着去了亲家母家，焕英靠看养生节目打发时间，电视里在说乳腺癌的早期发现和预防。"什么？喝豆浆和蜂蜜刺激雌性激素，雌性激素升高后容易得乳腺癌。"焕英嘴里嘀咕着，心里发毛，自己每天早晨一杯豆浆，还不是冲的速溶粉，而是早晨现打的浓豆浆。蜂蜜也是，为了养胃每天早晨空腹和温水一起下肚。想到这儿，焕英撂下遥控器，蹬上拖鞋，直奔卫生间。老伴正在卫生间里刮胡子，"你出去，出去。"焕英火急火燎，连推带搡，扯着老伴的衣服往门外送。"嘿，这是要造反啊。"老伴边用毛巾擦着嘴边的肥皂沫边喊，焕英脚跟一提，一甩手把老伴推到了门外，随手带上门，插上了插销。她把上衣一件一件剥橘子皮似的脱了下来，洗手池上方的镜子里突兀地出现了一对松懈的乳房。焕英感觉背后一阵痉挛，这个乳房熟悉又陌生，她们以前是那么年轻，如今又是如此衰老。她深吸一口气，把左胳膊抬起，右手从外侧拢着左乳，手指轻轻压着左乳，一寸一寸，像排雷兵在排雷，一寸也不落下，她的左乳比右乳大一些，高一些，从小就是，她不知道其他女人的乳房是不是也没有做到精准的对称，但她很爱自己的乳房，两只乳房从来没有辜负过她。

她有了儿子，儿子还没落地，她在产床上就分泌出金黄的乳汁，连接生的医生都惊叹孩子有福气，带着粮袋降临人间。儿子也只认她的两只乳房，小手牢牢地扒着它们，生怕丢失了这美味。如今，两只乳房已经下垂，弹性不再如前，没了生趣，老伴不再爱，儿子不再需要，但它们支撑着她一件一件花衣裳，把自己隆起的肚皮恰到好处地遮掩了下去。

她抬起右胳膊，左手拢了过去，指尖轻触右乳。右乳乳晕下方有一块疤，颜色比皮肤深了几分，疤痕组织细微地隆起。二十年前，自己右乳突然多了一颗黑痣，仿佛是一夜之间生出来，一长就是花生米大小，她惊慌失措，母亲听了乐呵呵地冲她笑：“胸怀大痣，那是福。”她不管，她跑去肿瘤医院的肿瘤科，执意和医生说要切了去。她觉得这颗痣来得突然，又那么大，不是好痣。切了后，医生告诉她，病例化验结果是青春痣。别人都怪她小题大做，笑她从此胸无大志，她莞尔。手术后，她跑到商场，售货台后面涂脂抹粉猫似的小姑娘嗔着娇声说，这款身体乳去皱效果特别好，连妊娠纹也能抚平。她犹豫，“那疤痕呢？”“疤痕，那是创伤性的，怎么可能去除。”胸口的疤一直跟着她，结痂，变柔软，部分组织还和小丘一样耸立在皮肤表面，除了阴雨天伤疤瘙痒外，她逐渐忘了这个疤。

焕英托起两只乳房，勾勒出两条平滑的曲线，她没有摸出包块，也没有看见凹陷或橘皮组织。焕英吁了一口气，额头上已

共生的骨头 |

有一层细小的珠露，手掌心潮湿，她把鼻子凑过去，闻到一股咸湿，她怕，怕失去乳房，一个都不可以。她后怕，恶狠狠地冲着镜子中的自己说，再也不喝豆浆和蜂蜜了。

"干吗呢你！"焕英套上衣服拉开卫生间的门，老伴肩搭毛巾一脸茫然地看着她，一阵暖流流过焕英心间，一个跃步，直扑向老伴怀里。"行了行了，手机响了。"老伴弓背一躲，焕英扑了个空。

焕英白了老伴一眼，抄起桌上的手机，"又是金子，炫她那个外孙女呢。"她跟老伴使了个眼色，让他别出声。

"一大早就在群里瞎咋呼。"郭姐边打开金子发的小视频边嘟囔，视频里金子在喂外孙女吃饭。外孙女今年三岁，还叼着一个奶嘴，奶嘴不离嘴，一拔就哇哇大哭。饭桌前摆着水煮西蓝花、煸小番茄、煸鹰嘴豆、鸡蛋羹、面条、馒头片、饺子、牛奶，指着眼前的食物问外孙女想吃哪一个，外孙女在她指向面条时点了头，金子左手握着明晃晃的叉子，右手拿着一把袖珍的剪刀，扭转叉子，扩起了一小撮面条，然后摆放在一个小瓷碟里，剪刀在面条上咔嚓咔嚓剪成了若干段，仿佛一个花匠修修剪剪，在侍弄庭院里的花卉，然后放下叉子，捡起放在手边的大圆勺，碾压在面条上，然后把勺子探到汤汁里浸一些汁液，轻轻点缀在被碾成片状的面条上，送到外孙女嘴边，外孙女头伸向一侧，发出呜呜的声响，金子把奶嘴拔出，顺势送进一小勺面条。

"跟耍猴似的，惯得没样。"郭姐眯着眼心里嘀咕。

"咱们孙女真乖！"焕英发了一条。"还真有捧臭脚的。"郭姐扑哧笑了出来，自言自语。

"是呀，长得粉雕玉琢的。"广禄跟了一句。

"金子你把你外孙女惯成什么样了。"郭姐发了出来。

"快跟姥姥们打招呼。"金子没理郭姐，传来了一条音频，小

四重奏

丫头在那头咿呀乱叫，"Say hello，Lily. Hello."

"还学上英语了，金子。"焕英感叹。"嗨，就会这么一句。姐妹们，我下个月就回北京！"

四

"丫头，身上有零钱吗？下班回来给阿姨捎盒烟。"郭姐提着电话，声音没了往日的凌厉和冷彻，甚至多了几分凄切。

女孩对这通电话感到意外，支吾了起来。

"烟买熊猫或者中南海。再从护小给我买二两炸松肉。"

电话那头没了声响，郭姐知道丫头心里琢磨什么。"回来阿姨就给你钱。"

话说到一半，电话那头收了线。

下班后，女孩把东西带了回来，一个干瘪的塑料袋里兜着郭姐一晚上的吃食。郭姐把炸松肉倒在瓷碗里，给自己倒了一杯二锅头，招呼女孩过来一起吃，女孩吞吞吐吐，说吃过了，郭姐把钱递了过去，任由女孩关上门进了她的屋。郭姐窸窸窣窣把老伴的遗像抱下床，摆在电视柜上，正好和她面对面。她从塑料袋里掏出烟，是一块五一盒的大前门，她笑了，"这丫头，还怕我不给她钱不成！"郭姐点上一根，一边哼着小曲，一边大口喝酒，时不时用筷子扎一块炸松肉送到嘴里，不一会儿，烟雾弥漫开来。"你说这烟怎么越抽越没劲了。想当初，还在厂里上班时，晚上脑子不转了，就抽上一根，精神头又回来了，一根烟能顶半天，现在这烟怎么都没味道了。"郭姐叼着烟，烟雾腾起来，蜇红了她的眼睛。儿子已经一年零一百九十六天没打来电话了。她蜷在沙发一角，柔弱纤细的肩膀无端地挣扎了起来。"说到底，人就得靠自己，最后剩下的也只有自己。"她吐着烟气，以前老伴在时，总劝她少抽烟，对身体没个好，她听烦了就怼他几句，时间长了就成了耳旁风，如今耳畔清静了，但越发怀念起了老伴的啰唆。

郭姐把烟头摁灭，起身去到电视旁，眯着眼睛摆弄着小录音机，音箱里传来一曲《马铃儿响来玉鸟儿唱》。郭姐把老伴的遗像抱在怀里，仿佛拥着老伴，她闭上眼睛，心旌摇曳，身体随着旋律摇摆，沉浸在音乐中，屋里满是烟雾，如水汽氤氲。她微耸的双肩逐渐放松了下来，记忆在无边的荒野中摸索，穿过烟雾，她看见了一个草长莺飞、柳绿花红的春日。1971年，郭姐还是十二岁的小姑娘，她是遗腹子，打小跟着爷爷奶奶长大，他们都腻着她，叫她老丫头。那时候她头上扎着两根粗麻花辫，人人都夸俊俏。那时候的她是真俊俏，嘴唇永远是红色的，脸蛋永远有气色，连脚丫子都仿佛涂了一层胭脂似的。爷爷最怕奶奶，但最爱这个老丫头，总用胡子扎她的脸，这是他逗她开心的方式。年少的她最爱的就是生日时母亲递过来的卧着一个澄黄鸡蛋的热汤面，与热汤面可以相提并论的还有爷爷背着她去隔壁村买的绛紫色的小绒衣。老丫头也不知道从谁那儿听到的，隔壁村有个小店，卖一些新鲜玩物，她就成天磨着爷爷，爷爷被她磨烦了，就抱起她佯装揍她，她就掀他的胳肢窝，仿佛吃奶似的嘬他胳肢窝，逗得他哈哈大笑。老丫头总有讨爷爷宠爱的方法，仿佛她做什么，他都会被逗笑。他背着她去隔壁村的小店时，她趴在他宽阔的背上，仿佛水中漂浮着的一叶扁舟，到了店铺，她依旧腻在爷爷的背上不下来，一眼就看见了那件小绒衣，上面的绒毛泛着光泽，洋气的绛紫色簇成一团，生出幸福的朦胧的光。

"那时候我可招人喜欢了，妈妈、爷爷、奶奶，我以为天底下所有人都待见我，喜欢我。都是因为你，你把我惯得没样儿，让我不招人待见。"郭姐嗔怪着老伴，声音里又有了一丝往日的

四重奏

狂妄，她知道老伴拿她的性子没办法，纵使是她颠顸恣肆，在老伴眼里都应该是娇纵可爱，一想到这些，郭姐把老伴的照片拥得更紧了。

哐！郭姐从旧梦中惊醒，丫头故意把门砸得山响，郭姐顺势关掉了录音机，她敛声屏气，听着隔壁屋中的动静，什么都没有发生，她听到的只有自己怦怦怦的心跳声。郭姐这才发现自己仿佛一个做错了事的孩子，她心里顿时涌上一股莫大的空虚感，继而又被惊吓和懊恼填满。

金力回国后的相聚订在了和平门全聚德的一个雅间里。金力娇娇小小，但洋气了不少，一抹温和的豆沙色涂抹在嘴上，利落的短发被温顺地归拢到了耳后，两粒秀气的珍珠适时地出现在耳畔，为主人增添了几分俏皮，这种豆蔻年龄才可能会有的俏皮放在金力身上是如此的恰如其分。焕英上前拥抱着金力，郭姐和广禄也簇在她俩身旁，这种感觉很奇妙，一晃数年，金力回来，仿佛把儿时的岁月也一并带了回来。

"金子，没必要来这么贵的地方。"焕英一边拉着金力的手，一边坐在了她身旁。

"姐，我一直惦记着这儿的烤鸭肉包。"

"哎，你小孙女可真讨喜。就是你那么哄孩子，孩子太娇贵。"郭姐冲金力眨眨眼，仿佛在说着玩笑话，"一根面条又是剪又是碾的，真是开眼。""是呀，小孩子的牙齿和咀嚼能力是要锻炼的，等我们贝贝再大点，我让他自己啃苹果。"焕英连连附和。

"听听，焕英都育儿有方了，说得还挺科学。"广禄见缝插针地加了一句。

"她知道什么，她是伺候她亲家母的。"郭姐嘴不饶人。广禄胳膊肘撑了郭姐一下，使了个眼色。

　　　　　　　　　　　共生的骨头　|

焕英人精，全看在了眼里，她一阵嬉笑，"哎哟，姐姐，饶了我吧，哪壶不开提哪壶。"

四人哄堂大笑。

菜品都陆续上齐，金力把手轻轻搭在了广禄的手上，说道："广禄，快尝尝，可能比不上你店里的菜有趣致，回头我真想去你店里坐坐。"

"对，你也不请我们去你店里！"郭姐扯开了嗓子，一副抱怨状。

"下次咱们就在我店里聚，我让厨师多做点好菜。"金力的话说到了广禄心坎里。

饭吃得差不多了，金力站了起来，以茶代酒敬祝三位姐姐，不善言辞的她多说了两句，就羞赧了起来，但眼里微光闪闪。她坐了下来，欲言又止，犹豫了片刻，也不兜圈子，直接亮了底，"三年前，我在体检时查出了乳腺癌，"一道红晕从金力的脸上褪去，"当时体检时我没太当回事，因为已经绝经了很久了，但医生建议去医院再复查下，后来就出现了血性溢液，去医院的时候已经有点晚了，到了三期。"金力的表情格外平静，仿佛在说些无关紧要的小事。郭姐、焕英、广禄三人被突如其来的消息所震撼，脸上充满了担忧和惊恐。

郭姐想起金力的母亲就是得这个病去的，不敢出声，焕英也一时语塞，唯有广禄轻柔地握住金力的手，问道："金子，你怎么一直瞒着我们呀？"

"我谁都没告诉，你们知道我，早年就离了婚，习惯了一个人去解决问题。现在说来让人唏嘘，我每次都是自己开车去医院化疗，化疗完，再自己一个人开车回家，往往是还没到家就恶心想吐，有几次实在难受，就在路旁呕吐完，接着开。"金力偶尔苦笑一下，但瞬即又恢复到了一种无欲则刚的神情。

四重奏

接下来是一片寂静，谁都没再说话。金力仿佛喃喃自语道：
"最难受的其实是化疗，每次化疗之后，身心都备受折磨，感觉
自己马上就挨不过去了，等身体调理得差不多，下一次化疗又开
始了。挺过来了也就过来了。"广禄摩挲着她的手臂，想给她些
许的慰藉。"化疗时，我头发全没了，我想这下惨了，我甚至觉
得有点丢人。我以为我会秃着头死去，一想到这儿，让我有种巨
大的悲哀。女儿带着我挑了一顶假发，但这让我更难受，仿佛已
经接受了命运一般……不过化疗完，我的头发仿佛被禁锢了许久
后迎来了一场解放，生出来的新发异常乌黑茂密，如一层小毡子
似的帖服在头皮上，这让我心生鼓舞。"金力粲然一笑，仿佛身
体完全康健了似的，她一瞬间迸发的笑容仿佛点燃了星火一般，
让其余三人也随之笑了，这种笑容有种如释重负的感觉。

　　犹豫了片刻，焕英问道："金子，那你现在没事了吧？"在这
样的笑容之后，问这个问题可能不太合时宜，仿佛在质疑笑容的
真实性，但就如同宿命一般，这种问题终归逃不掉。其实所有人
都最关心这个问题。

　　"五年一个坎，尽量挨过这五年吧。"金力的话让所有人都收
敛了笑容，"挨过去了就是医学上的痊愈了。"金力补充道，仿佛
弥补上一句话泄露出的秘密。

　　这可真让人沮丧。

　　"金子，你少抹口红，化妆品含激素，对乳腺不好。"焕英的
这句叮嘱更多的像是一句宽慰，只是金力湿润的眸子如一头灵动
的小鹿，机警地躲闪了开。

　　"在生病期间，我想过很多。我想到了以后要埋葬在哪里，
墓碑上写点什么，墓碑什么样子。我想尽可能地成全自己，哪怕
是关乎死亡。"

　　"别瞎说。"郭姐阻止着金力说下去，仿佛事情只要秘而不

宣，就不会发生。

"我没瞎说，郭姐，我和女儿莫莉聊过这个话题，她很可爱，她说她陪不了我，她答应过她丈夫，要和她丈夫葬在一起。她当时一脸的抱歉，那个表情和她小时候做错事向我做自我检讨时的表情一样，我当时很感动，现在想起来也很有感触。话说回来，我也挺知足的，女儿如此幸福，弥补了我的缺憾。如今的我孑然一身，孤独一人，我逐渐享受这个状态，活着时自由，死了以后更是自由的。"金力的话戛然而止，她不再说了，却把焕英的眼泪感召了出来。焕英是她们四个里日子过得最安稳的，她的脾性也是最弱不禁风的。人之将死是禁忌，但更是冥冥之中绕不开的话题，所有人都在为此而悲伤。

聚会结束时，已夜幕降临。焕英喝了点红酒，不胜酒力，被广禄拥着先上了车。郭姐和金力随后，站在全聚德门口的台阶上，目光所及之处是华灯初上的和平门路口，行色匆匆的人们三三两两拐进了路口的菜市场，一对老夫妻提着买好的货物等着红绿灯，依偎着相互取暖，弥漫着平平淡淡的幸福的烟火气。郭姐不知道金力是不是也看到了这些，两个人也许是各有所思，但都陷入了短暂的沉默中。"郭姐，你知道我有多想北京吗！"金力的话发自肺腑，郭姐听后，鼻头发酸。

"走吧郭姐。"金力扶着郭姐下了台阶，朝她的车走去。"郭姐，你还在月坛北街住呢？"

"是呀，我自己留了一间，另一间租了出去，租给了一个小姑娘，年轻人没那么计较，我也省心。"郭姐一说就收不住闸，说了说自己，又想打探打探金力在澳洲的情况，仿佛信息只有彼此交换才算完整，如果只是说了自己，不打探对方，反倒显得生分了，又或者是故意回避，郭姐看了看金力，她精心修饰过的面庞在灯光下如素丝般莹洁，那对珍珠耳环熠熠生辉，锦上添花，再看她的头发，那么自然而恰到好处地依偎在耳畔，怎么可能是劫后余生的见证。郭姐的话到嘴边，又吞了进去，掂量了掂量。但没等她问，金力就全盘托出。

"我研究了好多菜谱，现在西餐做得不错。"金力说这些时，表情有些局促，仿佛可以填补刚才的沉默，但转瞬又恢复了轻盈的语调，能看出来，她很想分享，如果没有生病，她应该是很满意现在的生活。她害羞地看了一眼郭姐，"真的，我做的意大利面 Lily 很爱吃，把洋葱碎和猪肉粒过油翻炒，然后加入澳大利亚那边的一种番茄酱，说是没有添加人工调味和色素，放进去一起烹，我有时候也会再切点番茄丁加进去，风味会更浓郁一些，然后浇到面上，他们那边叫 spaghetti，这是我向我女婿学的，然后摆在盘子里，我女儿女婿很爱吃这个，要是给我孙女吃，我再给她搭配点西蓝花。"要是放到从前，郭姐肯定会嘴上挖苦讥讽金力，心里还要暗骂她假洋鬼子，但此时此刻，在这个狭小的移动着的密闭空间里，她第一次对金力所描绘的美好生活产生了共情，她仿佛看见了那幢临海的二层小洋房，前庭有绿树，后院有大海。院子中的木椅上，摆放着一排柔软的靠垫，这是金力打发时光的作品，软垫如一块方豆腐，被细腻而密集的针脚箍得紧紧的，里面的填充物要满溢了出来，大概金力把所有的情感都扎进了这小小的豆腐块中。金力把蝙蝠绣在上面，样子不美，但她甚是满意，仿佛这一只小小的蝙蝠足够成全女儿一辈子的平安喜乐。金力环抱着靠垫，坐在海边的木椅上，海面上几艘乳白色的小船，随着海水欢愉地波动，仿佛在召唤着她。天气好时女婿会在后院的海边布置渔网，傍晚打捞上来的网里兜着足够全家享用的美味的海鲜。她会用简单的英文单词和女婿交流，女婿则亲切地称呼她 Li，和小孙女的名字差不多，她觉得这是冥冥之中注定的缘分。白天女儿女婿上班，这里是金力和小孙女的世界，孙女

共生的骨头 ｜

会教她英文单词，比如她最先学会的是 apple，她和孙女一起做手工，画画，做昆虫标本，在光影斑驳的树下观察自然界的奇观。孙女每天都督促她吃药，还会絮絮叨叨地"教诲"她，孙女越是稚气地"教诲"她，她就越忍不住要在孙女胖嘟嘟的小脸蛋上嘬上一口。秋日的午后，祖孙二人在院子里晒太阳，三角梅生出紫红色的花朵，秋风剪裁掉零星的花瓣，她看在眼里，蹲在地上找到几片姿态美好的花瓣，把它们夹在了大部头的书里。"外婆，你在干什么？""秘密。"在生病的岁月里，前庭和后院构筑起了一个温柔的世界，这里承载着金力最幽玄绵密的感知与情感，这里是靡靡人间的欢场，也是尘埃落定的彼岸，是她的乌托邦和桃花源。

老伴起夜，焕英肿着眼睛问，我死了是不是要和你葬在一起？老伴睡眼惺忪，被焕英没头没脑的问题问怔了，"当然和我了，你和别的老爷们儿埋在一起也不合窑性啊。"焕英嗯了一句，打发他去上厕所。老伴坐在床沿缓了缓神，"大夜里的你问这个干吗？""没什么。"焕英窝在被子里，把头蒙了起来。

五

夜深，金力裹了厚毛衣坐在海边的木椅上，头枕着莫莉的肩膀，一起看着夜空。"莫莉，我的墓志铭是怎么写的？"

"命运之沙越是接近流完，我的磨难就越苦也越有滋味；我的心离这红尘正渐行渐远。"[1]

"是这个，这个就是我。"

母女沉默。

---

[1] 夏尔·皮埃尔·波德莱尔《好奇者之梦》。

"以前我很惧怕夜空，黑洞洞的感觉会吞噬一切，但直到最近我才发现，其实夜晚也有云彩，和白天一样的云彩，我突然觉得黑夜不再那么可怕。"女儿搂紧了金力，不发一言。

还没错过上班高峰期，地铁九号线人头攒动，一个消瘦的中年妇女行色匆匆，穿过人群。焕英和郭姐约了广禄的饭馆见。三人相见，不发一言，默契地抱作一团。

金力去世的消息是由莫莉发到四人群里的，用的还是金力的微信号。莫莉说，母亲的病情一直得到维系，让她一度有了生的希望，但这次检查发现已经扩散转移，病情凶险，走得仓促。母亲生前曾表达过落叶归根的心愿，但母亲在故乡的牵挂除了郭姐、焕英和广禄三人以外也不多了，莫莉决定让母亲长眠于澳洲，有她的照顾也好一些。郭姐后来才知道，那晚金力驾驶的小轿车是她从车行租的，她的车连同在北京的房子一同变卖了。她离开北京的那一刻，就真的是自由了，无牵无挂。

焕英说她感觉金力生前受了不少的苦，她那天聚会时看见金力的胸是平的了，好像被切了去。这些话她之前不敢说，总觉得金力挨了苦之后会好转。广禄缄口不言，她不知道换作自己，是否愿意用一半身体去打赌换一条命。

北方的山都光秃秃的，少有繁茂的树木，与其说是山丘，不如说是巨石，少了一些灵气，也少了一些巍峨，所幸山上有一间寺庙，檀香袅袅，佛音缭绕，把缺失的元素都弥补了回来。这间寺庙在城南，郭姐、焕英、广禄都熟悉，曾经金力也熟悉，一方神佛照一方土，四个人都是在城南长大的，受这间寺庙的神灵庇佑。焕英提议，再去寺庙看看。焕英和广禄很虔诚，所谓无欲无求，有欲有求，焕英为康健，为子孙，广禄为姻缘，为事业，信仰有必要存在，存在得理直气壮。唯有郭姐不需要信仰，她的日

共生的骨头 |

子过得无欲无求。三人闷声前行，各怀心事，只有愈发沉重的喘息声。郭姐少时由母亲带着来过这间寺庙，母亲为女儿求签，解答的僧人说，她天眼未开，心智混沌。这句话掷地有声，斩钉截铁，给郭姐的一生打下了烙印。从此生命中的一切不如意都有了来源。而回看自己的一辈子，竟然印证了这句解答。这句话已经为她漫长的一生做了了结，不必过这一生，就已经知道了结果。如今再来到这间寺庙，仿佛一场旷日持久的揪斗，等着她赤手空拳地来，揭开隐晦了许久的伤口。

庭院里栽种着几棵古树，叶子全红，仿佛喷吐着火焰，古刹正襟危坐在等着她们。进了庙，焕英、广禄和其他虔诚的香客排着队去求签，郭姐鬼使神差地跟在了她们后面。她见焕英和广禄娴熟地点了香，手捻香炷在空气中晃动了两下，使之充分燃烧，烟雾似幽灵一般从香炷端爬了出来，腾在空气中，刚蠢蠢欲动就弥散开了，二人虔诚地双手秉着香炷，插到香炉中。郭姐见状，也从袋子里抠出了一枚硬币，点了一炷香，仰面望向佛像。郭姐记得小时候来时，这里供奉着的是一尊金面佛，双目瞪圆，怒目而视，看不出悲喜，只有狰狞。如今仰目所及，却是一尊观音像，眼睛如一汪清透的泉，静水流深，又如幽深的谷，脱离人世。郭姐从签筒里抽出了一个签，上面写有她的命运。一位年轻的僧人路过，见她踟蹰不前，似有疑虑，上前问询，郭姐把签递了过去，僧人沉默片刻，颔首一笑，称她抽到的是龙头签，但只有签首，还需要拿给师父解答。郭姐将信将疑地拿给所言的师父，这是一个戴着眼镜的僧人，年岁和刚才的那个差不多，在她眼里都是孩子一般，也可能比自己的儿子还要年轻。年轻人说郭姐的命运如日盈昃月满亏蚀，先损后益，先舛后福，是有后福之人，必会夫妻恩爱，儿女孝顺。郭姐听闻怅然，她想戳破年轻人破绽百出的话，她茕茕孑立，爱她的人都走光了，何来后福。

四重奏

但她的喉咙如吞了冰，齿颊生凉。再看向观音，仿佛有了肉、骨、血，似是而非地冲她笑着，仿佛一个转瞬就会泄露了天机。

夜里十一点，郭姐喝了酒躺下，在漆黑的屋里听着动静，门咔嚓扭了开。"丫头回来了？""嗯。"郭姐翻了个身便睡了过去。梦里，她依稀看见了一只手把茶壶。

儿时记忆中，她家隔壁住着赵叔赵婶，赵叔没孩子，拿她当自己闺女来疼。赵婶晒好了红薯干，总招呼她过去吃，吃不完还揣她衣服兜里几块。赵叔家橱柜上摆放着一只精巧的手把壶，个头不大，圆润光泽，上面虎踞龙盘，格外抢眼，近处细看，虎爪锐利，龙麟璀璨，栩栩如生。她总想伸手去摸一摸，但摸到了又如何？这只茶壶让她知道了何为贪念之心。如此触手可及，为什么就不属于我呢？她想，手伸了出去，恰巧赵婶掀帘进屋，她的手瞬即摸进了衣服兜，拽出一块红薯干塞到嘴里，冲着赵婶喊："婶，这红薯干真甜。"她家的红薯连磨面都不够吃，哪里还有富余再晒成干，赵婶听了揪心，又给她捧了一把，让她带回家。她回家问爷爷："爷爷，你怎么不喝茶？不用茶壶喝茶？"爷爷泛黄的大手从小铁盒里掏出一支卷好的烟，咧嘴笑着说："喝那玩意儿呢，还是抽烟好，抽袋子烟，解心宽。"

"文革"十年，风雨动荡，这十年恰巧精准地覆盖了郭少霞接受义务教育的九年。正是在这个节骨眼儿上，赵叔家的茶壶丢了，此事闹得沸沸扬扬，但没有人真正知道是谁偷的茶壶，只有她。背黑锅的是中学校长老金。金校长是知识分子，在这样一个知识匮乏的村子里，红卫兵们正愁揪不出一个"反动学术权威"来，"茶壶事件"的到来恰到好处，这个屎盆子扣在了金校长的头上。

批判金校长的运动日渐高涨。一个秋日的午后，金校长被架到了教室，激进的红卫兵将其赶上了讲桌，老金弯腰弓背，两臂

　　　　　　　　　　　　　　　　　共生的骨头　|

后伸"坐飞机"，红卫兵队长王二桃站在一旁高声陈述着老金的"罪状"，并备好了教鞭和板凳，这些都是要用到老金身上的。郭少霞坐在第二排，心里发毛，她知道金校长，开学时还听过他讲话，金校长是那种洋气的文化人，和村里的大多数人都不一样，这一点从他的外表就能一眼辨析。金校长眉目清秀，戴着一副金丝眼镜，浓密的胡须如两条小河，在他坚挺的鼻子下汇聚，又优雅地分开。胡须的存在，让他多了英气的同时，又多了洋气。在为稻粱谋的年代，"洋气"还带着点神秘色彩，让人蠢蠢欲动，心旌摇曳。金校长有豪气干云的志向，"男儿气壮，胸中吐万丈长虹"，但这种傲气的话很招红卫兵烦。郭少霞不烦金校长，她很崇拜他，但眼前的老金让她可怜，甚至让她惧怕。因为只有她和老金知道，小偷另有其人。鞭子抽在老金身上，每抽一下就响起一声干燥的嘶吼，是鞭子发出的声音，老金没有嘶吼，老金只有压抑的低吟，郭少霞不敢抬头，她专心地抠着手，揪扯指甲盖边缘的倒刺，鞭子脆生生地响一次，她就撕一下，直到流出了血。

"打倒万恶的金文邺，让他永世不得翻身——"

郭少霞抬起了头，看见老金扭曲的表情，胡须潦草地堆在鼻子下面，让人忘了往日的优雅。王二桃火眼金睛地盯着她，她违心地加入了呐喊的队伍里……

郭少霞最后一次看见金校长时，是在操场上排练忠字舞。听说金校长干活差，手脚不麻利，被拉出来"开小灶"。她看见金校长仰着头，对着刺眼的太阳，背诵《毛主席语录》。王二桃站在金校长的影子里，稍有停顿，就是一鞭子。金校长的胡须不见了，光亮的眼镜片也变得雾蒙蒙的，遮住了镜片后面的眼睛，两鬓风霜，早已经看不出来曾经的意气风发。郭少霞看着眼前剪影似的金校长，和村里的其他人还有什么分别？没有，还不如他们，他们好歹有血肉之躯，他仿佛只有一个轮廓，她突然觉得自己仿佛杀了人一般，把一个美好的生灵扼杀了。

郭少霞得知金校长有个女儿时，王二桃正给她安排任务，命令她和伙伴在村头拉一根绳子，一人牵着一端。这是全村人的必经之路，每一个过路人走到跟前都要背《毛主席语录》，背完才能过去。那个梳着歪歪扭扭麻花辫的小个子背完了，王二桃义愤填膺地说了一句，这就是金文邺闺女，叫金力。

郭姐大梦初醒，再看枕边，汗涔涔的一片。她一动不动，长吁一口气，这个秘密在她心里已经憋了太多年了，时间长了就成了一颗瘤子，生长成了身体的一部分。她盯着天花板上的灯罩，生怕一动记忆就又跑丢了。难挨的夏日里，隔壁村子会时不时放上一场露天电影，成了一天的奔头。少霞和伙伴们走上几里路，只为看一场电影。几个村子共用电影带子在当时是常事，往往是这个村看到一半，第二卷带子还在邻村播着，她就坐在燥热的夜晚等着，等到第二卷带子传到了，再继续看。不是所有人都和她一样对电影如此狂热，好多人在等带子的空当就撤了，所以往往是人流如织地去，形单影只地回。回家的路成了她巨大的负担，漆黑的夜晚，头顶上是一片星渚投递出微弱的光芒，大地沉沉，小路夹在影影绰绰的屋舍间，有种密不透风的紧迫感，拐角处还有一间草舍，掩映在断壁残垣的院落里，那是公共的放农具的屋子，可院里偏偏还有一口漆黑如墨的木头棺材，是村里王老太太为自己准备的，棺材是空的，但照样可怕。少霞每次走到这里都双腿发软，她诅咒王老太太，但诅咒会让那口棺材看上去更瘆人。正当要孤身一人扎进这一片漆黑时，她听到金力的脚步声，细细碎碎，由远及近，和她消瘦的身形一样，没有存在感，但此时此刻，金力的脚步声却让她格外踏实，她轻轻地咳嗽了一声，金力追了两步，喜出望外地冲着她喊"郭姐"，从此这两个字成了少霞的另一个名字。

眼泪顺着脸颊落到了枕头上，浸湿了一片，郭姐抹了一把，翻了个身。郭姐在蒙眬中看见金力送她到月坛北街的路口，下了车，给了她一个突然的拥抱，这一抱有点猝不及防，但又合情合理，人类的语言纵使丰富，也只是说一句顶一句，比不上一个肢体动作，可以有千变万化的注解。然而这个拥抱无论多长久都显得稍纵即逝，稍后的抽离只会加重分别的伤感，仿佛预示着怀里的人已经随着温暖的流逝而倏然远去。郭姐想再嘱咐金力几句，但再深情的嘱托此刻都是虚晃一招，失了诚意，她拉着金力的手，望着金力的眼睛，看见了幽暗神秘的深处，是一片寂寥。

郭姐醒来时，天空刚露出鱼肚白。她摸出一根烟点上，消耗着昨夜的梦境。

霜降这天，窗外的温度回暖了一些，这是立冬前最后的挣扎了。郭姐望着临街的柳树，大体上还是绿色，不细看看不见里面发黄的叶子，风一刮，如开了遮羞布，黄叶暴露了出来，斑斑锈迹，黯然失色，只是柳树还不知道大势已去，还在风中扭摆，柳条舞得狷狂，卖弄着柔软的腰肢，日渐干枯的枝丫挑着脖子，全无美感，只剩下戾气，甚至还有几分滑稽。还记得初春的柳芽，鹅黄色的，仿佛披着一层绒毛，扭动起来骚动人心，但眼前这棵不识趣的柳树，谈不上曼妙，只有招摇、轻浮，风越吹，它越是肆意妄为地蹦跳，如雨滴飞溅一般张扬泼辣、离经叛道，看得郭姐胆战心惊。她甚至开始期待冬日的一场寒风骤雪快点降临，杀杀它不合时宜的锐气，剥光枝叶，只剩下光秃秃的树干才好。溃败的生命让她有了一丝解脱。

是女孩发现郭姐出事的。郭姐吞了安眠药。说来也怪，有点匪气的郭姐此刻躺在那里，面相如此柔和，眉间舒展，有种穿云破雾的明净和通达。也许她把一切可悲可泣都内耗掉了，只留下

四重奏 169

了婉转、缱绻和徘徊。

　　女孩第一时间拨打120，恍惚间，她看见郭姐老伴的遗像旁多了一尊慈眉善目的菩萨。

　　　　　　　　（刊发于《小说月报·原创版》2019年第3期）

此情可待

一

屈大安和杨月兰结婚时已经五十九了。杨月兰带着杨浩——一个半大小子，嘴上毛茸茸的，见了屈大安不言不语，干瞪着滚圆的大眼。杨月兰用手敲他后脑勺，一个模模糊糊的"爸"字从闭得严丝合缝的嘴里丢了出来。从此，屈大安有了儿子。

杨月兰是镇上的副镇长，前夫李彩田也是官场里的人，步步为营，步步都落她后面。杨月兰三十七岁当副镇长时，李彩田还在做小科长，街坊问杨月兰日子过得怎么样，她说俩娘儿们一起过，能过得好吗？针尖对麦芒，她在挤对李彩田。直到杨浩十八岁时，杨月兰和李彩田离了婚，带着儿子跟了老屈。王八好当气难生，李彩田的话够难听，杨月兰和屈大安是离婚后认识的，扯不上道德问题。听说老屈是个退了休的技术工，李彩田的醋意全消，转而生出了几分得意——耗子尾巴长疮，没多少脓水儿。杨月兰还不如跟着我呢。杨月兰不吃亏，她图老屈宅心仁厚，跟着老屈过了几年知冷知热的体贴日子，可惜福薄命薄，早早到下面去了。月兰走得早赖我啊，是我妨的她，老屈一想起杨月兰就离不开这句话，后来他养了只鹩哥做伴，鹩哥也拿这句磨耳朵。

杨浩进老屈家那年十八岁，不再是个小孩子，父母分道扬镳于他而言不是这么干脆的事情，他更不会安分地接受老屈这个陌生人做他父亲。在他心里，承认老屈，就是对李彩田的背叛。然而碍于杨月兰，他还是叫了老屈六年爸。即使杨月兰没了，这个"爸"也得叫下去，上下嘴皮子一碰，吐口气的事。他知道老屈人不赖，但再不赖也不是亲爹。杨月兰走了后，杨浩逢年过节提着点心匣子去看看老屈，爷俩围着茶几坐会儿，大眼瞪小眼，也没啥可说的。往往茶水还滚烫着，杨浩就起身了，临走说句粘嘴的话，爸，我先回去了，您留步。老屈不多留杨浩，也不劝他常来。来什么呀，来了还得提着东西，耗时耗钱，这就叫道德绑架，现在不是特流行这个词吗？我让人家来就是道德绑架。

杨浩大学毕业就进了银行，老婆梁贝就在银行窗口认识的，一个要存钱，一个帮着存钱，一来二去好上了，钱就存到一个账户上去了。

两个人腊月结婚，杨浩的儿子出生在立秋之后，梁贝给起了个假洋鬼子名——杨杰瑞，她说这叫西学中用，以后出国还方便，省得再想英文名。老屈第一次见到杨杰瑞是在一个月后。梁贝管他叫叔，这挑不出理，七斤面粉调三斤糨糊，本来就是一桩糊里糊涂的事。老屈兴高采烈地应着，把手上拎的两只乌鸡还有一袋子生栗子递了过去，进门脱了衣洗了手，跟着杨浩的脚步到了杨杰瑞的小床前，只见肉滚滚的一个大胖小子，四仰八叉地在五颜六色的小褥子上酣睡，宽头细眼，小黄毛支棱着，像地里刚割完的庄稼茬。说实话不太好看，老屈没见过这么大的小孩，也不知道说点啥，杨浩就戳在一旁，眼里兜着期盼。老屈临了憋出了一句：不大不小，正合适。

梁贝休了六个月的产假，清明前上班，数得过来的几个人都不得闲，请保姆又贵又不把稳，两口子一合计，干脆把杨杰瑞抱到老屈那儿。当天早晨，梁贝又有点反悔，脚丫子探出被窝踢杨浩的腿肚子，哎，老屈行吗？行啊，怎么就不行了。他也没看过孩子，又跟杰瑞非亲非故，梁贝边说边坐了起来。我跟你说，老屈不仅会对杰瑞像亲孙子那么好，甚至会像对亲儿子那么好，杨浩两眼放光，仿佛摸透了老屈的脾性。

杨杰瑞被送来时，老屈还一头雾水，杨浩和梁贝两个人都来了，杨杰瑞就睡在一旁的小车里，隔着纱帘能瞧见他那张肉嘟嘟的小苹果脸。梁贝都嘱咐好了，把装了冻奶的冰包塞了过来，还写好了小纸条，怎么温奶喂奶拍嗝。头一次被杨浩委以重任，还是此等重任，老屈骨头缝子灌了风似的一激灵，眼前的梁贝双手合十，一个劲儿地朝他作揖，杨浩也磕头虫似的朝他点头哈腰。老屈被这阵仗唬得不敢说不，推着正在梦中的杨杰瑞进了屋，老屈把肩上的妈妈包放到了茶几上，掀开帘子，撅着屁股把脑袋探进了婴儿车，那是杨杰瑞的地盘，热腾腾的，细听能听见杨杰瑞打鼾的声音，微弱而轻柔的气息穿过鼻腔钻了出来，有股奶香味，酸酸的。老屈上一次闻见这味道还是小时候在村头的豆腐坊，他很想摸摸杨杰瑞的小脸，但他没动窝，就笑盈盈地看着。

二

老屈心里明镜似的，这个岁数的男女谈恋爱，但凡看对了眼，就是露水夫妻早早住到了一起。杨月兰和老屈好了半个月，也主动留宿。老屈翻箱倒柜捣腾出一床浅黄色的床单，棉布久经水洗，似上了浆，生出筋骨般的僵硬。老屈攥在手里揉搓了一阵，杨月兰从卫生间洗漱出来，上前将床单扯了过来，俯在他身旁麻利地铺在了床上。杨月兰身子还热气腾腾的，夹带着溽热的芬芳。老屈跑到门厅拆了一包海狗丸，含口水顺了下去。杨月兰见状，就坐在床沿等他。老屈磨磨蹭蹭地立在床边，杨月兰伸出手拉他，老屈似被她点化了，挨着她的身子也坐了下来，两个人许久没做声，她冲着他耳朵呼出了一口热气。老屈回忆起来，他俩后来还是热乎了一阵，潦草地收了场，草率地扫了眼杨月兰，杨月兰的头枕在枕头上，眼睛闭着，没动静。他羞愧地爬离了现场，亲手收拾着残局，倚在床头等着杨月兰发话，她说什么样的话都能接受。

没事，我就想找个暖手的人。杨月兰说这话时还没睁眼，认了命似的。

杨月兰带着杨浩，给了老屈一个梦寐以求的三口之家。从此，老屈就偿债似的待杨月兰。

十八岁那年，杨浩考上了外省的一所大学。学校不大，在一座滨海城市的一角，偶尔放假回去，就睡在老屈腾出来的朝南的主卧。被窝有股爽利收敛的肥皂味，他不确定被套是杨月兰洗的，还是老屈洗的，但以前他家的被窝没有这股味，所以闻起来有种冷厉的陌生感，蚕蛹似的裹着他，他躺在里面从没放松过。早晨他总是被高压锅排气阀发出的蜂鸣声吵醒，老屈爱用高压锅煲八宝粥，一夜浸泡外加高压作用，豆子软烂黏糯，杨月兰能连喝上两碗，这是老屈家雷打不动的早饭。两人喁喁私语，杨浩就臊眉耷眼地坐在对面的椅子上——他不屑抬头，这个岁数男女之间的小猫腻让他有点硌硬，他更乐意看到他俩闹别扭。杨月兰比先前更爱主事了，和李彩田在一起时，她也好张罗事，但她做不了李彩田的主，两人各唱各的戏，都是主角。老屈不同，老屈生来就是配角，微不足道的小角色，一团影子似的跟着杨月兰的脚步，做小伏低，随时听任调度。

杨杰瑞会走之前就长在了老屈身上，老屈右手受过工伤，杨杰瑞就趴在老屈左肩头，老屈走哪儿就带他去哪儿。其实老屈也没什么地方可去，无非就是楼前的小广场和隔壁廖老头家。廖老头是此地的奇人，在同龄人里算是活得比较活泛开化的，老婆当年跟车间副主任跑了以后，他在车间待不下去，正好赶上买断从厂里出来。廖老头是有名的"老油条"，楼上的王老太太和他过招，屡屡败下阵，然后用乌黑的眼珠子狠狠剜廖老头的脚后跟。就是这么个"老油条"，买断后也不寻思挣钱，每天憋在家里做风筝，做好就分给楼前楼后的孩子，几乎每个孩子家里都挂着廖老头做的风筝。老屈没事总找廖老头聊天，廖老头问老屈什么时候得了个儿子，老屈把肩头的杨杰瑞往上颠了颠，说，谁跟我生啊？廖老头瞪大了眼睛问，哟，那怎么回事？老屈空下的那只手去空中寻杨杰瑞的小手说，杨浩的。廖老头眼睛睁得更大，杨浩？杨月兰的儿子啊。老屈哼哼。廖老头的眼睛聚起了光，哎哟，老屈，你这家伙也太伟大了，你这是无私奉献啊。廖老头的闺女是远近皆知的学霸，现在人在美国，出去了就没再见过她的身影，听说也很少回国看她妈，廖老头心里平衡了。

杨杰瑞每天一早被杨浩送来，老屈站在朝北的次卧窗户前能看见那辆银灰色的小车，杨杰瑞就躺在后面的安全座椅里。杨浩下了班再把杨杰瑞接走，老屈每天上十二小时的班。早晨杨浩又把杨杰瑞抱了来，老屈出门迎杨杰瑞，杨浩说，爸，梁贝想给杰瑞断奶，杰瑞夜里跟着您睡一周。老屈没了法子，怀里的杨杰瑞挺着个脖子冲他喊"爷爷"。准是你们三口子在家彩排好了的，老屈心想，关上了门。

刚断奶，杨杰瑞各种奇招儿大闹屈老头。后半夜，杨杰瑞终于在老屈的怀里睡了过去，稀疏的头发铺在小脑袋瓜上，总让老屈联想到地里的芋头。老屈埋头细细观察杨杰瑞，发现杨杰瑞的小嘴很像杨月兰，线条明朗，棱角分明，像错落有致的庄稼地，有沟有坝；又似峰峦起伏的山路，有坡有坎。像杨月兰就约等于像他，他感觉和杨杰瑞找到了一些联系，是情感上的，隐约也是血脉上的，他宝贝似的搂紧了杨杰瑞。

再见到老屈，廖老头鬼祟地上前，贴着老屈耳朵根问，你帮他们哄，他们给你钱吗？老屈说，给我钱，我也不能要啊，我是杨杰瑞的爷爷。廖老头说，你这不根正苗红啊。老屈说，正是因为不是，更不能要，要了就彻底不是了。廖老头瘪着嘴，竖起大拇指，不知道是赞老屈的境界，还是赞老屈的头脑。

三

李彩田问杨浩，杨杰瑞谁看着呢？杨浩知道这事儿准传到李彩田耳朵里了。没人看，白天送去让老屈看着。李彩田气急败坏，你干吗让他看啊，你让我老脸往哪儿搁？杨浩最看不惯他爸这副光说不练假把式的嘴脸。这碍着老脸什么事，他不看你给看啊？您不是还搞仕途呢嘛。李彩田火蹿了起来，少跟我递葛，我明天就退休，把杰瑞接过来。杨浩知道李彩田是气话，再熬一年，他就能享受职级并轨，正处退休，每月多拿好几百块钱呢。谁跟钱过不去？尤其是李彩田。

老屈瞅了眼屋外的太阳，冲杨杰瑞说，咱爷俩出去溜达溜达，晒晒太阳吧。杨杰瑞懂话，就是不配合，一路出溜到里屋。老屈没理他的茬儿，自顾自地穿衣服戴帽子，从冰箱上面摸出一条红塔山，抠出一盒，和打火机一并掖进上衣兜。哎，我说，我出去了，你去不去？他倚在卧室门口，看着床边的杨杰瑞在玩棉签盒，里面的棉签是给他擦屁股用的，每次便秘他就屁股泛红。老屈听楼上的王老太太说炸点香油给孩子抹上，比买什么代购的屁屁膏好使，还没激素，多好。杨杰瑞的小手一阵捣鼓，终于摸索出了盒子的开口，排列整齐的棉签一瞬间迸发了出来，雪水似的哗啦流了一地。老屈看得牙根有点痒痒，杨杰瑞，我揍你

　　　　　　　　　　　　　　共生的骨头 |

了啊！快点穿衣服去。杨杰瑞迈着步子去了客厅，老屈跟在他后面，把棉签捡起来。老屈打眼看着杨杰瑞，小身影在那件橘黄色棉袄前晃悠，这就算是妥协了。老屈走过去把那件棉袄给杨杰瑞套上，蹲在他眼前闷头拉上拉链，然后把兜帽给杨杰瑞戴上，是一只毛茸茸的大熊造型的兜帽。老屈望了望大熊兜帽里的小脸，跑到厕所绞了绞浸湿的毛巾，叠成一个温热的小方豆腐块回来，朝杨杰瑞的脸上一扑，趁杨杰瑞来不及反抗大手一抱，抄起放在门口的一个空油桶出了门。

空油桶里有个螺丝钉，被盖子堵在里面来回晃荡，发出刺啦刺啦的声响。油瓶子嘴上系着一圈绳子，不长不短，杨杰瑞拉着正好做他的跟屁虫，这是老屈给杨杰瑞的玩具。老屈把杨杰瑞放到小区广场的空地上，把绳子塞到杨杰瑞的小手里，杨杰瑞就一手攮着老屈，一手扯着空油桶。晒了不一会儿，老屈说，你就跟这儿乖乖玩，然后躲到不远外的空地上抽烟。他烟瘾忒大，忍不住，但又不想熏着杨杰瑞，更不想让杨杰瑞看见他抽烟的样子，眼帘松弛，嘴巴嘬着劲儿，肉皮耷拉着，面目狞狞吐出一团团乌烟瘴气的烟圈——但他管不住自己。杨杰瑞就在太阳底下，和他的小跟屁虫玩，他的小影子牢牢牵着老屈的目光。小区里不只老屈和杨杰瑞，远处还站着一圈。女人们带着孩子，上了岁数的女人说话直接，不迂回，不拖泥带水，说完还时不时传来叽叽嘎嘎的笑声。老屈的注意力被那些笑声吸引了去，但眼珠子还放在杨杰瑞身上。女人带孩子就爱攀比，哪个娃娃长的牙多一颗都得比，果不其然，没两分钟前面楼的刘老太太就黑着个脸从人堆里钻了出来，老屈猜是她怀里的孙子没给她争脸，她就不再自讨没趣。人堆里有时候也会冒出来一两个中年女人。其中一个老屈瞧着面生，膀大腰圆，油头满面，一脸的浊气，手里的推车像冰冻湖面上的冰车，女人手一甩，轮下生风，车子就溜出去好远。老屈见推车里还有个酣睡的娃娃，心想这娘儿们莫不是疯了吧，八成是保姆，没人看着就敞开了折腾孩子。后来有人说，胖女人就是孩子的妈，只不过是二胎，养得不如一胎那么精细，就像放养野生动物那样没有章法规矩。老屈硬楂楂的胡子蹭着杨杰瑞的脸蛋，你看看，我对你多好。

杰瑞，杰瑞，老屈回头看了两眼，鹩哥在窗户外朝他闪着贼溜溜的眼睛，清了清嗓子。哎，屈杰瑞，咱改名叫屈杰瑞吧，此时杨杰瑞正在他眼前摆弄一只咸蛋超人毛绒玩具，梁贝和杨浩他俩从网上给杰瑞海淘的。杰瑞，我是爷爷。也不知道咱爷孙俩的缘分是深是浅，老天爷竟然让你来到了我的生活里，让你陪着我过日子。你知道，月兰，也就是你奶奶……话说到一半撂下了，从柜子上把杨月兰的遗像抱了下来。这就是你奶奶，她走了以后，我以为我就这样了，逗逗鸟，陪廖老头逗闷子，再重温几年光棍生活，差不多就进养老院了。没想到，我现在居然有你这个室友了。也许你长大了就不知道我是谁了，反正你现在也没有记忆，但我不计较那么多，你说是吧，现在咱俩好就行。爷爷希望你慢点长，就现在这样挺好……说到意兴阑珊之时，老屈的眼泪在眼眶里打起了转，闪着光亮。杨杰瑞被老屈搂得生疼，老屈肆意流淌的情感铺天盖地浇注下来，压得杰瑞有点喘不过来气，双臂一挥拱起屁股逃脱了出来。

四

廖老头在楼前头开垦了一小块园地，种了一片菊花，艳粉色的，似酒醉后爬上女人脸颊的酡红。廖老头摘了一半，用袋子兜住，准备一会儿给老屈送过去。廖老头不喝花茶，他只喝咖啡，这个小园地只是供他侍弄养育的，花开了就开了，他不品味成果，就像老屈养杨杰瑞。其实他进进出出老屈家，也是为了看看杰瑞，那小家伙几天不见就另一番模样，虎头虎脑煞是可爱，尤其是看见杰瑞咯咯笑的样子，像是有人在自己心窝子里软绵绵地捏了一把。

廖老头叩门进屋，直奔杰瑞，老屈头没抬，也没言语，此时他正给杰瑞擦屁股换纸尿裤。爷爷，杰瑞抬头看见廖老头，打着招呼。唉，大孙子，廖老头毫不含糊，把手中那兜子菊花塞进杰瑞手里，看爷爷给你带什么好东西了。杰瑞扯开塑料袋，里面的菊花喷薄而出，像抑制不住的泉水。没看见我这儿给他换纸尿裤呢吗？老屈一脸埋怨，翻了翻眼皮，语气有点发酸。廖老头知道老屈小心眼了，柔顺地过来帮衬，架着杰瑞胳肢窝的手自觉地撑了起来，老屈顺势提起纸尿裤，抚平大腿根卷曲的裤边。杨杰瑞见他俩都闷不作声，见缝插针地说起了新学来的词语，蛋糕——点心——。廖老头又恢复常态，你教的？昨天路过面包房，搞活动，送了我个购物袋上面的字。老屈，你知道早教班吗？给杰瑞这么大的孩子上的课。我有个教友，老丁，住街对面小区，他孙子就上早教呢，你也带杰瑞去看看呗！哪能想去就去，那挺贵的吧？我打听了，能试听，试听也不花钱。杰瑞这么好的苗子，见见世面也是好的。老屈听后，眉眼舒展了开，像一汪死水又活泛了起来。见廖老头扭身要走，老屈问道，廖老头，你想养鹩哥吗？他换了副面容，和颜悦色的。廖老头有点动心，老屈又使了把力道，这个特好养，每天给食给水就行，缺食可以，但不能缺水，尽量别带出门，容易粘上脏口。廖老头望着鹩哥说，搁屋里放着就行，那成。老屈乐呵呵地把鹩哥递了过去，送走廖老头。

杨浩下班回家，就坐在开放式厨房的高脚椅上。开放厨房和高脚椅都是梁贝的主意，她说要把这间"老破小"打造成美式风格的温馨小窝。为此他俩没少跑建材城，木家具和皮沙发逐一搬回家中，就像燕子筑巢，一点点垒出脑海中的形状。唯一的遗憾是，还缺一个浴缸，她知道家里根本没地方放这个，但想想也是好的。水汽氤氲，她裹着泡泡在这个浴缸里听音乐，脑袋靠在浴枕上，手握红酒杯，看窗外的杂树生花，群莺乱飞，这才是生活，才是人生啊。

入夜，杰瑞睡在梁贝身旁的小床，杨浩从身后搂着梁贝，然后他俩拥在一起，安静地听着杰瑞的酣睡声。对了，老屈说想让杰瑞去上早教。杨浩突然想到了下班接杰瑞时，老屈郑重其事地和他聊了下早教的事。什么早教？他家附近有个早教班，他想带杰瑞见见世面。多少钱？老屈没提钱的事。那甭管他了，想去就去吧。

哎，睡了？杨浩的声音懒沉沉的，像是一团惰性气体压在床头。梁贝也失眠了，她犹豫了下，要不要开启这个对话。还没。要不咱们给老屈点钱吧，早教班不便宜。杨浩的脸融在暗夜里，月光唯独没投递到他的脸上。梁贝揣摩不出他的口气，投石过河一般对着浓墨似的轮廓糯糯哆哆地说，我也是这么想的。杨浩得知老屈的秘密是在上大三时，假期里本地的同学都跑去实习，他牵着行李箱坐了两天一夜的火车回到北京，想着磨磨杨月兰，给他在北京周边找个实习单位。冷不丁一进老屈家，一股膏药味扑进鼻孔，门窗紧闭，老屈和杨月兰都不在，安静得有点失真。像个密封罐子被撬开，他第一次细细打量起老屈家，杨月兰的皮凉鞋歪歪扭扭地躺在门口的地垫上，杨月兰的藕粉色外套软塌塌地悬在椅子靠背上，杨月兰的水杯敞着口，里面没有水，但有一撮潦草的茶叶。终于，他在橱柜上看见了老屈的药——他达拉非。药盒是开着的，但一片都没吃，已经放过了期，杨浩怔了半晌，琢磨着是原封不动地放回去，还是扔了。暗中窥视远比直接揭发更有趣，杨浩把药盒塞了回去，老屈和杨月兰的塑料婚姻暴露出了本质，实在经不起考验——别提考验了，连推敲都难，就一个空壳子。

杨浩与老屈的关系相当疏离。正是因为彼此没有亏欠，没有人情上的瓜葛和情感上的羁绊，反而让他更抽离客观地去看老屈。杨月兰和李彩田在一起时，总给外人一种性别颠倒的错觉，杨月兰抹平了一切女性特质，豪气干云，生猛粗悍，是精神上的，也是体貌上的。一方面是为了仕途方便，免得被泼上浓油酱赤的闲话，另一方面也是因为着实没有装点自己的必要。然而跟了老屈，杨月兰衰败的色相竟又生出了风花雪月，山川云霓，摆弄起了胭脂花粉，顺手也学会了蜜意柔情。这让杨浩诧异，杨月兰在重新学做妻子的同时，也重拾起了对母亲身份的热忱，从前的杨月兰和李彩田是各占各的山头，杨浩周游于其间的飞地，但如今的杨月兰相当乐于做老屈与杨浩的纽带，乐于在杨浩面前替老屈辩护，更乐于在老屈面前做杨浩的庇护。杨月兰的改嫁谈不上牺牲与否，因为老屈给不了杨月兰的东西，杨月兰也给不了他，这是双向的。两个人的婚姻不再是一场交易，因为杨月兰和老屈是兀石孤树，同是赤手空拳的可怜人，互相都没啥可图。那究竟两个人是为了啥？为了彼此依靠，还是相互取暖？难道真的有超脱性事的爱？这么纯粹而高尚的感情，居然能生发在一个技术工的身上，杨浩默然了。

杨浩回家的次数越来越少，他逐渐放手把杨月兰交给老屈，就如同放手他们的婚姻一样。偶尔回去，推门而入，混杂的气味让他分辨不出是陌生还是熟悉，正如他分辨不出杨月兰和老屈哪个和他有着血脉上的联系一般。他逐渐开始接受老屈和杨月兰共用一个茶杯，接受杨月兰在洗澡的间隙唤老屈给她擦背，接受杨月兰把他穿旧了的运动鞋套在老屈脚上，甚至接受老屈顺着他咬下去的齿痕去吃剩下的半块点心。偶尔几个瞬间，他竟然会对老屈与杨月兰的婚姻感到一丝遗憾。

五

廖老头，你说的那个早教班，我待会儿带杰瑞去，你不开车送我俩一程？那我就做做好事，送你一程。廖老头正打了泡沫用剃须刀刮胡子，老屈抱着杨杰瑞进了屋，屋里一股子发霉的潮湿味，廖老头家阴冷，容易让人联想到地窖。廖老头用手托着垂下的泡沫，指着门厅的小圆桌让老屈把包搁下，老屈把杨杰瑞的外套褪了去，此时杨杰瑞完全被廖老头一下巴的白色泡沫吸引了去，想抓抹一番，踮着脚跃跃欲试。廖老头拉住杨杰瑞的小手，摊开手掌，把自己宽大而粗糙的下巴迎了上去，扎得杨杰瑞吱哇乱叫，小身子拧成了一团，逗得老屈哈哈大笑。

廖老头穿戴齐整后，带着老屈和杨杰瑞出发了。廖老头开的是一辆红色电动车，远远望去像是蜗牛的躯壳，仿佛被拦腰截断了似的，有头无尾。杨杰瑞第一次坐这种车，老屈怕他害怕，往他手里塞了一小截饼干。杨杰瑞果真害怕，到了早教班，那截饼干还被他牢牢攥在手里，仿佛他的救命稻草。这是一个老旧的农贸市场，二层一直荒废，这两年亲子市场火热，被有眼力的开发商重新装修一新，租给了几家亲子中心。老屈和杰瑞要去的那家算是其中最好的，据说还有外教。

外教是个叫托马斯的波兰人，二十出头。杰瑞冲托马斯一个劲儿地叫爷爷，托马斯会点中文，听了后脸色潮红，宽大的双眼皮羞答答地垂着。老屈乐呵呵地给托马斯解释，别当回事，他管男的都叫爷爷。托马斯嘴里嘟哝着 OK，又跑去和其他家长熟络。老屈从双肩包里掏出水壶，送到杰瑞嘴边试探，两眼四处寻觅。班上的孩子差不多都一岁半左右，由于是工作日，带孩子来的十有八九都是老人，还有一大家子都来的。他看那帮孩子憨的憨，皮的皮，都没有杰瑞水灵机巧。此时杰瑞已经跑到教室中央，拍打一只硕大的蓝色瑜伽球，边拍还边振振有词地数着数，早熟且机灵的样子吸引了一众家长。老屈平生头一次品尝到做优等生家长的滋味，放下水壶挤进人群，急于上前揽杰瑞，以证身份。然而，优越感没有保持五分钟，杰瑞的优异表现就被一个叫达达的小男孩超越了，达达不仅会数数，会只言片语地对话，更在自我介绍环节脱口而出，达达要坐在这里，说完一屁股扑通落座。其他家长纷纷向达达的爷爷奶奶投去了强烈且复杂的目光，这目光中也有老屈的，杰瑞虽然也会说，但还从没有在大庭广众之下发言的勇气。老屈搂着杰瑞，嘴巴贴着他柔软厚实的小耳垂唠叨起来，杰瑞，下次咱们也自己介绍。杰瑞眼珠子朝他这边转了下，像暗夜里搁浅的小舟，倏地又被海水推离了岸边，杰瑞刻意躲避着老屈的话，没理。

下了课，老屈抱着杰瑞突出重围，一路小跑，他之所以着急，主要是看见了达达一家子下了楼。小不点就跟那老两口身后，踩着个深蓝色的滑板车，稳稳当当，还挺利落。老屈心头一震，这小不点瘦得皮包骨头，居然都会控制滑板车了。老屈抱着杰瑞随着小不点的滑板车进了菜市场，他要看看达达平时都吃些啥。连买个菜都照葫芦画瓢，这顶招人烦的了，但他此时就是钻了牛角尖，非要一探究竟。老两口在挑西红柿、香蕉、水果胡萝卜，巧了，现在西红柿正是又沙又甜，香蕉补钾，他也买这些。老屈悉数装进了塑料袋，瞥了眼达达的爷爷奶奶，目送着他们出了菜市场，方抱着杰瑞满载而归。

年根到了，李彩田给杨浩打来电话，他享受了优惠政策，早退休半年，单位给他解决正处，过了春节他就不去单位了。杨浩知道李彩田为什么打来电话，他没给李彩田准话。李彩田带着哭腔，你他妈知道我现在都有过节焦虑症了，一到逢年过节，聚餐酒局，逢人必问我，孙子谁看着呢？你知道我怎么说吗？我说让我前妻后来的男人给看着呢！你是不是想让你亲爸的老脸全他妈丢光了。杨浩挂了电话，问梁贝，梁贝没出声。过了一会儿又说，那就给你爸看，爷爷看无可厚非。梁贝软语里透着机锋。

咱们突然把杰瑞抱走，老屈心里怎么想？

梁贝听出来杨浩有点于心不忍。老屈会理解的，亲爷爷想跟孙子团圆，这也没问题吧。梁贝清楚，这件事她怎么劝都不会出错。

梁贝扫了眼杨浩，杨浩此时跨在床沿琢磨着她的话，她怕杨浩一眼看透她的小算盘，扑扑跳动的心脏仿佛被一只冰冷的手擎住。那只手是一定要把她的心掰开揉碎，把里面乌漆麻黑的脏东西倒出来，倒在光天化日之下——她想用杰瑞来笼络李彩田。李彩田有钱，退休金少说每月也七八千，还有一套宽敞的大三居，出了地铁站不到三分钟就能看见李彩田家所在小区的大门，交通便利，每平方米均价八万。每年八月节，梁贝都跟在杨浩身后来拜访，李彩田穿着裹身的毛背心，笑眯眯地站在偌大的客厅等着他俩，身后一水的红木家具，泛着清亮光，房间静寂而惬意，仿佛铺开了一张耽于逸乐的网。梁贝心里明白，这屋子迟早是她和杨浩的。话虽这么说，但杨浩和李彩田有隔阂，感情需要回暖，如今李彩田提出来要帮忙看杰瑞，多好的契机。她说不清自己这心思是不是算计，但她明白这心思不能摊在明面上说，毕竟李彩田是杨浩亲爹，血脉相通，而她和杨浩结婚才不过三年，三年的婚姻经不起这样的考验。

一旁的炉子刺啦刺啦地叫着，中午杨杰瑞没吃完的米饭和菜丁，老屈掺进去一小把面粉，点了点水，揉成了面团，拿擀面杖碾成面饼。平底锅擦上了油，面饼就在上面发出嗞嗞的响动，这是他的午饭。跑走的杨杰瑞在卫生间里发出了巨大的声响，老屈一个箭步奔了过去，杨杰瑞爬进了滚筒里。臭小子，老屈嘿嘿一笑，拽着杨杰瑞的小腿把他拉了出来。老屈抱着杨杰瑞进了厨房，炉子上的面饼发出了焦味，老屈把面饼翻了个个儿，贴着炉子那面多出了黑黢黢的两团。老屈裹着咸菜嚼了起来，见杨杰瑞眼馋，他扯下没煳的一块饼瓤搋进了杨杰瑞的嘴巴里。杨杰瑞琥珀似的眸子望着老屈干瘪的嘴，吐出了饼瓤，食指拇指一掐，抠下了一小渣，递给老屈作为回报。这是老屈万万没有想到的，杨杰瑞此举给了他盼头，老屈扪心自问，是否想过回报。不想是不可能的，他也是肉体凡胎，没有超拔的精神境界，他也不止一次深陷世俗的考验与欲望的折磨。他指望谁来回报呢，杨浩？还是长大后的杨杰瑞？物质回报他不稀罕，他更在意的是被记住，以父亲或爷爷的形象被记住。最好是从他们的身上生长出他的印记，脱胎出他的形貌，就像每一对骨血相通的父子祖孙一样。但相比这些妄念，他更惧怕，怕静水无波，虚空荒凉，怕他的一切付出都被埋没，更怕他在杨浩父子生活里打下的烙印最终被磨蚀掉。但不知为何，这种想法不切实际又不可言说，不磊落，可笑且不甘，在可耻的角落里一次又一次扎根又泯灭。他有时甚至觉得自己贪婪，把这种人类本源的情感寄托在杨浩父子身上怕是强人所难了，杨浩父子有李彩田，那才是亲情的起点，血脉的根基。

一阵敲门声让屈大安的想象戛然而止。杨杰瑞警觉地站了起来，眼望着门口。没事，估计是廖老头，老屈抱起杰瑞开门，门口站着的是杨浩。

杨浩是接杰瑞走的。

我爸想着，这不快过年了嘛，寻思杰瑞去他那儿过年。

是，杰瑞该回家和爷爷过年了。

我爸春节后就退休了，他说把杰瑞送他那儿，他就给看着了。

老屈点头，说血脉亲情，都理解。

杨杰瑞走的时候，老屈把他的衣服、碗勺、玩具、绘本、钙片、DHA、维生素 D、菜谱食谱全打好了包裹，然后又把他新炸的一瓶子香油给装了进去，讪讪地嘱咐杨浩，杰瑞屁股经常发红，每次洗完澡就给他抹一下。接着又补了一句，我给炸的，这个不是没有激素吗？似是自问自答，说的时候低眉顺目的，有点羞于承认。爷俩默默地收拾着，杰瑞在一旁调皮捣蛋，把刚收好的东西又拆解开。杨浩嘴里牢骚了两句，从后面抱住杰瑞。老屈怕杨浩收拾杰瑞，连劝了两句，看杨浩有意克制住不明来意的情绪，便不再作声，蹲在屋子的一角重新拾掇了起来。

杨浩提着大包小包先上了车，老屈给杨杰瑞穿戴整齐，套上了他从街边的母婴小店刚给杰瑞买回来的毛线围脖，黑白条纹，他本想自己再买一条同色系的，来个祖孙装，这个想法还没成行，现在看上去甚至有点异想天开了。老屈把怀里的杨杰瑞安置在了后座的儿童座椅上。杰瑞，跟爷爷说再见，杨浩回头朝杰瑞使眼色，杰瑞木呆呆地望着老屈。老屈喉咙紧绷绷的，天下没有不散的筵席，杰瑞是不是也感受到了分别时的肝肠寸断？杰瑞看了眼老屈，就被杨浩手里的方向盘吸引了去，老屈眼神发黏，直勾勾地望着杰瑞，老迈的脸上多了仓促而直白的情绪：失落、伤感、无奈。管他呢，他都这个年龄了，不需要掩饰自己的内心情感，他心里想着什么就露骨地写在那张沟壑纵横的脸上，饱经岁月风霜的脸就这么赤裸裸地委顿了起来。杨浩不忍直视，发动了车子，车子在小区空地上划过一条优雅而纵深的弧线，之后消失在了拐角处。

梁贝跪在地板上收拾从老屈家拉来的东西，全是杨杰瑞的，大大小小堆成了半米高的小山。要不甭拆了，明儿直接拉你爸那儿去，梁贝抹了把脖子后面的汗，家里地暖开得足，她还穿着一身密不透风的摇粒绒家居服。杨杰瑞在其间闪挪腾移，随口说起了老屈教他的儿歌，考试得二分，测验得零分，妈妈打了三巴掌，一歪嘴……梁贝喊停，问，谁教你的？杰瑞怔住，两眼盯着梁贝转了两下就躲闪了开。梁贝再问，杰瑞彻底不理，梁贝拿杰瑞没辙，扭过脸来白了一眼杨浩，你听见了吧？听听老屈教的，离间我们母子，这肯定不能让他看杰瑞了。杨浩心里觉得梁贝小题大做，借题发挥，面子上不好发作，轻描淡写地说了句，不会是老屈的，人家离间你们娘俩干吗？人家图什么呀。梁贝对杨浩要另眼相看了，她没想到杨浩会为老屈说话。

春节的七天，杨浩梁贝带着杰瑞住在李彩田的大三居里，一家四口团圆在了一起。李彩田的喜悦是写在脸上的，他早年写文章留下了腱鞘炎的老毛病，为了抱杰瑞，他过年前特地打了针封闭，还专门组了个局，叫上了退休前的几个老部下，一起去了家门口的饭店好生热闹了一番，彻底挽回了颜面。杰瑞对李彩田不太熟悉，但小孩子记性差，憋了两天，初二早晨就朝李彩田喊起了爷爷。这才对嘛，一切都归位了，各就各位，多有秩序感，李彩田隐晦地点评，眼睛含着笑望向杰瑞。

初九那天，王老太太在楼梯上遇到了久未出门的老屈，王老太太涎着笑，从模样上老屈大抵估计到了她要说啥，但又十分惧怕她把话说透。她的笑已经有杀伤力，但隔着层皮肉也是好的，心知肚明讳莫如深的事情何必再去捅破？老屈想到了此，虽没个答案，却也想透了一两分，脸上浮现出一丝笑纹，准备去迎王老太太的问话。杰瑞是不是被杨浩接走了？有日子没见了……是。这个"是"字来得太轻巧容易，浅尝辄止。哟，怎么回事，好好的，杨浩干吗接走啊？老屈脸上多了一点粗糙和柔软，回他爸家过年了，他爸退休了，能替他们小两口分担了。王老太太脸上依然堆着笑，事情明摆着的，不屑细听，把早就藏在嘴边的体己话吐了出来，这看孩子不是什么好事，这样挺好。何苦呢，最后再不落好，你说是不是？话毕掏出裤兜里的钥匙，丢下了老屈拔腿上了楼，仿佛刚才的一切对话都只为引出她这句至理名言。

六

正月十五，梁贝独自回了趟娘家，请了爸妈和奶奶下馆子，新派创意菜，装潢是华丽的民国风，每个桌子都有一束昏黄的追光笼罩，正适合聚在其中说点贴心的话。梁贝忍不住想把一肚子猜测抖出来，她爸的脑袋已藏进厚厚的菜谱里钻研菜品，梁贝小心地从桌下拉她妈的手说，杨浩又提出来让老屈看杰瑞。

她妈皱了皱眉头，没言语。杨浩干吗和老屈走那么近，他不会真把老屈当爹了吧？她妈手遮住嘴巴，朝她的方向递了句话，兴许有他的目的。你是说为了老屈的房？这话说到了梁贝的兴奋点上，胳膊肘挤了她妈一下，仿佛愉悦地一拍即合。没错，你想啊，杨浩要想得到老屈的房，非亲非故，人家老屈干吗给他？不给他，但可以给杰瑞啊，你说是不是？这就叫亲情的羁绊。杨浩这么老实一孩子，谁知道是艾窝窝打金钱眼，人家蔫有准。那李彩田那边允吗？梁贝翻了翻眼皮，李彩田最后也得听杨浩的啊。梁贝妈妈刚放下和梁贝的闲话，又隔着梅花瘦骨嶙峋的枝丫，点拨似的说了句，假的，这是假的花。梁贝她爸从菜谱里露出了脑袋，我说，来盘腊八蒜烧肥肠吧。

老屈在水龙头前晃了下神，手又缩了回去，藏匿在腰间，自欺欺人地趿拉着拖鞋出了洗手间。洗个啥，解放咯。老屈胃里泛上来重浊的热气，喉头牵扯拉伸了下，硬生生地抻出了一个嗝。冬日里灰尘在光斑下飞腾，屋里通风差，还能闻见杰瑞留下的奶香气。廖老头提着鹩哥来找老屈解闷，两人盯着电视嗑瓜子，从牙缝里零星蹦出来一鳞半爪的只言片语，身旁的鹩哥见缝插针地叫着"方人"。

老屈憋着笑，佯装怒容质问廖老头，你怎么把我这鸟儿给毁了？

廖老头冷不丁被他问得臊得慌，我他妈还想问你呢，给我一什么玩意儿。

老屈眼见他一脸认真，大笑了起来，知道我当初为什么让你把鸟儿提走吗？我怕吓着杰瑞。

廖老头醍醐灌顶，跟着傻乐了起来。

老屈继续说道，这一个人惯了，哪有心思教它说话。我有一老哥中风好多年，就一鹩哥陪着他，人死了以后那鹩哥被孩子弄走了，这鹩哥总时不时发出一串窸窸窣窣的声音，就好奇啊，琢磨是什么声，到最后恍然大悟，你猜啥声？

啥声？

是我那老哥撒尿的声音。

二人半晌没言语，阳光水纹似的照在脸上。

杨浩的小轿车又在小区空旷的沙地上碾出两条流畅的曲线，透过茶色玻璃，后排的座位上有个小脑袋左顾右盼。考试得二分，测验得零分，妈妈打了三巴掌，一歪嘴，成了一个大鸭鸭。这是谁教你的？杨浩问后视镜里的杨杰瑞，我爷爷。杨浩扭头冲着杰瑞，不能这么说，这么说妈妈会伤心的。杰瑞不听劝，依旧自言自语，考试得二分，测验得零分，妈妈打了三巴掌，一歪嘴，成了一个大鸭鸭。杨浩又细细听来，觉得有一两分乐趣，竟被逗笑了出来。杨浩停好车子，隔着车窗望了眼朝北的次卧窗户，中式棉麻窗帘上勾画着动人的紫色花朵，柔美动人。他想起了第一次和他妈来这里，老屈也是立在朝北的窗户前，朝他们娘儿俩招手。杨月兰这一辈子的好日子都停在这间小屋里……仿佛有预见似的，她下意识地攥起杨浩的手，儿子，那窗帘是妈和老屈挑的，好看吧？想到此，杨浩眼眶潮润了，他有点要高看老屈了。

说高看不近人情，他实际上是佩服老屈，因为他琢磨不透老屈。老屈这个人太玄乎，先是杨月兰，后是杨杰瑞，都离不开老屈。如今他自己竟也对老屈多了几分似真非真，似假非假的感情。

（刊发于《清明》2019 年第 6 期）

共生的骨头

一

王大勇坐在一辆破旧的长途汽车上，第一排，靠窗，窗户上漂浮着油腻的手指印，像是共谋者的暗号。

车子在上高速前会站两次，刚好可以把车厢填满。窗外多是连片的低洼砖房，一个妇女站在修车补胎的小作坊前，扬着胶皮手套朝车流揽生意，"真他妈的……也不怕死"，王大勇嘟囔这句话时，扬手套的妇女早就被公交车甩在后面不见了踪影。

王大勇与前妻离婚快五年了，前妻为了躲他带着女儿王秋媛在另一个区生活。前妻改嫁得还不错，就是那个男人岁数大得有点过分，王大勇不知道秋媛是否幸福，但从前她弹电子琴，如今她弹钢琴，有质的飞跃，他这个当爹的理应为她高兴。

"下了高速是盐村吗？"王大勇感觉左臂处有阵窸窸窣窣的松动。

王大勇吱了声，脸没扭过去迎那人，听声音是个中年女人，嗓子里仿佛有个哨子。

"你到哪儿呀？"女人把脑袋凑得更近了，嘴里吐出的热气黏在王大勇的脖颈上。

车窗外是熟悉的树林，叫不上具体名字，但每周王大勇都和这片林子擦肩而过，西边的晚霞在林间时隐时现，离家更近了，此时此刻即使接她的话茬，也不会聊上太久。

"我去大董村。"王大勇说完睃了眼身旁的女人，样子六十上下，身上散发着粮食放久了的陈宿味，头上有顶草帽，时装款的，和她的年龄不搭，但转念想想也合情理，上了年纪的女人穿衣打扮大多无章法可言，能捡剩就捡剩，兴许那顶帽子就是她女儿或儿媳妇淘汰下来给她的。女人的眼睛埋在帽檐的阴影里，颧骨高耸，嘴唇的颜色因为年龄的原因不再鲜艳，下巴上有微小的坑坑点点，在阳光下反射出油亮的光，仿佛淬火锻打出的金属碎粒，这是整张脸上唯一有生命活力的细节。

女人举起左手，拇指掐住无名指最下端的那小块关节。"你属什么，我给你算算。"

"什么？"

"你的属相，告诉我。"

"属虎。"

女人的拇指在无名指、中指、食指、小拇指的各个关节上来回游移，停顿，显山露水。"你找对象找个属马的吧。"

"我结婚了。"

"属什么的？"

"属兔。"

"属虎和属兔相冲，你看。"女人的拇指点着食指最下端的两小块关节，话里透着机锋，"这俩，你看。"王大勇什么也看不出来。

"你和你老婆怎么样？"

王大勇不想承认，"离了。"

女人埋在帽檐下的眼睛露出了几分光亮。"找个属马的，听我的，我属虎，我爱人属马，他这辈子可狐假虎威了。"

王大勇没再接茬。

"但我们也离了"，女人的话如一声呓语。

王大勇冲着窗户干笑了声，脆生生的，隔山打牛一般把女人的锐气挫了回去。

"你属什么的？"夕阳西下，晚霞方消，女人再一次发问。

女人似有健忘症，王大勇及时按住了一切可能，积极主动地把一切都交代了出来：属虎，结婚了，不需要找对象。女人安静了下来，棉麻裙子裙摆很大，像是海面上泛起的浪花，一团一团被捏在膝盖上。

高压线垂在天际，指示牌偶尔从郁郁葱葱的树间探出脑袋。

"你可能不知道，也可能听说过，何燕子你知道吗？"

王大勇心头一震，何燕子是十年前发生在本地的一起凶杀案的受害者，一个十五岁的女孩，可惜了。

车子在盐村收费站停顿了下，气刹声仿佛从喉头冒出的干硬的喘息。

"我得下车了，这样，咱俩有缘，你记我一个电话。"

王大勇因何燕子的缘故，在一阵慌乱中掏出手机记下了一串数字。

"我叫何喜魁，何喜魁，好记，拆开就是——为何喜欢和鬼斗——何喜魁。"带着几分自虐的味道，"我是何燕子的妈妈。"

电视屏幕投射出荧白色的光，王大勇双手绞在腿上，喉咙里塞满了悲伤，他目不转睛地盯着屏幕里那团绛紫色的稠密光晕在眼前移动，巡游，失真，最后在沸腾跳跃的光影里融化，画面里是小时候的秋媛。每年的汇报演出，王大勇都会录下来。抢在录像机被市场淘汰掉之前，他把带子都翻刻到了光盘上。从《小步舞曲》到《旱天雷》用了四年，天资平平，电视里的她还那么小，脑袋上顶着一个冲天撅，身上的礼服是前妻托人从汕头买的，那时候沿海城市的服装都很洋气，紫色的金丝绒套装，胸前用曲别针别着一朵粉花。秋媛站在那台雅马哈 KB200 的后面，身体幅度很大，鲜剥活跳的。每个上课日，都是他背着琴走在前面，秋媛跟在后面。上课地点占用的是附近一所小学的空教室，学校距离当时的家并不遥远，但有个巨大而漫长的上坡路。去的路上总是相对少言，父女俩都揣着惴惴不安的心事，回来时会好很多，那段上坡路成了让人愉快的下坡路，父女俩的话总是叠落在一块儿，特别是秋媛又有了新的进步时，像是课后给父女俩的褒奖和回馈。

王大勇给前妻拨了电话，"下一次看秋媛的时间能不能往前挪一挪"，"现在怎么有时间陪孩子，想当初一心扑在工作上，也没见你惦记过我们娘俩"，王大勇早就学会了认怂，"我想尽量弥补，我想多陪陪她，秋媛成长的过程里也不能总见不着我"，电话那头没了声音，他乘胜追击，"这样对秋媛也不好"，他知道前妻爱秋媛胜过一切，"这个周日，秋媛想去动物园了，你直接在动物园门口等我们"，话刚说完，前妻挂了电话。王大勇在沙发上坐了许久，眼前秋媛脆弱而娇小的身影让他想起那个叫何燕子的陌生女孩。

王家村，城南的一个自然村，这里东边是座香厂，西边是块坟地，两边一个制香，一个焚香，烧得王家村的村子里常年累月飘着庙里的香气。"村改居"工作后，香厂被叫停，坟地改成了一个公园，集体土地上起了一批回迁房。十年前，何燕子就是在王家村回迁房的地下室被发现的，幼小的身躯摆成奇异的弧线，脖子上有青紫色的痕迹，现场取证结果直指村里王梦池的儿子王麦。

共生的骨头 |

案发时，王大勇在巡警支队，无权过问这个案子，随着刑侦支队的刘队长顺利破案立了三等功，这个案子就彻底尘埃落定。虽然警察应当依靠证据进行判断，但王大勇有强烈的直觉，事情并非如此简单，因为他知道王麦，他和王麦都是王家村人。

王大勇从路边租了辆自行车，趁着太阳还没落下，又回了趟王家村。

爹妈去世后，王大勇很少再回王家村，对王麦和他爸的印象已经模糊了，只记得村里有这么俩可怜人。王麦有病，村里尽人皆知，因为是家族遗传，他爷爷奶奶近亲结婚生下了王梦池，就是王麦他爸。王梦池脑子愚钝，结婚晚，娶了个疯媳妇，村里人直夸王梦池有福气。王麦他妈平时看着正常，一犯病就似变了个人，晾着一身的肉跑到村口席地而卧，躺尸一般，村里的男人站在不远不近处瞧热闹，被自家婆娘骂回去后，男人们原先站着的地上总留下一圈黏痰，会招来几只野狗跑过来用红润的舌头舔走。都说精神病传女不传男，王麦出生时他爷爷奶奶一看是个男孩，松了口气，结果没想到这个男孩也是疯的。王麦七岁那年，他妈把家点着了，里里外外烧了个精光，然后不知去向。王麦和他爸搬去跟着他爷爷奶奶住，他们家之后的故事就所闻不详了。

村里的老街坊都还在，但都变了模样，像水底湿滑的石头，表面上多了一层经年累月的青苔。

从邻居口中，王大勇方得知，当年回迁，王梦池一家老小最后熬到了一套楼房。出了事，王麦的爷爷奶奶相继没了，剩下他和他爸相依为命，也不知道他俩的日子是怎么过来的，但终归是傻爹照顾疯儿多一些。村里街坊都躲着王麦，他总在楼间转悠，见着街坊熟人上赶着叫人叔婶，唠上两句，就伸手要钱，一块两块的，有时候人家不给他，他就讨颗烟，碰上好说话的，就掷给他一颗，烟在泥土里滚远了，他嬉皮笑脸地去捡。傍晚时常会听见王梦池叫王麦回家，王梦池经常揍王麦，打得荒蛮，叫得也邪乎。王麦就是被他爹揍跑的，跑了就没再回来过。一个女人说到兴头，抹了抹嘴角漾出来的白色吐沫，用手指了指把西头的一个楼，"喏，王梦池就住在那楼的顶层。"

王麦家还是那种老式的防盗门，铁门纱网，里面的木头门暴露在外。王大勇没指望会这么顺，敲了几下，里面的木头门开了，布帘挑起，王梦池露出半爿脸，警觉地看着他。一听"王麦"两个字，王梦池扭头往屋里走，大撒把似的放下了戒备，王大勇随着进了屋，立在门口，将木门掩在身后。

王梦池乍一看和其他人没啥两样，脸方方正正，但颜色不太好看，看上去像一块泡糟了的木头，可是谁还在意这些呢，王大勇像所有的其他人一样，只想从王梦池的身上看出破绽，看出他不同常人的地方来：敦厚的嘴唇总是合拢不上，嘴角涎着笑，时刻准备着倾倒出他可怜的秘密。屋里杂乱无章，没有立足之处，王梦池把王大勇抛在脑后，安安静静地辗转腾挪，在这间五十来平的一室一厅里，他表现得胸有成竹。然而，当王大勇问起王麦的去向时，王梦池从杂物里冒出了脑袋，眼里多了潮湿和苍白，"走了"，仿佛还在和谁置着气，"去哪儿了？""不知道，他生我气呢。""啥时候走的？"王梦池没吱声，不像先前那么严丝合缝地呼应着王大勇的问话，头埋在杂物里，搅得叮咣作响，王大勇以为他没听见，再次发问，王梦池扬起头，目光讪讪地收回，朝王大勇含混地嘟囔着，"我不知道，我不知道。"仿佛被刁难了，开始用蛮力轰王大勇走。

天空充满了幽微沉滞的光粒，王大勇想起了曾见过一面的何喜魁。他拨了何喜魁留给他的电话，在响了几声之后，电话接通了，"喂，是谁"是女人的声音没错，但听上去更年轻一些，王大勇没有出声，那头也是，延宕出了一整块沉默，忙音，对方挂断了。王大勇怀疑何喜魁给了他错误的号码。

二

前妻开了辆灰色的雷克萨斯，轮胎碾轧过石子路时发出海浪般的声响，路边腾起一阵夹着腥气的土味，车门开在王大勇的眼前，秋媛从副驾驶座下来，前妻嘱咐"快完事打电话"，扬尘而去。

秋媛走在碎石上发出嘎吱嘎吱的声响，远处织锦似的湖面上露出稠密的光点。"我听你妈说你现在钢琴弹得不错了。""还行，那个家教不错。"秋媛把装满白菜和胡萝卜条的勺子伸到食火鸡的面前，那只食火鸡有翠蓝色的脑袋和两块鲜红的肉垂，"小心它会伤到你。"秋媛很听话，把勺子收了回来，撂下，两个人都默不作声，时间被抻长，压平，又渗透出水，空气被鼓吹撑大，增生繁衍出无穷无尽的遗憾和伤感，"再跟我说说你弹琴的事。""没什么好说的呀。"秋媛抽动了下鼻子，鼻头有些粉红，通透发亮。

还是嘎吱嘎吱的石子声，"噢，对了，最近有件事还是蛮有意思，"秋媛的嘴角摆出了咯咯发笑的弧度，"我最近在练赋格，但怎么也练不好。""赋格？什么意思？""是种音乐形式，有主题，有答题，像是两个人的对话，一问一答咬得死死的，嗯……听上去就像是一只小狗在叼着自己的尾巴转圈"，"哦"，"后来老师让我说说'赋格'的拉丁语含义是什么，我说是'追逐，逃遁'，老师说我说的是公式、规则，不是它的含义。你猜老师最后说的什么，她说'Fuga'的原意是飞翔，是自由。"王大勇有意放慢了半拍，但问题还是从嘴里跑了出来，"你说什么呢？""就是说，老师说的话给我很大的启发，我好像重新开始认识这种音乐形式了"，王大勇决定不再扫兴地问下去，"爸爸，你不用知道这些太专业的，只要知道这件事对我有很大触动就行了。"秋媛低着头望着脚下的砂石，王大勇仿佛从她的喉咙里听到了一声微弱的叹息声。

几日后，王大勇叫上了刑侦支队的徐绍江去街口的大排档。徐绍江身份特殊，他不是从警校出来的。上世纪九十年代中专毕业，徐绍江在铁路上干了几年临时工，后通过有点人脉的老姑得知，他有个没出五服的表舅在区派出所做所长，当晚徐绍江就提着好烟好酒投奔了表舅，绵长又炽烈的家乡话歪打正着触动了表舅敏感又脆弱的神经，表舅感动之余成全了他。徐绍江入了刑侦支队，跟在刘队长屁股后面跑案子，但业务能力差，再加上身份来路不明，在刑侦支队这种地方挺不招待见，有次局里搞篮球赛，认识了王大勇，一来二去两人熟络了起来。

王大勇老远见到徐绍江从路口赶过来，安静地等着他，徐绍江拉开椅子一屁股坐了下来。

"手里最近忙什么呢？"

"前几天报道的那起案子，你没看？一出租车司机被几个乘客绑架谋杀，刚收摊，妈的，那几个人老早就惦记上司机的那辆新车了，就为一辆车，谋财害命，你说人命多轻贱。"

"兄弟，问你个事。十年前有个何燕子案，你知道吧？"

徐绍江一听何燕子，愣怔了下，弄不明白王大勇问这桩陈年旧案作甚，但说来奇怪，他经手的案子不少，唯独这案子他印象最深。

何燕子的尸体是在王家村一幢家属楼的地下室发现的，地下室就两层，最下面那层带防空洞，尸体在上面那一层。最先发现尸体的是住在四层的一户租户，男的干个体生意，女的全职主妇，偶尔在家给中学生补习英语，儿子上小学五年级，户口没在北京，没法参加中考，再过一年就得回吉林老家。女人养了条叫旺财的小狗。那天清晨，女人遛狗回来，旺财跑在她前头，没拐弯上楼梯，而是朝地下室跑了去，到了尽头左拐，栗子色的身子隐出了视线。女人随后拐进去寻旺财，看见它一边哀嚎一边在一团白花花的东西前徘徊。

那团白花花的东西是何燕子的帽子，尸体在三米开外的拐角处，站在过道上看不见，算是视觉上的盲区，女人发现尸体后第一时间报了警，未接触过尸体，证据保存完整，案子破得很顺利。死者颈部有明显的手指掐痕，颜面肿胀发绀，眼睑结膜出血，机械性的窒息死亡，死者是被掐死的，死前死者曾经有所挣扎。作案者的手段并不高明，甚至破绽百出，没有试图掩盖，法医从死者手指缝里提取到了嫌疑人血迹，通过走访大面积排查将嫌疑人锁定为王家村的十五岁少年王麦。嫌疑人王麦有精神病，不发病时也看着不太正常，没有被起诉。受害人何燕子家属提起了民事诉讼，后经法院判决，王麦家赔偿了受害人十多万元。

"你怎么看这案子？"

"我看那个王麦死有余辜，那女孩据说是个品学兼优的孩子，校学生会主席，十五岁马上就中考了，长得也漂亮，你说她爹妈怎么受？"

王大勇没言语，他同情死者，但在他脑海里，王麦不像是个加害者。

"那女孩家当时住哪里？"

"住盐村。"

"她为什么会去王家村？"

"事发时正值寒假，案发时她家人都不在家，人是活的，一个初中生去那里玩也不奇怪。"

"难道她去找谁？或者是她跟着谁一起去的？"

两个人都沉默了下来。

"你是在怀疑什么吗？"

"会不会有这种可能，凶手知道王家村有个疯子，就将王家村计划为抛尸地点，顺手嫁祸给王麦？"

"不可能，尸体根本没有挪动过的痕迹，王家村就是案发地点。再说了，王麦是凶手确定无疑，有法医出具的尸检报告为证。"

入夜，烧烤摊的热闹喧哗一点一点被夜色吞噬掉，邻桌杯起杯落的声音稀稀拉拉，消隐在了黑夜里，王大勇和徐绍江撞了一杯，各自无言。何燕子案是刘队亲自侦办的铁案，当年刘队因为迅速破案立了三等功，法医的尸检报告明白无误，这个案子老少皆闻，多少双眼睛都盯着，容不得半点差池和失误。玻璃杯里的白色泡沫相继破灭，浸没，倏然不见，平静得让人不忍心去打搅。

"好端端的，为什么只身一人跑到王家村？她一定是来找谁，或者跟着谁一起去的王家村，那个人她认识且信赖，不会是王麦的。"

徐绍江停了下来，沉默半晌抬起了脑袋。

"兄弟，你要还不放心，去问问何燕子家人也行。"

"何燕子她妈好像有健忘症。"

"你认识？"

"很偶然地见过一次，挺巧的。"

徐绍江吐了口气，能听出来，他为此放松了不少，把杯子里剩下的酒呷了进去。

良久，徐绍江说，"我记得何燕子有个姐姐，你可以打听打听。"

耳畔传来汽车发动机轰鸣的声响，漩涡般的噪音由远及近，转瞬即逝。

三

何喜魁坐在镜子前，镜子上浮着一层土，仿佛雾气漫漶的水面，她看着镜子里的影子。身边的影子叠了过来，藏在她的身后，看不见了，只有一双巧手在绾她的头发，手在头上来回侍弄，勒紧，捆绑，叠覆的影子冒了出来，又被她拦腰斩断。

何喜魁的病更严重了。

阿红每天早晨十点会准时出现在位于盐村路口旁的居民区，一个印着"漳平水仙"的小巧纸袋在她粉白的臂弯处打着秋千，就像繁枝密叶的树上结出一颗饱满红润的果实，经风一吹就鲜灵活泼。自从何喜魁患病后，她打理完茶叶店的事情就赶来陪何喜魁，中午给何喜魁做顿饭，走之前再包出些饺子放进冰箱，晚上何喜魁用开水泡一下就是一顿，丈夫刘树独自看店到下午两点，等阿红从何喜魁那里回来。小两口在市场里租了个小门脸，开了家茶叶店，营生还凑合，散装的生意跟张一元、吴裕泰那些老字号比不了，胜在礼盒便宜，走批发价，不少单位会从他们店里进茶叶，其中卖的最好的就是漳平水仙，茶叶干净，有股幽深的兰花味，整个小屋里也随着馥郁芬芳了起来。

"你还知道你是谁吗？"阿红问何喜魁。

"我是何燕子她妈。"何喜魁头没抬，病情进展迅速，她对"何喜魁"这三个字已经不那么敏感，偶尔会呼应这个身份，但次数越来越少，她的心底只有一个标记物，那是她与整个世界的联系——何燕子的妈妈。

阿红把蔬菜放到厨房案台，择菜，洗菜，切菜。

何喜魁半年前丢了做菜的技能，就是一瞬间的事，在此之前她一直以为她那一手的厨艺得跟着她进到棺材里去。案台上铺满大盘小碟，主材是条鲤鱼，那是她从早市上带回来的战利品，何喜魁跳着脚令老板抓了条最鲜活水灵的，又刮了鳞去了内脏，此时这条鲤鱼正怒目圆睁地躺在盘子里盯着她，时不时被她的衣襟下摆温柔地剐蹭两下。何喜魁对这间小厨房再熟悉不过了，每天三分之一的时光都耗在了这里，这里是她生命割舍不掉的一部分，索取又给予，周而复始，如时间般守恒，她心安理得地接受了厨房里的一切，包括墙角墩布上长出的蘑菇和下水道里偶尔钻出的鼻涕虫。

谁也没想到那会是何喜魁最后一次进厨房。

"还知道我是谁吗？"阿红操持着菜刀，沿着码好的菜梗用力切下，手指背抵着刀面，一丝沁凉。

"你是照顾我的保姆，叫什么……你甭说，我知道。"

阿红把菜梗剁成碎粒，等着何喜魁给她起个名字，"我知道了，你叫阿红。"何喜魁有点应付，沉默时间越长久，阿红对她的期待就越大，脑袋扭向厨房，"对不对？"阿红没抬头，嗯了一声，含含糊糊的，转瞬就掉到砧板上，淹没进切菜声中。

退隐，消磨，殆尽。

空气中的碎片和微粒折磨着她的神经，最初是海马区，之后是语言中心，前额叶皮层，一点一点失守沦陷，今天抵消着昨天，现在违背着过去，世界从大脑里被一点一滴地洗涤掉。记忆不再，肉体和筋骨也被抽去了魂。不，记忆还在，最关键的还在：何燕子。

王大勇照常去医院开了点升白药，年轻时在队里太拼，昼夜颠倒地加班，免疫力低下，白细胞常年在 2 左右徘徊。没离婚前，前妻总变着方地给他煲白芪山药汤，炒芦笋，做些调理元气的吃食。现在想来，前妻身上的闪光点挺多的，对于妻子，他确实亏欠太多，背琴成了他唯一能兑现的，他也乐于去背，路上听秋媛用童音哼着要演奏的曲调《溜冰圆舞曲》《彩云追月》《天鹅》，只有女儿才能带给他这种温顺又慷慨的快乐。妻子提出离婚时，王大勇痛苦地在协议书上签了字，没做什么挽留，他不想再拖着她了。

出了医院，王大勇去找了何喜魁，地址是管徐绍江要的，据说何家一直没搬家。房子盖得早，如今已破败得不成样子，楼间广阔的空间被有秩序地瓜分，空地为晾晒秋收的玉米和芝麻所用，几十麻袋的石灰、砖瓦堆成小丘排在路口，一旁是生了霉斑的弹簧床和被剥皮抽骨的沙发框架，草坪里的紫叶李被砍伐了去，换成了会结果实的石榴树、香椿、枣树和胡桃，偶尔还有几株槐树，树上的蚜虫不断分泌着蜜露，蜜露与煤炱菌混合出黑色污物，落在树底下成了一串串鬼祟的影子。

王大勇到何喜魁家楼下时，细碎的光若隐若现。因为是最偏僻的一栋楼，楼前异常安静，单元口的石板路上摊着一包散了的枕头，荞麦壳撒了一地，黑黢黢的从面口袋里淌了出来，仿佛一潭幽深的水，有老人死了，应该就在今天，这是这里的风俗——把死者的枕头用剪刀豁开抛置屋前，驱邪避难。

开门迎接王大勇的是个年轻的女人，挺着孕肚，素面朝天，两小片蝴蝶斑呈放射性簇拥在颧骨上，看样子快生了，但手脚麻利，扭过身去还是姑娘似的柔枝嫩条。女人把王大勇往沙发上让，又取了玻璃杯沏茶倒水，之后方把里屋的何喜魁请了出来。何喜魁憔悴了不少，怕是被病折磨的，唯一叫人欣慰的是何喜魁的头发被编成了两股麻花辫，粗壮结实，果实似的沉甸甸地垂在两侧肩膀上，凭空多了几分锐气，拒绝着旁人的怜悯与同情。

"阿红……"何喜魁早就记不得这个曾经与她有过一面之缘的中年男人。

"大姐，咱俩之前在长途汽车上见过，您跟我提到了您的女儿何燕子。"

一听"何燕子",何喜魁和眼前叫阿红的孕妇都愣怔了，这三个字是这个家里晦暗而幽深的秘密，因何被这个外人所知。王大勇知道现在提这些意义不大，他只想找到何燕子的姐姐。"我跟您打听下，何依依现在住哪儿？"何喜魁显得有点不耐烦，显然这个名字已经被记忆筛除了。"您女儿，大女儿。"这话在何喜魁看来太过挑衅，她努力与衰退的记忆抗衡，无论是一日三餐还是洗漱便溺，生活在新的规则和秩序下还算勉强应付得来，结果一个陌生男人突然告诉她她还有个女儿，除了燕子之外的大女儿。阿红预感何喜魁要发作，朝王大勇眨眨眼，又扭脸对何喜魁说，"这人啥都不了解，您甭着急"。

王大勇离开前，阿红叫住他，摘下围裙从屋里出来。

"叔，你有啥事，我就是你要找的何依依。"

四

王大勇跟着何依依去了茶叶店，她走在前头，胳膊环抱着鼓起的肚子，扭头冲王大勇黯黯然说些不打紧的客套话。店里宽敞，丈夫刘树也在，王大勇进茶叶店时，刘树正坐在门口捆礼盒，头也不怎么抬，样子挺腼腆的，何依依进屋给自己倒了杯水，从柜台上摸出了把扇子自顾自地扇着。"你也是本地人？"王大勇拾起一根散落在地面上的茶叶梗问埋头干活的刘树。"对，我们俩是高中同学，学习不好，出了学校就合计着做点什么小买卖赚钱。"刘树说这话时有点不好意思，因为揭了自己老底。"开始也走了好多冤枉路，我俩卖过文具、饰品，积累了点经验，后来我媳妇说打算做茶叶生意，她比我能干，我都听她的"，刘树实话实说，"这两年人工越来越贵，从茶农手中买过来的价格也水涨船高，要是再涨价，生意就不好做了"。王大勇任刘树继续忙活，起身进屋找何依依打听燕子的事。

一听事关何燕子，刘树手里的活慢了下来，抬眼望了望屋里的老婆。

"听说她是被一个精神病人杀害的。"王大勇说完，何依依把身子往椅背上倾斜了下，横亘在座子里，脸上没有表情，只有沉默，那沉默被牢牢地攥着，像是把什么东西狠狠地打破，撕碎，捏造，糅合之后再捏在手中。

"当时她是和谁去的王家村？"

"据说当时是她自己。"

"那天晚上你在哪里？"

"我去找了刘树，在他家。"

"我们俩是高中同学。"刘树放下手里的活，站到何依依的身后，手拄椅背。

"何燕子为什么去王家村？她有没有和你透露过？"

"没听她说过，她有什么事也不会和我说。"

那天王大勇走出茶叶店时，何依依送了他，走出去半条街，临了像是嘱咐似的对王大勇说，"我快生产了，你不要来烦我了。"何依依走在了前面，手指缠住路边的一根狼尾草，颊关节鼓动了下，心里的话像是从瓷器裂缝里钻了出来，"我也是不争气。何燕子生下来就比我优秀，学习好，长得也俊俏。不瞒你说，我也时常想，我要是独生子女多好，要是世界上没有何燕子该多好，话虽是这么说，但谁能想到她命那么惨。"何依依把到手的狼尾草拔了起来，毛茸茸的一团被攥成了一塌糊状物，"她出事后，家也就完了，后来我爹妈离了婚，从前那个四口之家彻底没了。"何依依屈着眉，眼睛直勾勾地盯着王大勇。

共生的骨头

几天后，何依依夜里见了红，床上多了一摊骇人的血迹，刘树叫了120把她送进了建档的医院。何依依去拉刘树的手，良久方说"给我照张照片吧"，依依指指肚子，脸蛋向上耸动着，有点变了形。

何依依躺在产床上，任由肚子里的那团肉压着她，失衡，仿佛世界的重心颠倒了过来，助产士和护士在她身旁忙碌着，就像退潮时站在船头奋力收网的渔夫。

那一年，何喜魁是小区里最风光的女人。丈夫杨秀竹是大学生，厂里的小领导，一个常年出差在外的体面人。依依是杨秀竹和何喜魁的宝贝，依依即一一，一心一意。上户口时，何喜魁多问了一句："何依依和杨依依哪个好听呀？"窗口里的办事员头也没抬，"何依依"。何依依手里常年攥着一只布娃娃，戴着个花布帽，深眼窝里的玻璃眸子早早被她抠了去，何依依说这是她妹妹，叫丑娃娃。

两年后，何依依朝思暮想的妹妹诞生了，她爸给妹妹取名燕子，姐妹俩的名字正好串起了明泰的那首《仲春漫成绝句》：芳草依依没旧痕，望中新柳识山村。余寒任在东风里，燕子来时不闭门。

依依看见燕子第一眼时，惊叹于那团肉温热而强大的感召力，她爸妈的目光都在妹妹身上，依依像是表演欲瞬间爆棚，又像是受了竞赛心理的蛊惑，顺势把丑娃娃头上的花帽子戴在燕子头上，帽子小得过分，扣在燕子脑袋上像极了犹太男人头顶上的小圆帽"基帕"。

燕子和依依差了三岁，燕子小学毕业考试时，依依中考；燕子中考时，依依高考，这让她们的关系更微妙一些，就像蒙昧的暗影，一直在平行空间里进行着无休止的对抗。燕子知道依依一些可悲的秘密：她紧张时会把白蜡一样的橡皮嚼得稀烂；她上初

　　　　　　　　　　　共生的骨头　｜

中时还尿床，军训时何喜魁为她准备了七个成人纸尿裤，一天一个，用黑色塑料袋包裹在行李的最底层：她的笔袋里总会塞着一张方格纸，上面如秘密占卜一样在对应的位置上写着自己和某个男生的名字，两个攀缠在一起的名字仿佛能倾倒出宇宙一切的奥义与定律……

依依多希望没有这个妹妹。那个明明比她小了三岁，却总是先她一步，优她一等的女孩，那个多年来斩断又重现的影子，伴其一生的如咒魔般的幽灵。十八岁那年，旷日持久的拉力赛终于要结束了，她和燕子这段繁复不清的竞争也要了结，纠葛，角力，倾轧，都让他们见鬼去吧，她有时候会怀疑燕子真的和她一样从何喜魁的肚子里钻出来，还是说那只是她的一个幻觉，如同牛奶的表面凝结出的一层覆膜，只需要用什么带刺的尖锐东西戳破它，戳破了就消失。

忍冬藤上爬出唇形的花，淋了雨水，或破碎，或断裂。细腻柔软的象牙白滚在泥土里，颜色像潮湿的铁锈，空气里冒出苍翠的味道，依依知道，污垢和死亡总会以一种公开而萦回的方式出现。

午后，何喜魁蹲在一旁给燕子擦背，燕子从何喜魁那里遗传了饱满圆润的额头，水珠挂在上面似有智慧的光泽，还有那油花一般涡状的发鬓，卷翘而乌黑，波浪似的滚到眼前。那些长在何喜魁身上，让人留恋的地方，到了何燕子身上就会叫人心烦意乱。何喜魁捧了把水抚在燕子头上，水柱顺着发根滚落下来，砸碎，"这么好的孩子，以后考个好大学，找份好工作，嫁个好人家，妈妈的心还是放不下，都被你牵走了，你就这么想吧，你多大多好，都有妈妈操不完的心，永远没有妈妈放心的时候"。燕子把脸上的水珠用手抹掉，"那姐姐呢？"何依依立起了耳朵，她盼着何喜魁再重复一遍刚才对燕子说的话，水花打湿了何喜魁的上衣，那是一件藕紫色的衬衫，袖口挽在臂弯，下摆在肚子上揪起了一个疙瘩，极为紧小地煞进了肉里，衬衫就这么绉绉褶褶地走了形，像耷拉的肉褶，打湿的地方和皮肤黏在一起，布料子多了油滋滋的弹性和韧劲。何喜魁什么也没说，那个问题像是被时间溶解掉了，她把双手在衣襟上裹了裹，然后脱掉了衬衫，露出浑厚的背，屁股坐到了塑料板凳上，燕子像轻飘飘的手帕顺势落在她的大腿上，初现女性线条的燕子像只稚嫩的雏鸡，在何喜魁的怀里恣意地撒娇，两团肉棱角相抵，曲线相融，逐渐汇合成了一个人身，宛如回到了分娩的现场。

门外的依依像是被无形的东西糊住了嘴巴，她哑然，愤怒燃烧着身体，记忆中她和何喜魁从没有这么亲密过。女孩子在这方面很敏感，好像答案呼之欲出，她的长相既不像杨秀竹，也不像何喜魁。

水光摇动，依依仿佛沉入了海底，浸泡在黑色的海水中。有件事只有她知道。燕子出事那天的早晨，她对燕子说晚上要和刘树去王家村玩。燕子知道刘树，那个她称之为"哥哥"的男生有青春期特有的形销骨立，又有一副少年老成的样子。这个刘树令人奇怪，明明在好学校上学，却总是进进出出地和依依玩。燕子没接依依的话，手指去够掏瓷罐里的曲奇饼干，那是杨秀竹从日本出差带回来的，罐子的边角被磕碰出墨点似的伤疤，里面乌漆麻黑的铁胎露了出来，手指在罐子里逡巡游荡，"你知道吗，刘树认识你。""认识我？"暗流涌动，触礁。"他说你长得特逗，像米老鼠。"指甲嵌了进去，油腻腻的饼干碎粒如喷涌而出的岩浆，灼热、淹没，接着销蚀，随之而去的还有好心情和食欲，何燕子被惹怒了，把那块半碎的曲奇又扔回了罐子，舔了下油腻腻的手指，口腔里的黄油碎粒旋即融化成了甜蜜的陷阱。

"看来他不认识我……下午你们去王家村玩什么？"

"那儿有个地下网吧，就在王家村民居的地下室。"

"地下网吧？你怎么去那种地方？"

"切。"

地下室里确实有间网吧，那是依依听同桌姚磊说的。姚磊从不带课本，上课拉着依依的课本一角一块儿看，手总是顺势在依依手指上停留，依依并不反感，那几根胖墩墩的手指充满了笨拙的欲望，让她生出一点母爱来，姚磊问依依："知道我脸上的包怎么起的吗？"胖手指指着额头上一颗凸起的包刺，"最近吃得太猛"，"你吃什么了"，"你们女生不方便知道，是羊鞭和牛鞭"，依依问，"在哪儿吃的"，"王家村，那儿有烧烤"，"那么远"，"王家村有个居民楼地下室是网吧，我们吃完去那儿刷夜"。

依依偷偷穿了何喜魁的淡蓝色鱼尾裙，那是杨秀竹从王府井百货给何喜魁买的，有重要场合何喜魁才穿。每次穿之前，何喜魁都会裹着一条洗白了的浴巾从厕所杀出来，两团瓷实的酡红覆着脸蛋，一路热气蒸腾，夹带着甘甜的芬芳，一直到那条淡蓝色鱼尾裙前，何喜魁脚步停定，散开浴巾，套上内衣，双手交叉着去背后钩内衣的扣子，有时候她会唤来姐俩中的一个过来帮忙，另一个就会酸不溜丢地戳在原地。依依喜欢给何喜魁扣内衣，这样她就可以名正言顺地去触摸何喜魁的身体，她甚至怀疑自己有皮肤饥渴症。只不过，何喜魁的身体让她又惧又爱，惧怕大于迷恋，那种惧怕不仅仅来自于何喜魁光秃秃的陌生身体，还来自于自己模糊的身世，肉体宛如一条有迹可循的河床，只要沿着河岸一直走下去，依依就会确定无疑：她一直都活在长满厚茧的谎言中，被命运背弃，更被自己无名的、令人蒙羞的身体背叛。

关于那个悬浮的秘密，燕子也有所耳闻，某个夜晚，奶奶像讲别人家的故事似的把何依依的身世告诉了燕子：那个女娃命不错，来到咱们家，当然了，再好的娃也比不上我们燕子。奶奶的声音在耳畔回旋激荡，溅起涟漪和火花，燕子惊讶之余想问个究竟，但耳边传来了奶奶的鼾声，怀里满是奶奶身上香喷喷的米糟味，她不明来由，但有一点基本可以确定，何依依根本不是亲姐姐。

此时此刻，看着妈妈的那条蓝色鱼尾裙被裹在了依依的身上，俨然鸠占鹊巢，善与恶，一瞬间的事。"你不许穿我妈的裙子，你知道你不是妈妈的亲生女儿吗……"燕子略带雌威的样子像极了何喜魁，这让依依除了疼痛外，还感到巨大的羞辱。一切都变得失真又荒诞，依依一口一口咬碎那奇异的感觉，冲着已经有点恼羞成怒的燕子说："我早就知道了，你是咱们家最后知道的。我要去王家村，你要是不去，千万别和妈妈说我穿过她那条蓝裙子。"愤怒被一点一点驯服，那些阴骘的想法中迸发出短暂而剧烈的快乐。

原来也可以如此轻易地放弃亲情手足，那个上天给选择好的伙伴，那些貌合神离，虚设的纽带与联系，原来是可以被切割掉的。眼前又是何燕子的影子，要是没有何喜魁会不会好一点？她俩不必再较劲，那样的话她俩会不会成为朋友？

是个女孩，三千六百三十克。护士将女婴抱到了何依依的胸脯上，那团黏稠炽热的肉紧紧地依附攀援着她，让她想起树桩上生出的骇人的根瘤。是不是每团湿淋淋的软肉钻出子宫那一刻都有被母亲视为祸胎的嫌疑，生育这件事本身就背负着道义上的批判。何依依闭上了眼，耳旁是护士在说话，"再用力，还有胎盘没有娩出。"

依依去找了刘树，她想在燕子眼前风光一回，谁知刘树的妈妈在家，把刘树拦了回去，依依没了计划，只身一人往车站的方向跑去，黑色的夜空在眼前悍然裂变出猛兽的影子，燕子细碎而紧凑的脚步传来，就在身后某个地方，像是一头蓄势待发的

　　　　　　　　　　　　共生的骨头　|

小兽。一想到燕子正追逐着自己，依依有些退缩，她的内心里是恐惧与自尊的缠斗，在浓稠的暗夜里，她和燕子之间的纠缠显得那么脆弱，不值一提，她现在只想丢掉那该死的胜负心，早点回家。"何依依"，燕子说着什么，声音里是遏制不住的愤怒，夹带着挟恩图报的威胁，依依用沉默对抗了起来，不仅沉默，她用更冰冷的方式回应了燕子：依依绕过路口的老年病医院，停顿了许久，直到那急切的脚步声消失，又重新走上了回家的路，她根本没有去王家村，那个村子边有坟地，谁会去那里。

年纪大一些的护士和一旁的小护士窸窸窣窣地说着什么，何依依的眼睛能瞄到她们，焦头烂额的样子怕是有什么问题出现了，何依依的眼神从护士脸上滑开，气泡一样浮在空气中，然后又缓慢地坠落在地，身边的操作台上摆放着不知名的医疗器材，七扭八歪地挤在一起，看样子情况有些严峻啊。"产妇出血不止，血势汹涌，需要输血"。护士跑了出去，找家属签字，又跑了回来，在将睡未睡的何依依手臂上插管子。

高考前的最后一个月，班里已经呈现了两个极端：那些能考上大学的人都在教室的最前头埋头做题，教室后头的是哪儿也考不上的，打牌，玩游戏，睡觉。姚磊坐在窗台上自言自语，何依依趴在桌子上，用手指把橡皮块揪成一渣一渣的白色碎粒，然后趁姚磊不注意的时候放进嘴里。

"我现在晚上都没地方去了，之前去的那网吧关门了……你说又不是在网吧里出的事，干吗把网吧关了。真他妈无聊。就因为那女孩，她出事的地方离网吧远着呢……那女孩也是，不就是和她说几句话嘛，扯闲篇儿，也他妈至于大呼小叫，把那疯子招过来了，我们都他妈被吓了一跳，不过话说回来，要不是二中的那男孩临走非得踢那疯子一顿，那疯子也不至于犯病。"

何依依把剩下的半块橡皮全吞进了嘴里，拔身而起。

共生的骨头

姚磊究竟是怎么从窗户上掉下来的，他没有说，只是一个劲地喊"疯子，疯子"。万幸，是二层，他伤得不算严重。

<h2 style="text-align:center">五</h2>

前妻打来电话，秋媛要去法国读书，经费由老李出。老李，王大勇现在才知道那个取代了他的男人姓李，他空着的那只手潮热了起来。王大勇把头转了过去，喉咙里冒出了请求般的一句话，"走之前我想见见秋媛"。

茶叶店没了往昔的生机和热闹，刘树胖了些许，脸上胡子没刮，看上去很疲惫。柜台里面支了一张简易的婴儿床，裹着纱幔，朦胧中见到里面有个褓褓。

王大勇从刘树那里得知，早在围产期依依便被检查出了边缘性前置胎盘，成功顺产的几率不是没有，可以试一试，不行再转剖宫产。生产时出现了大出血，输了血，心脏骤停了两次，最后抢救无效。是预谋还是另有隐情，王大勇不得而知，但在他眼中，这场生产更像是何依依苦心经营的一次脱胎换骨，以命换命，女儿顺利继承了何依依起好的名字：燕子。

刘树挽留了王大勇，说想把事说清楚，算是对何依依有个交代。

"上学的时候，我听我爸妈说过一次何依依的身世，'你也不动脑瓜想想，当年为了要燕子，他爸甘愿被罚，连领导都不当了'，'也是，好不容易怀上了自己的骨肉，她妈那么要强'，这是我第一次发觉何依依不是何喜魁和杨秀竹的亲生骨肉。我感觉我爸我妈是故意说给我听的，至少他们不担心我会听到。"

刘树如是说，王大勇坐在他对面的折叠椅上。

"何依依知道自己的身世吗？"

"知道，具体什么时候知道的我不清楚。"

刘树抬头看了眼王大勇，又垂下了头。

"楼前楼后的人还算仁义，都默契地保守着秘密，"刘树的左手搓着右手的拇指，指尖被茶叶染成了暗黄色，"不过嘴上虽不说，但没人真正看得上依依，都觉得她没人管，是个疯丫头，野丫头。

"小学那几年，我妈成了依依的班主任。每年立冬前后的日子，依依她妈都会穿戴得煞有介事地出现在学校的走廊里，然后拉着我妈的胳膊递过来一塑料桶东北辣白菜，我妈再三推脱，韭菜味从桶口钻出，一扑一扑地搅得我妈胃液翻滚，塑料桶被依依她妈死死按在我妈手里，她总会说些硬邦邦的客套话，然后留下个仓促的背影，歪歪扭扭地踩着摇而不倒的高跟鞋消失在走廊尽头。至于那桶辣白菜，我妈每年拿回来都不会动，我有时候涎着口水问我妈要，我妈会用各种话搪塞回去，直到放到开春生出雾挂一样的白毛，就会顺理成章地被我妈扔进垃圾桶里。何燕子的班主任是不是每个冬天也收到来自何喜魁的这份关照，我不清楚，但至少在我妈眼中，这份母爱过于廉价。"

"我觉得何喜魁也爱何依依"，刘树反复重复着这句话，"但她可能是精力有限，更多时候由着自己的心性，照顾何燕子多一些。

"上中学后，依依进了一所声誉不佳的中学，我由于我妈的关系，进了一所还不错的中学，偶尔我还能在小区见到依依。"

刘树突然沉默了起来，他想起那时候的何依依，永远都是独来独往，形单影只的样子。初二的暑假，他在楼下撞见何依依，她从手心里托出一颗无花果，他问是哪里来的，她仰仰脖子说，我妈给我带的，那颗无花果雾蒙蒙的，像婴儿粉红的拳头，他摇头，她乐，说我还舍不得给你呢，然后用牙齿抵住粉嫩的果肉，白色的籽和青芽状的经脉漂浮了出来，喀嚓，嘴唇上下翕动，果肉在她嘴巴上拧成了一团粉红，湿答答的声音让人听上去有些伤感。刘树知道她在说谎，那颗无花果是她从楼下的无花果树上偷摘的。

　　"高中时，我和何依依同校。高考前夕，何燕子出了事。事发后，我在学校走廊见过一次依依，她的眼睛肿得形如桃核，我刚要上前说句安慰的话，她就走远了。何依依没参加高考，何喜魁被抽去了魂，那些她身上唬人的棱角全没了，没了女儿的杨秀竹不再安分地工作，后来有了外遇，认识了个在舞厅上班的女人，那女人为他生了个男孩，从此他就被那女人彻底套牢了，没多久杨秀竹就跟何喜魁离了婚。我没考上大学，后来和依依自由恋爱走到了一起，起先我妈不同意我俩的婚事，闹了几次，最后依了我们。

　　"前几年，何喜魁得了阿尔兹海默病，认识的人越来越少，把何依依当成伺候她的保姆。何依依倒也无所谓，依然守在何喜魁身边，我知道她离不开何喜魁，她这辈子就为一件事：反复去验证何喜魁心里有她。何喜魁管她叫阿红，她就说是因为她小名叫阿红，其实我还不知道她没有小名嘛。两个人就这么相依为命。"

　　刘树的嘴角松动了，眼睛里的神采黯淡了下来，他的脑袋向后仰了仰，陷入了稠密的空气中。良久，他望向天花板的眼睛里多了一丝温柔的光，眼窝里冒出了清澈的泪水，"你说这是不是何喜魁在用另一种方式接纳何依依？

　　"我记得燕子出事那天，天刚擦黑，何依依敲我家门，让我和她出去玩，说是去王家村，但我妈不让我去。我知道王家村，需要坐公交车去。公交车站距离我们小区不算远，途经一个小卖铺，路口有家医院，只是那条路没有路灯，很黑。后来我才知道，那天燕子也去了。半路上，依依甩掉了燕子。

"我知道你为什么来，因为你觉得这个案子反常。"刘树的眼睛停在王大勇身上，像两口冰窟窿，仿佛王大勇所秉持的道义上的审判充满了温吞的不洁，"依依鼓动着燕子去了王家村，如果没去王家村，那个可怜人王麦也不会失手杀了燕子。"

刘树把知道的一切都讲了出来，像是在讲一个烂熟于心的故事。依照他的描述，案子逐渐清晰了起来：王麦的热心，姚磊的顽劣与无知，依依孤立无援的嫉妒……每个人都保留在侥幸的、心安理得的位置上，像一个封闭的圆环，谁也不会触碰到圆心，谁也不会染指罪恶，以至于某个瞬间，王大勇甚至怀疑这是否是最好的结局：依依的死让一切都回归到了原点。

临走前，王大勇从兜里摸出了一只灰扑扑的钱夹，掏出仅有的八百块钱，塞到刘树手里，刘树推脱再三，王大勇说"别争了，给孩子买点东西"。说完，王大勇恻然，转身往屋里走，又去看了眼那个婴孩，一团粉肉闪着奇异的光泽，这是何喜魁最后的骨肉。他依稀记得最后一次见何依依，依依挺着肚子一路蹀躞，两只手被两只鼓腾腾的塑料袋占着，一手提了条开了膛的河鲈鱼，一手提了一兜子花蛤，爽快地招呼王大勇去何喜魁家吃饭。王大勇说吃过了，问她干吗买这么多好吃的，依依被逗红了脸，说她妈昨天一直跟她念叨这个，脸颊上的雀斑舒展活络了开。快到分别时，她说，"我妈昨天还指着我的肚子说，这个孩子旺你，你看你现在多漂亮，比之前润朗许多"。

"抱着孩子让何喜魁看看吧，她会喜欢这孩子的"，王大勇朝刘树说。

刘树拉住王大勇，放慢了语速，每个字都像是海绵挤出来的最后一点水。"说了这么多，我只想从您这儿得到一句话，论动机，你们警察破案不都是讲动机的吗？论动机，是不是依依

共生的骨头

215

有罪？”

这个问题，王大勇没能回答刘树。

六

秋媛出国前的最后一次见面定在了她小时候常去的公园。当年每个“六一”，秋媛都嚷嚷着要来这里，前妻在秋媛的额头上点个红灯笼，然后用花皮筋把她的头发扎成小麻花。眼前的公园里空无一人，像个废旧的厂区，龙船，飞机，疯狂老鼠，双人飞天……都锈迹斑驳，曾经的那些胀鼓鼓的快乐都泄了气，没有工作人员，没有孩子，偌大的园子里只有王大勇父女俩。面对那些丑陋的、废弃的游乐设施，秋媛也不敢再上去，谁知道是不是坏掉的呢。公园里唯一营业的是远处的一个寺庙，据说挺灵验的，所以至今香火不断，只是那香味飘过来，更让王大勇觉得伤感。

回程的路上，又经过了学琴时的那段下坡路，路旁的枫树变化不大，还是会在秋天结出元宝一样的果实，树后面的围墙和铁艺围栏都是老样子，这让王大勇兴奋了起来，他觉得理应说些什么，或许秋媛脑子里想的是同一件事，他松了松嘴唇，鼻腔里故意发出了一点声响，某一个瞬间他觉得自己已经说了出来——还记得这条路吗？像是过于紧张，他的耳畔出现了自己失真而变形的声音，像是乞求又像是施压，他承认是自己幻听了。正当他为自己捏一把汗的时刻，他的鞋子踩在了一根湿滑的树枝上，鞋底打了滑，要是年轻五岁不会出这种洋相的，他深知是自己的脚踝过于脆弱，在跌落的那个瞬间，他竭力用嘴巴牙齿密封住嗓子里冒出来的声音，秋媛什么都没有听见，依然在前面走着，坡路逐渐把她的背影剪断，再剪断，王大勇等到那背影隐去的最后一刻，喉咙里终于迸发出了一阵短暂而微弱的抽泣声。

七

　　杨秀竹和何喜魁结婚多年未有生育，待何喜魁过了三十五岁，夫妻俩决定收养一个孩子，办齐了所有材料，从福利院带回家一个一岁多的小女孩。女孩穿着一件红色的布裙，年龄太小，只会发出"姑姑""哥哥"的声音，像只小布谷鸟，早就断奶了，嘴里有股血腥的金属味，手指紧紧抠着妻子掌心上的肉，像是要把自己的肉嵌进妻子的肉里，妻子疼，不得不先把一只毛绒熊塞进女孩的拳头里，再拔掉自己的手。"叫妈妈"，女孩没出声，双颊几乎要烧起来。"给孩子起个名字吧"，"依依，就叫依依吧"，临睡前夫妻定下了孩子的名字，妻子把睡着的女孩放进香喷喷的被窝中，紧了紧被子边缘，只留脸蛋露在外面，像一团柔软的奶油。

（刊发于《湘江文艺》2021 年第 5 期）

虎头海雕和破冰船

王腊梅在嫁给纽扣厂厂长老徐之前，决定带着儿子大鸥出趟国。

"肯定会冷，风像刀子割脸。"更北边的温度是她认知上的盲区，她再三核实了天气，从柜子里又掏出了两件风衣塞进了箱子里，接着睋了一眼大鸥，在确定一切都告一段落后，拨出了一串电话——是开出租的陈师傅。

"老徐不是有车?"大鸥酸不溜丢地说。

王腊梅没接茬，耳郭涨红，孤注一掷地黏着听筒。

一

随机播放的老电影和一顿潮湿的飞机餐让大鸥熬过了四个多小时的飞行，王腊梅全靠填写两人的入境卡和看座椅靠背里塞着的奢侈品杂志打发时间。新千岁机场很安静，蒙着乱哄哄的香甜气味，一边不遗余力地贩卖新鲜感，一边向这个风尘仆仆的十人团敞开怀抱。大巴还没到，团里的其他人都挤进了商铺，只有大鸥和王腊梅拖着行李留在原地，冲着那个玻璃糖盒一样的商铺张望。

拿旗子的是导游，来日本多年，姓史，大家都叫他"史导"；

　　　　　　　　　　　　　　共生的骨头　|

一旁挎着包的年轻人是团里的领队，人称"小高"，跟他们一块儿从北京飞过来的。这个时候不消费显得很不合群。"去买点什么吧！"王腊梅从皮夹里抽出了一张钞票，讨好似的塞进大鸥的手里。外币是王腊梅出发前一个月换的，对比了好几天的汇率，她对日元没概念，只知道动辄就上万，抓在手里怪烫手的，坐着公交车前后跑了两趟，换得不多，她以为日本的物价和国内差不多。大鸥从冰箱里取了两瓶矿泉水，又在巧克力的货架前兜兜转转了一会儿。玻璃门外，王腊梅孤零零的一个人，面孔像是一张刚被展平的纸。

车子在碎石路上轧过，青绿色的灌木丛挤压着道路旁的山丘，"熊出没"警示牌偶尔出现在路旁，车子驶过高地，会俯察似的看到田地里零星的人影。"要不说，还以为是在京郊呢。"卷毛女人的声音很大，她晕车，从后排换到了大鸥和王腊梅的邻座，不断地往嘴里塞话梅，紧紧攥着手里的空纸袋，仿佛随时都能吐出点什么。虽然晕车，但卷毛女人兴致未减，侧过脑袋捂住嘴巴："咱们团基本都是小年轻，你看那对儿。"王腊梅知道她说的是谁，斜后排一对小两口，一路上忙不迭地互挖耳朵、互相喂食、肆无忌惮地熊抱，频繁上演不合时宜的亲密动作。"据说是新婚。"卷毛女人附加了一句。

小两口后面坐着的是邓芸，染了一头奶奶灰，脖子上勒着个choker，旁边是她爸，邓先生，样子老实巴交的，此刻正在大太阳底下打盹，饱满的阳光把老脸照得像一块过度氧化的橘子皮。

大巴停靠的第一站是狸小路，把该买的都先买了，之后就一路杀向道东，看山看海。大鸥和王腊梅被人流裹进了商业街，街上什么店都有，但母子逛不到一块儿，又都不想霸占着对方的时间，于是俩人就一前一后贴着店门口一家挨一家地 window shopping。药妆店门口，大鸥和王腊梅撞见了那对小两口，一人举着一只烤番薯，男人比大鸥想象的还高大些，拥着娇妻的胳膊上有疤痕，还有块模糊的文身，两口子和大鸥他们擦肩而过，女人认出了他们，笑笑，脚步没停。

邓先生在药妆店门口负责拎包，邓芸在收银台前辗转腾挪，粘牙倒齿地唤"老邓"。邓先生便从门口挤进去，邓芸把货篮里的东西倒出来，咬着光秃秃的指甲说："这是我妈让带的，这是我的，你看怎么算？""还能怎么算，你妈的花她的，你的必须我掏……哪是你妈的？"邓先生边说边摸鼓囊囊的左兜。"眼线笔，神仙水，面膜，止痛贴，穴位贴……嗯，嗯……"邓先生掏出一张票子，举到邓芸眼前："你先让他找钱。"邓先生把找回的一堆镚子划拉到手掌心，塞回左兜，又说："剩下的全是你的？"邓芸点头，捋捋齐头帘，扑闪着假睫毛。"你要这么多干吗，用得完吗，少来点。"邓先生一边嘟囔一边摸右兜，空架着胳膊，钱就是不往外掏。"我就说花我妈的钱嘛，你还非得硬充大铆钉。"邓芸知道，只要一提这句，她爸必服软。

太阳下去了，车里的温度跟着降了不少。后座的三个女人连吁带喘地上了车。"都买什么了？""猫粮。""猫粮？""给同事带的，他们家猫只吃得惯这个牌子的，还得是原装。""啧啧……""就为了给他带这个，我们刚才现买了两旅行箱！"三个女人憨笨地挪着箱子，喘了两口气，又磨叨了起来。"乖乖哟……我以为她们……是专业代购呢！"卷毛女人的笑声把这句话切成了三段儿。

最后的最后，小两口扛着吹风机、电饭煲、马桶垫归来，风尘仆仆，丁零咣当，全车人都条件反射地收胳膊，歪脑袋，挤眼珠子，心里各琢磨各的。"买得不少啊，谷雨？""你这个吹风机多少钱买的？""这个马桶垫是那种带烘干的吧？""电饭煲电压多少的？"谷雨被一连串的问题裹了进去，她身旁的丈夫埋着身子收拾战利品，眼观鼻，鼻观心，没搭一句话。

只有王腊梅母子空手而归，车上的人都在谈退税的事儿，他俩插不上话，伤感了起来。天暗了下来，车子在未知的黑暗里行驶。

"晚上入住温泉酒店，"史导冲着车厢里的暗影说道，"十胜川的温泉很好，女士们泡一泡，叫'美人汤'。"

"温泉是男女混浴吗？"

"你说的是野泉，咱们今晚这里是分开泡。这趟不去知床罗臼，那边有好多野泉，下次大家要是自驾游，找我，我带大家去。"

"谁找你去，想得美。"

终于到了酒店，空气闻起来又湿又冷，大鸥拉着行李跟在王腊梅身后。听说酒店旁有个棒球场，大鸥想去看看，借机逃避一件尴尬的事情：他不想让团里的人知道他和王腊梅睡在同一间客房，最好是分开睡，哪怕是和陌生的男人挤在一间也行，大鸥心里嘀咕。但王腊梅不由分说地把背包从他的肩膀上卸了下来，伸手去掏他的护照。

客房是一间六叠半的和室，屋子很洁净，窗外是一个人工湖，湖水绿得发幽，泛着光晕，如果角度合适，乳白色的窗棂会把湖面包裹成一幅莫奈风格的油画。大鸥从桌上的盒子里翻出了遥控器，电视里正转播乒乓球世界杯。一个身着灰蓝色麻叶纹饰浴衣的老妇人在他身旁铺榻榻米，伊达绑带松软地环绕在腰间，肉粉色的华结坠在背上，让她看上去圆润优雅，她对比分完全不在意，埋头干着手里的活儿，接着轻手轻脚地消失在了障子后面。大鸥对乒乓球谈不上多有兴趣，但他强迫自己投入比赛的紧张气氛中，仿佛这能让他看上去更像个独立的男子汉。

吃过晚餐，王腊梅回到房间，把叮当作响的首饰摘了下来，换了一身儿衣服便去泡温泉了，留大鸥一人在屋。大鸥感到无趣，拿了房卡出门。棒球场像巨型的兽笼隐藏在一排槭枫树的后面，他扭头拐进了酒店大厅里的商店，纪念品堆满了货架，他看了看价钱，除以二再去掉一个零，单纯做着计算。商店里充满了香波的甜味，进进出出的人都湿漉漉的，只有大鸥，干燥得仿佛在闹别扭。最后，他决定妥协，奔着浴场去了，脱光衣服，找了个室外的汤池，沿着边缘的地方猫了下来，池子里的热气烤得他脸微微发烫。

"喂，"是邓先生，他半蹲着移过来，"毛巾不能入水，要这样。"邓先生把头顶上叠成豆腐块的毛巾取了下来，手把手教起了大鸥，重新折成了四方块顶了回去。外面的空气湿漉漉的，凉风把大鸥的肩膀吹干。

"咱们这个团，你说算是高档团吗？"邓先生把脸贴近了些，半嘀咕着，半孩童式地发问。

大鸥摇头。

"我问你啊……多少钱呀咱们这趟？"邓先生怯生生地睁大眼睛。

"我不知道，我妈报的。"

邓先生恍然大悟，泼了把水在脸上，复取下毛巾一阵胡噜。"嗨，我就随便问问，我这个也是人家给报的。"邓先生抹完脸，仰着被热水蜇红的脸蛋，接着一不做二不休似的脱口而出，"我们这趟……是孩子她妈报的。"说完自己也将信将疑的，咧开嘴巴朝空气笑笑，拍拍后脑勺，抬起屁股走了。

大鸥回去时，王腊梅在洗手间刷牙，她穿着皱巴巴的秋衣和肥大的肉色内裤，上面滚满了棉球，松紧带松松垮垮地挂在肚子上，那是表姐怀孕时囤的孕妇内裤，她要来了一条崭新的，把肚腩装了进去。如今表姐的孩子都五岁了，王腊梅还留着这条内裤。他有时会疑惑，她不愿意扔掉孕妇内裤，是因为她总是怀念初为人母的日子。王腊梅探出脑袋，问他有没有需要清洗的衣服，他摇摇头，暗自决定不再让她清洗自己的内裤，即使内裤里有黄色的污渍和僵硬的精斑，也不要再劳烦她的双手了。他脱掉衣服和袜子，在被窝里换了条干净的内裤，钻出来，把脏的那条卷进了双肩背包的夹层里。王腊梅在洗手间吐了两口痰，花粉让她苦不堪言，他听见她在擤鼻子，喉咙爆发出一阵撕裂的咳嗽声，然后她又用凉水洗了脸，边擦脸边对着镜子嘟囔着什么，接着她掩了门，门里传来小便的声音和马桶的抽水声。

王腊梅从卫生间走了出来，关了灯，脚踩在榻榻米上，发出潮湿的摩擦声，接着在他不远处停了下来，把身体埋进了被窝，留给他一个漆黑的背影。他蜷缩在另一个冰凉的被窝里，像一个十六岁的胎儿。

二

西湖醋鱼，一个整刀，是草鱼开膛，鱼身劈成两片，连脊骨和尾巴的一片称雄片，另一边为雌片。王腊梅以前一直不知道鱼肉也能片出个乾坤阴阳，甚至都没注意过这道菜，这都是认识老徐之后的事了。

大鸥问王腊梅："老徐长什么样子？"王腊梅答："这个怎么形容好呢。"他说："有照片吗？"王腊梅说："等合适的时机再说。"

大鸥第一次见老徐是在一次饭局上，那时候老徐和王腊梅已经见过几面了，对彼此心生好感，终于水到渠成，就像是结婚前要见家长一样，二人觉得是时候见见孩子了，毕竟与孩子相处对于二次婚姻来说是个绕不开的重要课题。直到大鸥见到老徐，一个白白胖胖的男人，满脸堆笑，温温暾暾的，仿佛一块绵密的发糕。

老徐早早就订了城中的一家高档餐厅，四个人——老徐带着卡木，王腊梅带着大鸥。卡木比大鸥小两岁，对王腊梅有种天然的亲近，王腊梅也努力去迎合他，卡木便一口一个"阿姨"地叫着王腊梅。老徐怕大鸥尴尬，又是夹菜又是盛汤，时不时还抖搂一两个笑话活跃气氛。不得不承认，老徐和爸爸很不一样，有时候"不一样"算得上是件好事，至少老徐不会取代爸爸，也不用假设什么亲子之爱。

临了，老徐抛出了一个问题："世界上最无价的是什么？"大鸥预感不妙，老徐到了要煽情的环节，这是在给初次见面定基调呢。——什么最无价？势必是亲情、家庭，甚至是老徐和王腊梅的爱情，接着必然是一番说教与密不透风的鸡汤。大鸥翻了翻眼皮，躲开老徐的目光，心想这顿饭还真是没那么轻松。老徐望了望大鸥，又看了看身旁正埋头吃饭的卡木，笑了起来："快点，小伙子们，动动脑筋，想一想是什么！"卡木说："是哪方面？"老徐睥睨他说道："这不能告诉你，说出来就没劲了。"说完见缝插针地给了王腊梅一勺鱼肉，把手自然地搭在了她的手上。"IP？"卡木侧脸问老徐。"IP？不对。"老徐摇摇头，把湿塌塌的手挪开了。"空气？"王腊梅不再噤声与克制，孩子一样奋不顾身地展露起自己的无知与好奇，笑容仿佛浸在热咖啡中的棉花糖。老徐神秘地咧开嘴巴，不置可否。这些全被大鸥看在了眼里，他放下筷子，眼睛又回到了老徐身上，像是要重新审视眼前这个男人。

"是什么？"大鸥喊了出来，大声呼喊只会让他看上去蹩脚稚拙，但他觉得是时候打断老徐了，无论是眼前这个被无形的相框圈起来的三口之家，还是这出大发慈悲得近乎布道一般的独角

共生的骨头 ｜

戏，他一定要出现了，带着"砸场子"的兴奋感。

"是柠檬水。"老徐近乎坦荡的声音瞬间被王腊梅和卡木的笑声淹没。

大鸥难以置信："是什么？"

"柠檬水，喝着的柠檬水。"王腊梅的笑点变低了不少，咕嘟了一口茶水，侧过脑袋来继续给大鸥解释。

"柠檬水！"有种被愚弄的感觉，大鸥完全听不进去，他心里唯一确定的是，王腊梅和老徐的婚事差不多八成了。

车子开到了带广，那里有一家葡萄酒厂，建在一座可以将日高山脉景色尽收眼底的山丘上。厂子很大，地上是酿造厂，地下是酒窖，外面是一片草坪。

"清见，是葡萄的品种，也是小镇的名字，现在喝的这个是清见和山葡萄混种诞生的山幸。"史导说完从托盘上取了一杯葡萄酒。

"听说这里每年秋天会有葡萄酒盛典，庆祝采摘，一年比一年规模大，咱们没赶上。"卷毛女人也效仿着取了两杯，一杯自留，一杯递给了身后的谷雨。

"我不喝。"谷雨摇摇头，痛苦像是一块变质的食物在她的肚子里开始发酵。

"这没多少酒精度，你不酒精过敏吧？"卷毛女人吞下去一口，"有香料的味道，酿得很美味，在桶里待了十二个月，乖乖，快尝尝。"

谷雨勉强接过了酒杯，杯子卷进宽大的袖口里，趁卷毛女人再伸手拿第二杯时，她悄悄溜出了人群，往洗手间的方向走去。她把酒杯里的酒倒进了水池里，食指中指抠进杯子，两个指头擦过杯壁，把污浊和黏腻都驱赶掉，接着把酒杯倒扣在水池旁的操作台上，一摊水压在杯口，像是刚经受了一场旷日持久的折磨。

　　王腊梅在一层的商店买了不少葡萄味的夹心糖果，之后便离开了那个泥灰色的厂房。大鸥跟在她身后，沿着石子路朝草坪走去，加快了脚步，超过她，像是对她身上的一切悬念和未知不再感兴趣，径直走向一张乳白色的折叠椅，率先坐下。王腊梅在他对面坐了下来，把手臂支在了桌子上，脑袋被交叠的手背架住，身子顺势沉了下去，风搅动着她的头发，像是扳动了一个隐藏的机关，她看上去年轻了很多。

　　"小高，"王腊梅叫领队，"小高，帮我俩照一张相吧。"她去椅背上悬挂的包中摸手机，解锁，调出摄像头，顺势把手机递给了领队。领队指了两张，照片里，大鸥和王腊梅各坐在桌子的一侧，像是角力、博弈，又像是切割、放逐。他第一次觉得她正把他用一种隐秘而柔软的方式推开，把他推到一个合适的位置，他因此成为一个独立的、和她平等的人，就像照片里的样子：他穿着软呢夹克和灯呢绒裤子，脚上是一双帆布球鞋，表情看上去强势又夹带着一点残忍，这大概是这个年龄的男孩身上特有的气质，成人不甘示弱地把这种冷酷叫"男孩气"。

　　卷毛女人拎了包坐了过来，用手捂了嘴巴，凑到王腊梅耳边："你看那对父女。"

　　邓先生和邓芸刚从葡萄酒厂出来，正往这边走。

　　"可逗了，不知道你发没发现，那个邓先生每到一个景点买东西，都掏双份钱分开买单，我感觉啊，不知道是不是……好像他给他老婆花的钱都单结。"

三

　　导游和领队都换上了浴衣，大摇大摆地在自助餐池前，样子

　　　　　　　　　　　　　　　　　共生的骨头 ｜

滑稽又可笑，显然他对这里很熟悉，熟悉到有点肆无忌惮。大鸥有意和他们保持着距离，看着他们用蟹腿、生鱼片、鹰嘴豆填满盘子，而自己的盘子还是空的。"嗨，小家伙，你怎么自己一个人，你妈妈呢？"导游问。大鸥不置一词，导游和领队对视了一下，接着干巴巴地笑了起来。"在那里。"领队指着远处的犄角——王腊梅坐在靠近落地窗的那桌，在座位上吞食着甜虾，伸着脑袋，纤白的脖颈看上去很瘦弱。导游朝着她的方向看了看，那眼神让大鸥厌恶。"一会儿去阿寒湖，吃完饭就出发。"导游回头冲他没话找话。大鸥一边用夹子翻捡着一小块奶油蛋糕，一边低声说："无聊。"导游像是没有听见他的抱怨，继续说道："多吃点，才吃这么点，还没有猫吃得多，怎么保护你的妈妈？"大鸥捡起了那块已经被夹子捏变形的蛋糕，放进托盘，提前从取餐的队伍里离开了。怒气让他的双颊烧了起来，他在咖啡机前停了会儿，径直走向王腊梅。

邓芸坐在邻桌，等着邓先生取餐，她自顾自地撕开包装纸，把那根用环保纸卷成的纤细吸管叼了出来，用力地搅拌起玻璃杯中的饮料，肥厚的泡沫随之繁衍了起来，三种颜色浑浊在一起，那片薄荷叶被泡沫吞噬，吱吱吱的微弱声响在杯口炸开，一阵喧闹之后，薄荷叶又被泡沫推出了水面，像一张躺在厚海绵上的吹塑纸。纸做的吸管很快就被嚼烂，像是已经融化在她的舌头上。

"胃口不好？"王腊梅看了一眼大鸥餐盘里的东西。

"没。"大鸥把嘴边的奶油抹掉，太阳穴附近的青春痘都被他挤掉了，就剩下鼻头上的一颗，像婴儿服装上缀着的那些柔软的纽扣，鼻子下面是毛茸茸的印迹，仿佛阴暗墙壁上拱出来的绿苔，这是一张不像孩子的孩子脸，她脸上的细纹舒展了开，像是浆洗后平展的床单。

邓先生取了餐回来，双人份，外带三个草莓冰淇淋球，统统推到了邓芸眼前。

王腊梅受到启发，说："对了，这儿的冰淇淋特好吃，叫人上瘾。"说完麻利地去自助吧台又挖了勺冰淇淋球回来。奶油从她的嘴角溢出，粘在猩红的嘴唇上，待她全都吞到了肚子里，嘴角的那两小簇奶油变得滚烫了起来。

王腊梅看了看手腕上的表，手指随意地拨弄了下耳垂上的耳环，问："怎么不开心？"她再一次尝试接近真相。

"没什么。"大鸥从自怨自艾中挣脱了出来，隐忍着恼怒，默默地把盘子里的食物吃光。

"摩周湖是全日本透明度最高的湖泊，湖水很蓝，咱们一会儿先去摩周湖看一下。"史导把身子别了过来，冲着车厢又补了一句，"但是能见到真容的人很少，因为总是有雾。"车上的人都把脑袋扭向窗外，车子拐到了停车处。邓先生在大鸥前面下车，动作比其他人慢半拍，大鸥险些踩到他的后脚跟。摩周湖藏在观景台的下面，湖面完全被厚雾掩埋，什么也看不见。"早知道就不下车了。"邓芸嘀咕，邓先生手撑着围栏，探着脑袋，试图从那稀奶油状的浓雾里看出点什么。"哎，老邓，看这儿！"邓芸举着自拍杆凑近邓先生，邓先生柳橙一样的脸颤抖了起来。"你可别瞎照，照了也别瞎发！"邓先生缩回了胳膊，自讨没趣地收拉杆。大鸥和王腊梅被邓先生突如其来的震怒吓了一跳。像是怕露出什么端倪，邓先生赶紧用家乡话往回找补，语速极快，被邓芸一口一个的"小点声"给噎了回去。大鸥竖着耳朵听，捕捉到了几个关键词，"笑话""老脸"，还有"你妈"。

卷毛女人在车子里抱怨了起来，史导半倚着靠在她的座位旁，朝她耳朵里灌悄悄话，接着卷毛女人笑出了声，大鸥回头看了看他们，兀自扭过脸来。

"知道我刚才说什么来着吗？"史导的步子挪到他们身旁时，故伎重演似的压低了腰板问着王腊梅母子。

王腊梅没出声。"没看见湖面是好事儿，这边儿的传说：如果要结婚的人来这里看见湖面，婚事就会泡汤。"史导把身体压得更低了，右手搭在王腊梅眼前的椅背上，左手消失在王腊梅的身后，突起的血管像几条干虫趴在他的脖子上。

王腊梅的颈部红了起来，脸上露出为难的笑，大鸥见过这表情，她偶尔会挤出这样的笑容，像是在为自己寻求开脱或者宽宥。窗外闪过一大片湿漉漉的绿色，像浪头拍打着公路，大鸥眼睛直勾勾地瞪着史导，捏紧了拳头，关节红得发亮，细弱如蚊蚋的喘息被发动机乱糟糟的噪声碾碎。他沉默着，扭过头，玻璃上时不时会有王腊梅的反光，他望着那张五光十色的虚幻的脸发呆。

"这条路上有时候会有虾夷鹿，夏秋时节雄鹿会长出硕大的鹿角，鹿鸣声响彻森林。"车厢里逐渐安静了下来，安静得像是新学期第一节课的课堂，只有史导一个人的声音，他依然不依不饶地对还没睡着的那几个人讲着什么。大鸥看了一眼他，不知道自己是不是敏感得过了头，但污名化、恶意的想象、赤裸裸的羞辱……没有什么比这些更符合现实逻辑了，他明白人们如何定义一个离异的女人，更明白人们如何过度解释一个离异女人决定再婚的念头。

"马上就到阿寒湖，一会儿可以看球藻，或者在湖边拍照。"

"是不是有四姐妹居酒屋？"

"对，就在湖边的小街上。"

阿寒湖是火山口湖，湖面宽广柔和，四周环绕着针叶森林，远处的岛屿随着湖面起伏荡漾，云层稠密，严严实实地压了下来，贴在小丘之上。王腊梅想去找四姐妹居酒屋，大鸥跟着她穿过了马路，路旁有间阿伊努木雕店敞开着大门，鸟形木笛和木雕猫头鹰挂满了墙。

"喂，非要找吗？"大鸥放慢了脚步，王腊梅已经走下了坡道。

"我有点想去，之前咱俩不是看过那个电影吗？葛优和舒淇拍戏的地方。"

他倒退着撤回了脚步，说："你去吧，我在车附近转悠转悠。"

王腊梅很干脆，径直去找居酒屋，大鸥又回到了大巴旁，车上空着，他便去了附近一个酒店，里面有个吸烟区，邓先生在那儿，还有谷雨的丈夫，这让他挺意外，两人各自为营，冲着窗户外自顾自地吐着烟圈。他犹豫了一下，还是走了进去，邓先生一看见大鸥，眉弓抖了一下，缩着脊背干乐："你怎么，也抽一根。"大鸥朝他笑了笑，手指潮湿了起来，摸出一根，邓先生把火凑了过来。谷雨丈夫冲大鸥抬了抬胳膊，算是打了个招呼。两三个人吸上了烟，安静地琢磨着自己兜里的那点儿破事。大鸥抽烟是跟他爸学的，他爸是个老烟枪。小时候淘气，大鸥把他爸的烟嘴抹上风油精，他爸佯装不知情，边抽边掉眼泪。后来每次想爸爸了，大鸥便看着爸爸的相片，陪他抽一根，不多不少，就一根。上个月被老徐撞见了，大鸥不理，他知道老徐不抽烟，谁料老徐非得管他借烟借火，陪他蹲在他爸的照片前抽了起来，没抽两口，便一串咳嗽。大鸥没言语，直接从老徐嘴边把烟截了，自己也掐了烟，然后出了屋。这件事他和老徐讳莫如深，谁都没泄露过，相互间也没再提过。

一根抽完，邓先生又续了一根，眉头拧成一团，谷雨的丈夫跺了跺脚，嘴里的烟也抽完了，但没有出去的意思，大鸥没打扰他们，出了吸烟区。

四

岬的意思是伸向海洋的尖端。

车子在突向鄂霍次克海的一段悬崖边停了下来,黑白相间的灯塔矗立在此。车门开了,风从门外灌了进来。"这里风很大,半个小时,一会儿就在车上集合。"史导决定在车上等着。

王腊梅拉着大鸥下了车,在风里她的手指变得坚硬起来,像是在拉扯着他,他把手递了过来,王腊梅攥起他的胳膊,和他站在木围栏前向海面眺望。

"刚才史导说这里冬天有流冰,早知道咱们冬天来。"他吃进去不少风,牙齿凉飕飕的。

"那冬天咱俩再来一回。"她的手指拨弄着额头上的碎发,头发很不听话,从指缝间钻出来砸向她的脸蛋。

海被他们踩在脚下,乌绿色的海水不断翻滚,仿佛充沛的情欲和热望在眼皮子底下涌现。大鸥朝王腊梅那边看了一眼,她完全没有发现自己的话有什么问题。"你只是说说罢了。"风把他的话撕碎,他不知道她是否听见。下个月九号,在老徐家门口的饭店,王腊梅和老徐就要办事了,他俩都是二婚,不想声张,简简单单吃一顿饭就得了。大鸥到时候就要和她搬进老徐家,他对今后的生活完全没有眉目,唯一可以确定的是,新的关系里会有新的秩序,她冬天不会再带他来这里,以后都不会了。

"你真要嫁给老徐吗?"这句话像利石一样割破了他的喉咙,甫一成形,他便后悔起来。海水被一阵风卷了起来,溅起乳白色的浪花,浪花很快又被无数的泡沫吞噬。

"大鸥……"她看着他,风很大,把她的话切断。

王腊梅的眉间多了一道深沟,一把攥住了他幼兽一般的手,眼角闪烁泪光。大鸥扭开了她,向灯塔的方向走去。

他是一个完美的儿子，不会妄想去改变王腊梅什么，但他同时觉得自己有必要再坚持些什么。远处，邓芸模仿电影里的"笑笑"，露出了一副丧丧的表情站在风里，邓先生一个劲儿地给她连拍。三个女人挤在标识牌前，缺个拍合影的摄影师，她们迎风喊着大鸥，大鸥没理她们，一个人沿着木围栏走着，任凭风把她们的声音吹散。

"大鸥！"王腊梅迎风追了上来，在风里又吐出了一声"大鸥"。

妈妈只是重复着他的名字，但这足以扯痛他。

爸爸躺在城北的公墓里，低调谦卑地躲开人类的纷扰。直到每年四月，土地上一夜之间开满二月兰，墓碑被五颜六色的花环和供果环绕，路上的车子从那里经过，总会有人不畏禁忌地望向那里，就像是在偷窥一场私人宴会。大鸥穿梭在墓碑之间，想象着以后自己在这里的样子，他生在崭新的世纪之初，大概率会定格在这个世纪里的某一时刻——如果早逝也无妨，墓碑上的两串数字就会是稚嫩而幼齿的，能软化活着的人的心。大鸥来北海道之前，刚去过那里，他不知道爸爸爱吃什么或喜欢什么香味的花朵，生前爸爸从没跟他说过，带去的这两样全是大鸥喜欢的——旺旺仙贝和两捧玫瑰。

回酒店的路上，后排的团友们昏昏入睡，卷毛女人压低了嗓音冲史导后脑勺说："你欠我们一趟流冰之旅，早知道就冬天来了，报名时候也没人说啊。"

史导回过头，压低声音冲卷毛女人说："以后有机会，回头你再来，直接找我，我带你去。"

"空头支票。"

"真的。"

五

阳光刺眼，空气里仿佛弥漫着剔透的颗粒，车子来到最后的景点"小樽"，就是柏原崇拍《情书》的地方。王腊梅没看过《情书》，这让大鸥松了口气，至少不用再陪她满世界找拍摄地。车子停在街口的广场，挨着运河，远远能看见街两旁的洋果子店、硝子馆在太阳下闪着光。王腊梅说："先去街上转转，有时间再沿着运河溜达。"大鸥决定就在运河附近转转，不跟着她了。

邓芸舔着雪糕站在运河旁的花圃前。"给你，"说完扔给大鸥一块巧克力，"我看你那天一直盯着这个看。"

"谢谢，我妈不让我吃太多巧克力。"

"你还挺听话。"

激怒大鸥的是邓芸说话时的表情，仿佛早就看透了他一样。大鸥当着她的面拆开了包装纸，把那块巧克力直接吞咽了下去，像是在反驳什么。

邓先生和史导在不远的地方聊着天，眼睛时不时看看他的宝贝闺女。

"你和你爸关系真好。"巧克力在大鸥的喉咙里滋生出了酸涩的黏液。

"好吗？"邓芸舔了口雪糕，"我爸这趟是特意给我当保镖的。"

"当保镖？"

"嗯，我妈花钱让我爸看着我，可乐吧？"邓芸没再出声，像是经历了一阵隐忍又缄默的自我安慰。

八音盒博物馆在街的尽头，门口矗立的蒸汽座钟每隔十五分钟就演奏五声音阶的旋律一次。王腊梅跑到三层制作了两个八音盒——人工 DIY，选音乐，挑底座，外面的装饰品她看中了一对儿陶瓷的白兔，一并组装起来。

"我看啥都挺好，就是票子不够。"卷毛女人自我挖苦，手里攥着一个招财猫造型的八音盒准备去结账，看见王腊梅，八卦的兴致又涌了上来，"哎，我可一直观察着呢，邓先生这几天照例是左兜付一笔，右兜付一笔，分开包装。"王腊梅说她也发现了。

"你怎么买两个八音盒？"卷毛女人仿佛发现了什么细小而微妙的破绽。

王腊梅胡乱编织着谎话："买给外甥的。"

"我知道了。"卷毛女人眼里兜着笑，示意王腊梅靠近一些。

"知道什么？"

"听史导他们说的，据说邓先生……哎，咱也别'先生'了，就叫老邓吧，他的岳母找了个退休外交官。哎呀，他岳母也就五十多，找的那个老头快八十了，这还不算，结了婚就看不上这个女婿了，撺掇着闺女离了婚。老邓的前妻现在特有钱！这趟旅行——他前妻掏的钱，让老邓给闺女当保镖，可是老邓还打肿脸充胖子，抢着给闺女买单，所以就一笔归一笔，你说逗不逗，这叫哪门子事儿！"

"还有这种事？"王腊梅屏住了呼吸，脸涨红了起来。

"错不了，是他前妻带着邓芸去报的团。那个谷雨，她丈夫鬼祟得很，胳膊上文着'戒酒'，你看没看见？"

王腊梅已经心不在焉，胡乱应付着卷毛女人。

旅行团又回到了札幌，晚上住在离机场不远的王子大酒店。史导说，最后一晚自由活动。

临下车前，谷雨说要请大家吃饭。

晚饭是一家居酒屋，音响里循环播放着中岛美雪的《习惯孤独》，夫妻俩客气地点了很多，甜虾的虾头嶙峋怪石一般码放在盘子里，鲑鱼子漏了出来，散在桌子上，闪着荧光，像是迷你的波波球在桌面上飞转。王腊梅要了一瓶啤酒，杯口有她的口红印，跟了老徐之后才重拾口红，她还没学会如何隐秘地用拇指肚擦去杯沿上的唇印，她仰脖灌了一口，金黄的啤酒在猩红的嘴边破碎，接着转瞬弥合出新的平面。

史导借着酒劲聊起了他在日本的日子，千禧年前后他来的日本，和老婆在北海道种土豆，旅游旺季会接一些地陪的散活，史导边开玩笑边邀功："我在道中一代人脉很广，所以这趟旅行给我们安排到的全是旅游团鲜有去到的酒店，顿顿自助，夜夜温泉。""现在不兴自助了，大锅饭似的，一点都不精致。"卷毛女人边剥毛豆边拆台。"你还反攻倒算不是，我看你没少吃。"史导顶了回去。领队小高一直都存在感很弱，他满脸通红，喝得微醺，壮志未酬似的，他说他马上就要辞职，先读一年预科再来这里留学。大鸥想了想总算明白，为什么他这几天一直黏着史导不放，大概是在为自己的留学生涯铺路。卷毛女人掏出手机，在屏幕上划出一张男孩的照片，伸到人堆里。"帅！""谁呀谁呀，我看看。"所有人的脑袋都探了过来。照片里，卷毛女人挽着男孩的臂膀侧头依偎。"我儿子。"三个字刚要出口，她又咽了回去。

事先都说好的，那对儿新婚夫妻请客，但史导一把拦下，他说酒就属他喝得最多，理应他来买单，本来这顿不在行程内，是他自行安排的，他更应该负责。史导叫来服务员，边讲日语边掏服务费，大鸥看得一愣一愣的。史导转过头露出熟悉的笑脸："我一看见国内来的朋友就激动，想多和同胞聚聚，尤其是还能喝上两口，我赚了。"

壁炉里的火堆噼啪作响。

"还要祝咱们团里的这对新人百年好合，早生贵子！"史导的话让在座的都心潮澎湃了起来。接着便有人问："你俩是同学吧？"谷雨恍惚了一下，刚要开口，话被她那个习惯沉默的丈夫接了过去："对。"他说了谎，他俩是在一家匿名戒酒互助会上认识的，他俩都曾被人称作"酒鬼"。

旅行箱里装着清醒牌，最开始是塑料的，撑过一年以上就换成了铜制的，算是给自己的清醒发的奖牌。从失控、破戒，到反省、重塑规则，这对年轻的夫妻已经习惯了每周不厌其烦地去那里，那是他们精神上的家。他们还习惯了以"天"为单位活着，数字堆得越多，就越恐惧，那不是模糊的数字，而是清醒天数，是游离在失控和可控边缘的每一天，一滴酒就会毁了这一切。

丈夫还在笨拙地说着谎，谷雨被他埋在阴影里，柔软双颊上挤出了两个浅浅的酒窝，像是给这个脆弱的谎言缝缀着极大的善意。

"这酒都付过账了吧？"卷毛女人从桌子上捏起一瓶，揣进了风衣兜。大鸥扶着王腊梅从狭窄的木楼梯上下来，迎面上来一帮年轻人，夹带着樱花香水的气味，大鸥回过头去，看见卷毛女人已经从那帮人中间钻了出来，像是要追赶他们娘俩。

"我眼皮子浅，眼窝更浅。"卷毛女人刷着厚重睫毛的眼睛闪闪发亮，"我一看见你俩，我就想起我儿子。"卷毛女人嘴巴上的口红已经被咬得参差不齐，像是死鱼的鳞片。

"怎么没带你儿子？"王腊梅问。

王腊梅问完，大鸥仿佛已经知道了答案。

"在他爸那儿呢。"卷毛女人没再说什么，然后掏出风衣兜里的啤酒瓶，"毁了，你说我傻不傻，没有瓶起子，我怎么喝？"

"酒店里会有的，回去问一问前台。"王腊梅不知所措地揣测着。

"得了，我还是回去找史导他们吧，估计还没撤。"卷毛女人哑然笑道，手掌重重地拍在大鸥的后背上，"这小伙子，多好啊，有个男孩儿陪在身边最幸福了，你懂我说的意思，是不是？"这不是一句问句，而是一个肯定句，接着卷毛女人从他们身边走散了。

　　　　　　　　　　　　　　共生的骨头　|

王腊梅捏了捏大鸥的手背，仿佛凭空回应着卷毛女人最后的话。他们并肩走在过街天桥下，不远处的商场已经接近打烊，灯光昏暗，仿佛一个迟暮老人。刚下过雨，路面潮湿，有微风轻拂双颊，他们不打算再去其他地方，任凭这趟旅程就这么结束。

"什么是眼窝浅？"大鸥问道。

"就是很爱哭。"

六

依然是陈师傅接的王腊梅母子，从机场把他们拉回了家。王腊梅在路上不停地盘点着这次旅行的见闻，那些战利品，还有一些道听途说的趣事，只有大鸥知道，这次旅行绝非一件易事，它代表着一次切割，一场悼亡，王腊梅和他就此要进入另一个家庭，一切都将改变。回来没多久，王腊梅就和老徐领了证。他逐渐习惯妈妈的不在场、缺席，以及分享母爱。很久之后他才知道，那趟北海道之行是老徐赞助的，妈妈绝口不提，怕的是大鸥抗拒，老徐力主接送他们娘俩往返机场，也被妈妈拦了下来。

北海道的照片都存在了手机里，大鸥一直拖着没导入电脑，不光是惰性，也有主观上不情愿。后来手机坏掉，照片全没了，那小一百张的照片多是王腊梅在景区的留念，还有几张是他俩在葡萄酒厂草坪上的合影，这反而让大鸥松了一口气，透着一了百了的痛快。那个以他们母子俩为单位的家庭不复存在，自奠式的照片也宿命般地烟消云散。

旅游回来，那个叫"北海道十人团"的微信群还在，是开团的当天卷毛女人催领队小高建的，后来果不其然就用上了，比如传照片、约饭，偶尔窥探一下彼此的近况……大鸥知道的是，三个女人约过一回饭；领队留学日本时，发过两张和史导聚会的合影。再往后，便是谷雨时不时甩过来几条链接，不是打广告就是集赞，她应该是做起了微商，内容一会儿是房地产，一会儿是润滑油；邓芸开了抖音，发过一次抱着吉他自弹自唱的小视频。大鸥与邓芸互加了微信，从朋友圈知道邓芸每年都回国，偶尔回柴沟堡陪邓先生。邓先生下厨，邓芸会左拍右拍晒九宫格，"澳洲九头鲍比不上老爸的柴锅炖肉"。只是邓先生从不入镜。当年呼吁建群的卷毛女人从不在群里冒泡，没人知道她的近况，后来大鸥才发现，他甚至都不知道卷毛女人的姓名。

新年伊始，"北海道十人团"里有了新消息，一个陌生的头像发来了一段视频，有人猜可能是卷毛女人的新号。大鸥点开视频，出现在眼前是一小块冰封的世界。

海面似一块凸透镜被抛露在赤晃晃的太阳下面，任凭海面在尽头融化于太阳中。虎头海雕在远处盘旋，于半空中俯察着穿行于冰河里的破冰船，它在寻找食物，竭尽所能地存活。冰块宛如巨大的岩石挺立在眼前，这艘巨轮仿佛一只斧头朝着冰封的大海砍去。冰块被撕扯，挤压，溅起细小的雪白碎石。

整个世界都被冻住了，海面浮起白色的海雾，雾气下是从遥远的地方漂浮过来的浮冰，受风向的影响，破裂又聚拢，像是茶杯里的油块。这些冰是从几千公里外的俄罗斯阿穆尔河漂过来的，每年一过了二月份，流冰就会漂到知床半岛，再到根室海峡。

冰块与冰块互相摩擦发出声音，当地人说这是冰块在哭泣。

一对母子并肩站在寒冷的甲板上，彼此疏离，情智纷扰，由于温度的原因，妈妈原本苍白又舒展的脸紧绷了起来，嘴巴里哈出热气。儿子知道自己要离开妈妈了，这次要比平时离开更长时间。撞击声从船底发出，坚硬的船身把眼前的世界一点点击碎，一切都是破碎的，然后在极度寒冷的海洋应运而生出一个崭新的世界。

（刊发于《青年文学》2022 年第 1 期）

图书在版编目（CIP）数据

共生的骨头 / 张哲著 . -- 北京：作家出版社，2023.5
（21 世纪文学之星丛书·2021 年卷）
ISBN 978 – 7 – 5212 – 2213 – 5

Ⅰ.①共…　Ⅱ.①张…　Ⅲ.①中篇小说 – 小说集 – 中国 – 当代　②短篇小说 – 小说集 – 中国 – 当代　Ⅳ.①I247.7

中国国家版本馆 CIP 数据核字（2023）第 041535 号

共生的骨头

作　　者：张　哲
责任编辑：李亚梓
特约编辑：赵　蓉
装帧设计：守义盛创·段领君
出版发行：作家出版社有限公司
社　　址：北京农展馆南里 10 号　　　邮　　编：100125
电话传真：86 – 10 – 65067186（发行中心及邮购部）
　　　　　86 – 10 – 65004079（总编室）
E – mail: zuojia@zuojia. net. cn
http: // www. ZUOJIACHUBANSHE. com
印　　刷：唐山玺诚印务有限公司
成品尺寸：142 × 210
字　　数：190 千
印　　张：8
版　　次：2023 年 5 月第 1 版
印　　次：2023 年 5 月第 1 次印刷
ISBN　978 – 7 – 5212 – 2213 – 5
定　　价：48.00 元

作家版图书，版权所有，侵权必究。
作家版图书，印装错误可随时退换。